Patrick Tschan

Keller fehlt ein Wort

Roman

Patrick Tschan

Keller fehlt ein Wort

Roman

braumüller
literaturverlag

Bibliografische Information der Deutschen Nationalbibliothek
Die Deutsche Nationalbibliothek verzeichnet diese Publikation in der Deutschen Nationalbibliografie; detaillierte bibliografische Daten sind im Internet über http://dnb.d-nb.de abrufbar.

Printed in Austria

2. Auflage 2011

Servitengasse 5, A-1090 Wien
www.braumueller.at

Coverfoto: Stefan Bohrer, Bildbearbeitung: Jean Weber
Druck: Ferdinand Berger & Söhne Ges.m.b.H., A-3580 Horn
ISBN 978-3-99200-020-3

Für David.
Für Bea.

Above all, I didn't want to take any more shit
Not from anybody

Iggy Pop

Licht und Schatten.

Keller fühlte sich unfassbar wie sein Schatten. Schimmernd. Durchlässig. Flüchtig. Ohne scharfe Grenzen, bestenfalls umrissen, bar jeder festen Form.

Mal kurz, mal lang, meist abwesend. Parasitär. Ein Parasit des Lichtes. Des Scheins. Nicht lebensfähig abseits der Quelle.

Keller war schlagartig zum Schatten seiner Sprache geworden. Der Schattenriss eines unregelmäßigen Blinklichts. Irrlicht. Licht weg, Schatten weg, Sprache weg, Keller weg.

Seit zwei Stunden war er seiner Sprache ausgeliefert. Sie gehorchte ihm nicht mehr. Sie machte mit ihm, was sie wollte. Die Buchstaben ergossen sich nicht mehr in die dazugehörenden Töne. Der Klang der Worte ist ihm abhanden gekommen, irrt in seinem Hirn umher, hat sich verselbstständigt, trifft eigene Entscheidungen. Wie störrische Puzzleteile, die auf jemanden warten, der sie richtig zusammensetzt, um sich gleich wieder in einer selbstständig gewählten Konstellation neu zu formieren. Dieser Jemand war Keller. Und Keller fand sich nicht mehr.

Er saß auf seinem Sofa, versuchte seine Panik mit regelmäßigem Ein- und Ausatmen zu bändigen. Er konnte denken, sich Befehle geben: Atme aus, atme ein, bleib ganz ruhig, es kommt alles wieder gut. Aber jeder Versuch zu sprechen verstümmelte ihn zusätzlich und jedes Wort, das er in Laute zu fassen versuchte, hinterließ nichts als Phantomschmerz.

Keller verliert ein Wort.

Keller nahm eine Tasse aus dem Schrank und wusste nicht mehr, dass die Tasse Tasse hieß.

Den Frühstückstisch hatte er bereits gedeckt, die Zeitung lag neben Teller und Messer, das Glas mit Orangensaft gefüllt, die Pille gegen Bluthochdruck daneben. Es fehlte nur noch die Tasse für Milch und Kaffee. Er stellte sie hinter den Orangensaft.

Der Anfang seines täglichen Rituals. Dazu ausgiebig Zeitung lesen.

Lesen gehörte zum Frühstück. Keller konnte nicht frühstücken, ohne zu lesen. Kam die Zeitung verspätet, durchstöberte er die Ausgabe vom Vortag nach Ungelesenem oder las die Texte auf Milch-, Konfitüren- oder Butterverpackungen. In allen drei Landessprachen. Heute aber war der Zeitungsverträger pünktlich gewesen und Keller arbeitete das Blatt in der gewohnten Reihenfolge durch: zuerst den Sportteil, dann International, Kultur, das Feuilleton, den Lokalteil und zum Schluss die Wirtschaft.

Nachdem er die Pille mit Orangensaft heruntergespült hatte, schenkte er sich Milch ein.

Milch in …?, amüsierte er sich, trank die Tasse Milch in einem Zug leer, füllte die Tasse halb voll mit Kaffee, goss einen kräftigen Schluck Milch nach und süßte das Ganze mit anderthalb Stückchen Zucker.

Das Wort war weg.

Keller zerlas die Zeitung, empfand Genugtuung darüber, dass der lokale Fußballklub den Erzrivalen geschlagen hatte, ärgerte sich über lügende Präsidenten und schaute nach, was die Stadtregierung sich als Nächstes vornahm zu verbieten. Als er sich nochmals Kaffee und Milch nachschenkte, blieb seine Aufmerksamkeit an der Tasse hängen.

Eine ganz gewöhnliche …? Ikea, wahrscheinlich, mit leicht geschwungenem Henkel und einem verdickten Trinkrand. Heilandsack, das ist doch eine … Keller hob die Tasse und las die Schrift auf dem Tassenboden: „Winterling, Cucina, German Bavaria."

Damit konnte er nicht viel anfangen, zumal das Wort, nach dem er suchte, sicher nicht „German Bavaria" und schon gar nicht „Cucina" lautete.

Das Wort wird wohl wieder kommen, dachte er und malte sich den Augenblick aus, in dem es ihm wieder in den Sinn kommen, er sich an die Stirn schlagen und ausrufen würde: „Genau, wusst ich's doch."

Keller ging es gut. Und es ging ihm noch besser, wenn er daran dachte, dass er heute nur noch den Workshop mit seinen SekundarlehrerInnen und SchulleiterInnen vorbereiten musste – eine Sache von zwei Stunden – und nachher in eine badische Kneipe gehen, dort mit Freunden essen und mit ein wenig Bier, Wein und Schnaps absacken würde. Keller liebte solche Tage.

Er räumte das Geschirr in die Küche, stellte Milch und Butter in den Kühlschrank, versorgte Honig, Brot und Konfitüre im Kasten und trank den letzten Schluck Milchkaffee aus der, aus der, aus der … „German Bavaria".

Keller musste lachen. Aber nicht für lange – das verlorene Wort ließ ihn nicht mehr los. Es spukte in seinem

Hirn herum, spielte Verstecken mit ihm. Die „Tasse" wanderte um das Sprachzentrum herum, zeigte sich mal kurz an dieser, dann an jener Ecke, verschwand gleich darauf wieder hinter der Hirnrinde.

Und Keller suchte die ganze Zeit nach ihr. Während der Fahrt ins Büro, vor dem Computer, am Telefon. „Tasse" raubte ihm die Konzentration. Das Wort sprang ihm auf die Zunge, von da auf die Tastatur, worauf es wieder in den Hinterkopf kroch, sich in den Mund zurückarbeitete, um schließlich in irgendeinem Winkel hocken zu bleiben und Maultrommel zu spielen. Keller konnte das Wort einfach nicht fassen. Er kam stets einen Zungenschlag zu spät.

Schließlich gab er entnervt auf und ging zum Kaffeeautomaten. Ein Bürokollege, der gerade im Begriff war, sich einen Espresso herauszulassen, fragte ihn, ob er ihm auch gleich eine Tasse Kaffee drücken solle. Keller stutzte. „Tasse … Tasse, genau: Tasse! Ja, gerne, danke … danke, endlich", antwortete er.

Noch Stunden später, während der Fahrt ins Badische, brummelte Keller „Tasse", „Tasse" vor sich hin. Froh darüber, das Wort wieder zu haben, ängstlich, es erneut einzubüßen.

Wie kann man nur ein so einfaches Wort verlieren?, fragte er sich. Ist das schon das Alter? Fängt das schon mit fünfundvierzig an? Für Keller fing das Alter an, wenn er keine Chance mehr sah, die doppelte Anzahl seiner bisherigen Lebensjahre zu erreichen. Neunzig liegen wohl noch drin, obwohl du rauchst, oft genug trinkst, Übergewicht schleppst und Bluthochdrucktabletten schluckst.

Aber du spielst Fußball, hältst ein Spiel zum Veteranentarif von siebzig Minuten durch, auf dem Tennisplatz sind zwei Stunden auch keine große Herausforderung, im Bett stehst du deinen Mann und du wirst regelmäßig zur Ader gelassen. Neunzig sind mit ein wenig Optimismus noch möglich, also hat das Alter noch nicht angefangen.

Weniger optimistisch, in düsterem Lichte betrachtet, hat es bereits angefangen: Dein Vater wurde dreiundfünfzig, dein Großvater väterlicherseits einundneunzig, der Großvater mütterlicherseits achtundsiebzig, die Mutter lebt noch – gibt einen Bonus –, ihre Mutter wurde achtundachtzig und die andere Großmutter knapp fünfzig. Der Schnitt beliefe sich dann so um die siebzig. Keller verschnaufte kurz, dachte nach: Aber mit fünfunddreißig fing mein Altwerden noch nicht an.

Doch der Gedanke ließ ihn nicht los. Wanderte er nicht schon auf der anderen Seite des Berges? Das eigene Geschäft viel zu früh verkauft, die Frau verlassen, den Zugang zu seinem Sohn verloren, ein Burn-out eingefahren? Eine Midlife-Crisis aus dem Lehrbuch.

Aber Keller fühlte sich nicht so, nicht mehr so, *Schtaernasiech*, und hatte auch absolut keine Lust, sich so zu fühlen. Und was ist schon ein Wort, das für ein paar Stunden weg war, zumal eines wie „Tasse“?

Die Aussicht auf ein gutes Essen ist Freude: Cordon bleu, Rösti, dazu Gemüse, Bohnen oder Rosenkohl, richtig gekocht, mit Speck angemacht. Dazu von dem einheimischen Landwein, nichts Besonderes, aber ehrlich. Keller aß gerne im „Hirschen“ in Holzen. Eine Küche, die ihn an die verstorbene badische Haushälterin erinnerte, die in seiner Familie montags, mittwochs, freitags gekocht und den Haushalt gemacht hatte. Obi war Mutter und Großmutter-Ersatz gewesen, hatte ihn vor der erwerbstätigen Mutter, der katholischen Großmutter, aufgebrachten Nachbarn und klagenden Lehrern beschützt. Sie hatte für jede Gelegenheit passende Sprüche, kleine Verse oder bodenständige Lebensweisheiten auf Lager gehabt: „Ach Gottchen, sprach Lottchen, sieben Kinder und kein Mann“, „Kinder kauft Kämme, es kommen lausige Zeiten“ oder „Ja, ja, hat sie gesagt und wollte doch nicht. Und warum wollte sie nicht? Weil sie schon gehabt hatte!“ sowie „Essen und Trinken sind die drei schönsten Sachen“.

Sie war ein Kind der Weltkriege gewesen. Unter dem Kaiser aufgewachsen, in der Weimarer Republik erwachsen geworden, unter dem Hakenkreuz einen elsässischen Franzosen geheiratet, ins Elsass übergesiedelt, vor dem Einmarsch der deutschen Truppen in die Schweiz geflohen, den Krieg mit unsicherem Aufenthaltsstatus in Basel verbracht, wieder ins Elsass gezogen, um in der Schweiz zu arbeiten: eine typische Biografie der Basler Dreilandregion.

Keller hatte schon als Kleinkind fasziniert ihren Geschichten gelauscht. Lange Zeit hatte er gedacht, sie sei Elsässerin und damit Französin. Die Tatsache, dass sie eigentlich Deutsche war, ließ sie dann in einem anderen Licht erscheinen, gehörte sie doch nicht mehr zur richtigen Seite wie er und seine Eltern, überhaupt wie alle Schweizer, Franzosen, Engländer und Amerikaner.

Der Krieg war in Kellers Kinder- und Jugendjahren noch überall gegenwärtig und die Erinnerung an die Entbehrungen, Bedrohungen und Gräuel wurden von den Erwachsenen auch stets frisch gehalten. Man mied wie alle Basler das benachbarte Deutschland und fuhr ins Elsass: zum Sonntagsessen, um Wein bei den Winzern einzukaufen, zur Vesper, auf den Hartmannsweilerkopf und zu den Soldatengräbern, um Keller die Spuren der Zerstörungen und die Toten der beiden Weltkriege zu zeigen. So blieben die Sieger unter sich.

Heute gehen die Elsässer Keller auf den Sack. Die Küche ist lieblos und überteuert, der Wein schmeckt nicht mehr, ihre Autos verstopfen in Basel die Straßen und stehen toujours auf den letzten übrig gebliebenen Langzeitparkplätzen der Stadt. Dagegen haben die Badenser mächtig aufgeholt: Der Wein ist exzellent geworden, die Küche gut und preiswert und die letzten übrig gebliebenen Langzeitparkplätze werden auch ihnen von den Elsässern weggeschnappt. So was verbindet und darum fährt Keller immer öfter ins Badische und fast nie mehr ins Elsässische.

Keller musste innerlich schmunzeln, stiegen ihm doch beim Gedanken an Gemüse mit Speck immer wieder die gleichen Erinnerungen hoch. Obi, ihre Sprüche und die eigenartige historische Verpuppung der Menschen in dieser Dreilandregion.

Das Essen im „Hirschen“ war, wie Keller es sich vorgestellt hatte, die Tischrunde fröhlich vertraut und leere Gläser schon gar nicht geduldet. Keller pflegte solche Gesellschaften mit einem Kaffee und einem Mirabellenschnaps abzurunden.

Er rief die Bedienung: „Bitte noch einen Kaffee und einen Mirabellen.“

„Möchten Sie einen Espresso? Oder ein Kännchen?“

„Nein, einfach eine …, eine … Heilandsack, eine …“

Keller verliert weitere Worte.

Keller wollte den Hasen sehen. Dafür war er frühmorgens aufgestanden und saß nun auf der schmalen Terrasse seines Hauses im Piemont. Es war nieselig, der Nebel hing auf halber Höhe im Belbotal, die Hügel schienen den geschlossenen Himmel zu sich herunterzuholen. Bescheidene Lichter hinter bescheidenen Fenstern verrieten, dass die Bauern sich aufmachten, ein weiteres Tagwerk zu vollbringen. Die Felder waren noch weitgehend kahl, ein paar Elstern verfolgten einander kreischend von Haselnussbaum zu Haselnussbaum.

Keller wollte den Hasen sehen. Als er das Haus vor sechzehn Jahren gekauft hatte, sah er am Morgen nach der ersten Nacht einen Hasen. Da setzte er sich zum Ziel, jedes Mal, wenn er hier war, einen Hasen zu sehen. Die ersten Jahre war er oft erfolgreich, dann waren die Hasen plötzlich weg. Weggeschossen von den Jägern. Hatte ihm nicht schon Don Toso, der hiesige Pfarrer und passionierter Jäger, gesagt, hier, bei Kellers Haus, gebe es die besten Hasen, und sich dabei scheinheilig bekreuzigt?

Ein geweihtes Schlitzohr, dieser Don Toso, der unter den Namen seiner Ministranten leidenschaftliche Leserbriefe über den Nutzen der Jagd veröffentlichte, wenn in Italien wieder einmal eine Abstimmung über ein umfassendes Jagdverbot anstand.

Das letzte Mal, als er hier gewesen war, hatte Keller den Hasen gesehen. Der Hase bringt Glück, bildete er sich ein, zumal der Hase – „la lepre“ – eines der ersten

Wörter war, das seinen bis dahin kargen italienischen Wortschatz, der damals hauptsächlich aus Wörtern von Lebensmittelverpackungen bestand, erweitert hatte.

„La lepre" hatte er von seinem Vater aufgeschnappt. „Hätte der Hund nicht geschissen, hätte er den Hasen erwischt", pflegte sein Vater zu sagen, wenn Keller nach Ausreden suchte. Eigentlich ein rätoromanisches Sprichwort, das seinen Weg ins benachbarte Italien gefunden hatte. Oder umgekehrt. Und so zitierte er es je nach Laune auf Rätoromanisch oder auf Italienisch. Und der Hase blieb an Keller hängen.

Es war kein Hase zu sehen. Keller ging in die Küche zurück, um sich eine Tasse Kaffee nachzuschenken. Das Wort war hin und wieder da, aber genau genommen war es weg, nicht mehr jederzeit zugänglich.

Diesen Morgen war es wieder weg, was Keller aber nicht weiter beunruhigte, denn was ist schon ein Wort, noch dazu ein solch gewöhnliches wie …?, sagte er sich. Keller ging wieder auf die Terrasse, schaute nochmals nach dem Hasen – es würde freilich noch eine Weile dauern, bis er wieder einen Hasen sehen würde –, verfolgte die aufsteigenden Nebelschwaden und nahm sich vor, nach dem Gang auf den Markt endlich den tropfenden Wasserhahn beim Brunnen auszutauschen. Dazu brauchte er allerdings einen neuen Engländer.

Der Markt in Cortemilia – einem kleinen Städtchen im Herzen Südpiemonts mit großer Vergangenheit, von der, nebst einer verfallenen Burganlage, noch ein paar wenige Zentrumsfunktionen die Jahrhunderte überdauert haben – bot wie immer die üblichen Gesichter: einerseits die Einheimischen, die ihn zur Feier des Wiedersehens auf einen „Caffè" einladen, andererseits die Schweizer, die ihn zur Feier des „Schweizer-Seins im Piemont" einen „Spumante" offerieren wollten. Die Schweizer, die hier in der Region rund 500 alte, umgebaute Bauernhäuser bewohnen, sind an Ostern Jahr für Jahr vollzählig anwesend: die etwa hundert Lehrer, die den Metallwarenladen bis auf den letzten Dübel leer kaufen, die Pensionierten, die bis Oktober bleiben werden, die Werber, die sich bereits nach einer kultigeren Gegend umschauen, die Privatiers, die Haziendas mit Pool, Driving-Range, Tennisplatz und Ferienwohnungen erstellt haben, die niemand mieten will, genauso wie die Sportjournalisten, die nachmittags die Bar bevölkern und irgendeinen Rad-Klassiker kommentieren.

Keller umschiffte mit unverbindlichem Geplauder alle Einladungen und steuerte direkt auf den Metallwarenhändler zu. Wie immer war das Geschäft gut besucht. Wahrscheinlich war an diesem Morgen schon die Hälfte aller Schweizer Werk- und Handarbeitslehrerinnen von der Besitzerfamilie Troia bedient worden. Der alte Troia begrüßte Keller mit einem knappen Kopfnicken, was konkret hieß, dass er sich ihm persönlich widmen würde. Keller hatte, seit er das Geschäft zum ersten Mal betreten hatte, das Gefühl, dass der Alte ihn mochte. Warum, wusste er nicht. Der Alte liebte es offensichtlich, den um Übersetzungen für Flansche, zylindrische Spiralbohrer, Handreibahle, Rohrentgrater, Weichlotspulen oder auch einfache Schraubenschlüssel, Dübel und Anker ringenden Keller damit zu überraschen, genau das Gewünschte aus den Regalschluchten zu holen. Lag es schließlich auf der Ladentheke, blickte er mit heiterem Triumph in Kellers staunende Augen.

Heute würde Keller nicht mit Händen und Füßen nach der korrekten Übersetzung suchen, was er eigentlich ein wenig bedauerte, nein, heute freute er sich darauf, vor versammelter schweizerischer Heimwerkerschaft mit gezielten Fachausdrücken glänzen zu können. Heute hatte er leichtes Spiel, denn Keller brauchte drei Briden und einen Engländer. Für die Briden hatten sich der Alte und Keller schon längst auf „la giuntura“ geeinigt. Ob sie wirklich so hießen, kümmerte weder Keller noch den Alten. Und der Engländer heißt doch ganz einfach „chiave …“, „chiave …“, „chiave …“?

Der alte Troia hob den Kopf Richtung Keller. Keller lächelte, sagte „salve“, ein paar Schweizer drehten ob der unerwarteten Vertrautheit zwischen den beiden kurz den Kopf, zeigte mit den Fingern drei und sagte „giunture“, gefolgt von der Nachfrage nach dem Befinden seines Gegenübers.

Troia antwortete mit einem „wir sind da“-Schulterzucken, verschwand in einer der dunklen Regalschluchten und kam mit drei Briden zurück. „Ecco, altra?“

So, jetzt, wie heißt das Ding, dachte Keller und stammelte: „Chiave.“

„Mit Hängeschloss?“, wollte der Alte wissen.

„No, … vite!“, suchte Keller immer noch nach der korrekten Bezeichnung.

„Was nun: Schlüssel oder Schraube?“, fragte der Alte unwirsch.

„Beides, aber noch was dazu", antwortete Keller und bemerkte, wie er mittlerweile die Aufmerksamkeit der anderen Schweizer auf sich gezogen hatte.

„Lieber Kellleeerr", wandte sich der alte Troia liebevoll an ihn, „du weißt, wir haben alles hier, Schrauben, Nägel, Schlüssel, Bohrer, Hundehütten, sogar den Ersatzschlüssel für das Himmelstor, aber der, das weißt du auch, ist unverkäuflich, und du kannst von mir außer meiner Frau und meiner Familie alles haben, das weißt du auch, aber ich muss einfach wissen, welche Schrauben oder welchen Schlüssel du willst." Keller suchte nach dem Wort. Eine Nation, ein Schlüssel einer Nation, verstellbar, zum Drehen, zum Schrauben ..., ging es ihm durch den Kopf.

Er suchte verzweifelt nach dem „Engländer". Mittlerweile war er sich wenigstens sicher, dass es kein „Italiener" war. Gleichzeitig hoffte er, dass keiner und keine der anwesenden Schweizer und Schweizerinnen den Mut aufbrächte, ihm helfend zur Seite zu stehen.

Aber es war zu spät. Eine überaus handfeste Heimwerkerin mit Zopf, verwaschenen Jeans-Latzhosen und abgewetzten Stadtwanderschuhen wandte sich an ihn und fragte mit antrainiertem Einfühlungsvermögen, ob sie ihm helfen könne. Keller drehte sich um, versuchte sich gegen den typischen Gesichtsausdruck zu wehren, der Schweizer im Ausland sofort beschleicht, wenn sie von anderen Schweizern als Schweizer im Ausland ertappt werden, verlor trotz mannhafter Gegenwehr den Kampf mit seinen Gesichtsmuskeln und antwortete schließlich leicht angesäuert: „Ja, danke, ich brauche diesen verstellbaren Schlüssel, mit dem man Schrauben, eigentlich Muttern, öffnen kann."

„Ah, Sie meinen einen Engländer?", antwortete die Frau freudig.

„Genau, danke", brummte Keller und fürchtete sich schon vor der obligaten Frage von Schweizern dieser Gegend an Schweizer dieser Gegend: „Haben Sie schon lange ein Haus hier?" Wobei die Betonung immer auf „schon lange" liegt, um zu erfahren, ob der andere möglicherweise schon vor ihnen da war. Die Frage kam nicht. Die kleine, bezopfte Frau drehte den Kopf zum alten Troia und sagte akzentfrei: „Un chiave inglese, per favore."

Keller blieb für einen Moment der Mund offen stehen. „Signora Bricolage" sprach ein wunderschönes Italienisch. Das war typisch. Die Schweizer Frauen sprachen ganz allgemein besser Italienisch als ihre Männer. Oft waren sie auch besser vorbereitet auf die Aufgabe „Haus im Süden".

„Wissen Sie eigentlich, warum man dem ‚Engländer' ‚Engländer' sagt?", fragte sie unvermittelt.

Der alte Troia zwinkerte Keller kurz spitzbübisch zu und schlurfte in sein aus Schrauben, Zangen, Muttern, Kanonenöfen und Hundeketten bestehendes Reich. Keller starrte ihm nach und die Frau hob an: „Der ‚Engländer' heißt ‚Engländer', weil er für zöllige, also englische Schrauben und Muttern mit Zollmaßen gebraucht wurde. Man sagt auch Rollgabelschlüssel. Wussten Sie, dass es auch noch einen ‚Franzosen' gibt? Der hat verstellbare Spannbacken, auf beiden Seiten. Wissen Sie, welchen ich meine? Er ist auf dem Verkehrszeichen für Pannenhilfe abgebildet. Übrigens, der Engländer wurde von einem Schweden erfunden, lustig, nicht?“

Keller hatte nicht richtig hingehört. „Engländer“, „Engländer“ – geschah mit dem Wort jetzt etwa dasselbe wie mit der „German Bavaria“? Würde es sich dem anderen anschließen und würden sie Keller gemeinsam zum Narren halten? Ihn auf stundenlange, erfolglose Suchexpeditionen schicken und sich dabei schadenfroh den Buckel krumm lachen?

„Lustig, nicht?“, wiederholte sie.

Keller antwortete knapp „ja, lustig, danke“ und war froh, dass der alte Troia aus dem Dunkel der Regalkluften auftauchte, ihm den „Engländer“ hinhielt und sichtlich amüsiert „altra?“ fragte.

„No, basta“, antwortete Keller. Er hatte, was er wollte, den „Engländer“ und das Wort dafür wieder, zahlte, verabschiedete sich freundlich – „danke für den chiave inglese“ – von der hilfreichen Frau, denn letztlich war er ihr dankbar, konnte er doch jetzt den Wasserhahn flicken, setzte sich in seinen Wagen und murmelte etwas von einem Schweden und meinte eigentlich einen Engländer.

Keller geht zum Arzt.

Dr. Christoph Schwendi war ein kleiner, drahtiger Mann mit einem robusten Schnauz, den er seit seiner Geburt zu tragen schien, strotzend vor medizinischem Fachwissen sowie noch mehr vor gesundem Menschenverstand. Keller schätzte Schwendi, die gescheiten Gespräche, die er mit ihm über Gott, das Theater und die Welt zu pflegen führte, wenn er im Sechs-Wochen-Rhythmus mit einer Kanüle im Arm vor ihm auf dem Schragen lag.

Es war eine seltene Erbkrankheit, Hämachromatose, Eisenspeicherkrankheit, mit der Keller geschlagen war. Dass Kellers Chancen gut standen, seine anvisierten neunzig Lebensjahre zu erreichen, verdankte er regelmäßigem Aderlass und seinem Vater. Über Jahre hatte die Krankheit Vaters Blut mit Eisen angereichert, sodass die mehr als übersättigten roten Blutkörperchen das überschüssige Eisen in den Organen deponierten, die dadurch schwerer und schwerer wurden, bis sie der Last nicht mehr gewachsen waren und in folgender Reihenfolge kollabierten: Bauchspeicheldrüse, Leber, Lunge, Nieren und Herz. Das gleiche Schicksal wäre Keller beschieden gewesen, wenn er nicht regelmäßig zur Ader gelassen worden wäre.

Der Aderlass war die einzige wirkungsvolle Therapie. Und Keller deutete sie als Versicherung gegen Herzinfarkte und Schlaganfälle.

Christoph Schwendi sprach von Kellers Vater stets mit einer zarten Wehmut, wie man sie nur Seelenverwandten entgegenbringt, deren Lebenswege sich zu spät und erst unter bedauernswerten Umständen gekreuzt haben. Übermannten Schwendi in seinen Betrachtungen über Kellers Vater die Gefühle, begann er über einen seiner Berufskollegen zu wüten, dass Gott erbarm: ein „oberarrogantes Quadratarschloch“, wie Schwendi zu sagen pflegte, „aus Basels guter Gesellschaft“, der seine Arroganz aus einem über die Jahrhunderte gewachsenen und konservierten Klassenbewusstsein bezog, das zwar über Epochen eine akademische Laufbahn mit entsprechender Anstellung und dem baldigen Ruf als stadtbekanntem Spezialisten garantierte, heute aber so hoffnungslos veraltet war, dass es nur noch hinter verriegelten Sonntagstüren und in hermetisch abgeschlossenen Familienkränzchen gepflegt werden konnte. Nun, dieser Quacksalber hätte laut Schwendi das Leben von Kellers Vater retten können, hätte er damals die ausgebrochene Zuckerkrankheit nicht als Manager-Diabetes diagnostiziert, sondern wäre deren Ursache mit der angemessenen Sorgfalt auf den Grund gegangen. Schwendi musste sich immer, wenn er wütend über die Unfähigkeit der großen „Koryphäe“ geschimpft hatte, beherrschen, dass er nicht das Urteil „fahrlässige Tötung“ fällte, was es laut Schwendi aber letztlich war.

Keller schätzte Schwendis Art, wie er mit dem Tod von Kellers Vater umging, genauso wie ihm Schwendis professionelle Fürsorglichkeit behagte, mit der er ihn nachdrücklich zur Einhaltung der vereinbarten Abstände zwischen den Aderlassterminen anhielt. Dies alles vertiefte bei Keller den Eindruck, er würde den Weg mit Schwendi an der Stelle fortsetzen, wo sein Vater brüsk abgebogen war.

Keller erzählte Schwendi von seinen verlorenen Wörtern: „Tasse“ – er wies auf eine Kaffetasse auf Schwendis Pult hin –, „Engländer“ und „chiave inglese“ oder neuerdings auch „Türschloss“, das er ihm mit Zeigen begreiflich zu machen versuchte. Schwendi hörte aufmerksam zu, meinte lachend, dies passiere ihm auch öfters und hielt Keller dazu an, das Ganze zu beobachten, aber sich auch nicht allzu viele Gedanken zu machen, damit er ob all der Gedanken, Befürchtungen und Besorgnisse nicht noch mehr Wörter verliere. Worauf sich Keller beruhigt niederlegte, Schwendi dessen Vene glattstrich, mit Alkohol einrieb, zustach, die Klemme am Röhrchen zwischen Nadel und Vakuumpulle löste, worauf sich sogleich ein warmer, regelmäßiger Strahl Kellerschen Bluts, Gruppe 0, Rhesus positiv, in die Flasche ergoss – und mit diesem Blut ein weiteres Wort, was aber weder von Keller noch von Schwendi bemerkt wurde.

Keller kämpft um Worte.

Keller beobachtete seinen Wortschatz. Wort für Wort klaubte er zusammen, sichtete, was da war, wurde misstrauisch, wo ihm eines fehlte. Zum Beispiel „Tasse“, die sich scheinbar endgültig verabschiedet hatte. Vielleicht ist es ja so, stellte sich Keller vor, dass die Tasse sich irgendwo in meinem Gehirn herumtreibt. Vielleicht trifft dieses jämmerliche Wort, weiß Gott und Teufel warum, eine eigene Wahl, macht einen Ausflug an die Grenzen des Sprachzentrums und findet es durchaus bemerkenswert, dass es ein Draußen gibt. Da flitzen andauernd kleine Kügelchen hin und her, die wahrscheinlich ganz wichtige Aufgaben haben, beispielsweise als ‚Rechner‘ oder als solche, die Bewegungsabläufe koordinieren.

Tasse, dachte Keller, hat vielleicht jetzt den Willen, dies in Erfahrung zu bringen. Und die Möglichkeit, mal ein Knie oder einen Ellbogen bewegen zu können oder den Sinn ihrer selbst zu verstehen, statt immer wieder in Verbindung mit ‚Kaffee‘, ‚Tee‘, ‚Bouillon‘ oder ‚Reis‘ schnell und gedankenlos irgendwohin gesprochen zu werden, ist für dieses Wörtchen sicherlich verlockend. Zumal das Dasein als Wort ‚Tasse‘ eine fortwährende Demütigung sein muss, besteht doch keine Aussicht darauf, irgendwann für einen wichtigen Satz, eine brillante Formulierung aufgeboten oder eine geistreiche Assoziation verwendet zu werden.

Für Tasse, mutmaßte Keller, gibt es kaum Gelegenheiten, die anderen Wörter damit zu beeindrucken, diesen oder jenen seltenen Ausdruck getroffen, ja mit ihnen gar einen erinnerungswürdigen Satz gebildet zu haben. Sie ist weder konjugierbar wie die Verben, noch wird sie je vom Genitiv mit einem ‚s' geschmückt werden. Das ‚n' des Plurals ist das Höchste der Gefühle für ein Wort wie Tasse.

Letztlich, dachte Keller, gehört sie zur Kaste der unbedeutendsten Wörter. Sie ist nichts als eine Bezeichnung für einen alltäglichen Gebrauchsgegenstand, nicht einmal doppeldeutig zu verwenden. Einzig die Hauptrolle in einer dämlichen Redewendung bleibt für sie reserviert.

Aber vielleicht hat das idiotische Dingwort beschlossen, dass sich etwas ändern soll, hat an etwas gerochen, von dem die anderen Wörter keine Ahnung haben: Freiheit! Und wenn das Wort sich mit anderen zusammentut und wenn sie gemeinsam den Aufstand üben, die Flucht proben?

Keller fror bei dem Gedanken, denn ‚Engländer' war mittlerweile auch mehrheitlich weg. Zwar lag der Schraubenschlüssel in der häuslichen Werkzeugkiste und Keller wusste genau, wozu dieser zu gebrauchen war, nur benennen konnte er das Ding nicht mehr. Und dass es zum Blutabzapfen eine Klemme braucht, war ihm durchaus bekannt, doch deren Bezeichnung hatte sich während des letzten Aderlasses im Vakuum der Medizinalflasche aufgelöst.

Der Rest war gemäß seiner Buchhaltung noch da. Zwar entflogen ab und zu ein paar Wörter, versuchten sich in engen Tälern zu verstecken oder verkrochen sich in behelfsmäßigen Unterständen, aber bis jetzt konnte er alle Flüchtigen dank seiner aufmerksamen Beharrlichkeit wieder einfangen. Dabei handelte es sich mehrheitlich nicht um wichtige Substantive, Verben und Adjektive wie „haben“, „sein“, „schön“, „Auto“, „Kirche“, „lieben“ oder „trinken“, vielmehr hegten Randständige Fluchtgedanken. Wörter wie „Schublehre“, „Anderswelt“, „Zwangsneurose“ oder „Schifffahrtskapitänsmütze“. Bis auf die erwähnten „Tasse“, „Engländer“ und „Klemme“ saßen die Hauptgebrauchswörter – ein wunderbares Wort aus der Primarschule – noch immer brav in seinem Sprachzentrum, links, gleich über dem Ohr, beisammen.

So war Keller an diesem Morgen, an dem die Temperatur für die Jahreszeit ungewöhnlich warm war und sich die Amseln bereits um sechs Uhr morgens Neuigkeiten und Deutungen ihrer Träume gegenseitig zupfiffen, ziemlich zufrieden mit seinem Inventar. Die Regale waren für Kellersche Verhältnisse immer noch prall gefüllt. Seine uralten Allgemeinwissensanker aus „Knaurs Jugendlexikon“ standen links oben und das Fachvokabularium aus dem Germanistikstudium sowie die englischen Business-Ausdrücke waren fein säuberlich auf Augenhöhe aufgereiht. Und der Fäkalwortschatz befand sich auch dort, wo er hingehörte: in der zweiten Reihe, hinter „Mercks Warenkunde“, Erstausgabe 1906, und dem „Historisch Bibliographischen Lexikon der Schweiz“.

Derart gerüstet und mit einem Zutrauen ausgestattet, das sich aus dem Vergessen nährte, machte sich Keller auf, mit den Schulleiterinnen und Schulleitern der Sekundarschule Liestal eine neue Leitungsstruktur zu erarbeiten.

Ein Himmelfahrtskommando, dessen war sich Keller bereits bei der Annahme des Auftrags bewusst. Drei

Jahre lang hatte es dieses Gremium mit tausend Ausflüchten und spitzfindigen Auslegungen der gesetzlichen Grundlagen geschafft, die Umsetzung der geforderten Reform hinauszuschieben. Nun sollte es Keller mit ihnen versuchen. Es waren durchwegs intelligente Menschen, die das Gesetz in- und auswendig kannten und genau wussten, was ihnen an Privilegien, an Schulleitungsentlastungsstunden, Sockelentlastungsstunden, Altersentlastungsstunden und Dienstjahreentlastungsstunden zustand und was nicht. Und wie sie diese Stunden gegeneinander aufrechnen, damit spielen und sie als Fallstricke für Keller auslegen konnten. Was sie auch von Workshop zu Workshop versuchten. Wie Schüler, die drauf lauern, dem Lehrer endlich einen Fehler nachweisen zu können. Dieser Umkehrung der Verhältnisse, sich hier als Schüler aufzuführen, konnten sie nicht widerstehen, zumal Keller zwangsläufig die Rolle einnahm, die sie tagtäglich innehatten: die des Tagesclowns, des Alleinunterhalters, des „gentil animateur".

Ein Part, den er eigentlich gerne übernahm. Denn er motivierte bereitwillig, liebte es, anderen den Horizont zu erweitern und neue Sichtweisen zu eröffnen. Aber bei diesem Publikum, das auf jeden Verschreiber mit bleckendem Rotstift wartete, fühlte sich Keller unwohl, beobachtet, beim geringsten Fehler zum Abschuss freigegeben. Das erforderte volle Konzentration über acht Stunden und auch während der Pausen, erlaubte keine Unachtsamkeiten, kein unbedachtes Wort, immer die Deckung sichernd, denn hinter den Schießscharten lauerten die gespannten Bolzen. Und – sie waren in der Überzahl.

Trotzdem, Keller wollte die Burg heute schleifen und ihre Köpfe sauber und geräuschlos vom Rumpf trennen, sodass diese erst in dem Augenblick fallen würden, nachdem sie seine Vorschläge gutheißend abgenickt hätten.

Seit den letzten beiden Workshops drehte sich Keller mit ihnen im Kreis. Nicht ganz ungewollt, machten sie doch keine Anstalten, selber Vorschläge zu bringen, die auch nur den Keim einer Lösung des Problems in sich trügen. Sie verschanzten sich hinter dem Status quo, obwohl alle darunter litten, aber scheinbar war dieser nach mühsamen Positionskämpfen der kleinste gemeinsame Nenner des gerade noch ertragbaren Leidensdrucks.

Keller hatte sich für heute vorgenommen, diese Allianz aus Nichtangriffspakten, die auf zugeschanzten Entlastungsstunden, Sockelentlastungsstunden, Altersentlastungsstunden, Dienstjahreentlastungsstunden und Entlastungsentlastungsstunden beruhten, zu sprengen und – obwohl man dies laut Lehrmeinung nicht tun sollte – einen eigenen Vorschlag zu bringen. Irgendwie würde er ihnen dann diesen schon noch so verklickern, dass sie dachten, er sei auf ihrem Mist gewachsen.

Wer so etwas ins Auge fasst, „muss sein Haus bestellt wissen“, wie Keller zu sagen pflegte. Keller wusste sein Haus bestellt, war zuversichtlich und verschwendete keinen Gedanken daran, dass gerade heute wieder ein paar Wörter verloren gehen könnten.

Doch die machten ihm jetzt zu schaffen. Just in dem Moment, in dem es galt, das Modell auf den Tisch zu legen, zwei der fünf Schulhäuser zu schließen und dazu nicht nur zwei, sondern gleich drei der fünf anwesenden

Schulleiter wieder zurück an ihr Pult ins Klassenzimmer zu versetzen.

Keller erhob sich, ging dynamisch vor den schläfrigen Schulleitern auf und ab und machte sich daran, die Wand am Ende der Sackgasse, in die er sie geführt hatte, zu durchbrechen. Keller hatte diese Methode schon oft erprobt und sie führte immer zum erwünschten Resultat. Die Beschaffenheit des Resultats war dabei nicht einmal so wichtig. Viel wichtiger war, dass endlich eine Lösung da war, welche die aufgestaute Mattigkeit zerschlug und Energie für neue Wege freisetzte. Das führte bei den meisten Klausurteilnehmenden geradewegs zu euphorischen Gefühlen, die sie der Meisterschaft der Kellerschen Moderation zuschrieben. Was dieser weder bejahte noch dementierte, sondern zusah, dass er das gewünschte Resultat seinem Auftraggeber zwecks Akquisition neuer Mandate termingerecht abliefern konnte. Doch diesmal schwammen ihm die Felle davon: Der sorgsam vorbereiteten Argumentation, die er sich für diesen Moment zurechtgelegt hatte, fehlte ein entscheidendes Wort.

Keller stand vor dem Flipchart und zeichnete das Modell: drei große Vierecke, zwei kleine, strich die zwei kleinen durch, setzte über die drei großen Vierecke ein noch größeres Rechteck, schrieb „Zentrale" hinein und hob an, seine Darstellung zu erläutern: „Die zwei kleinen Schulhäuser werden geschlossen, alle Klassen kommen in die großen Schulhäuser, die heute neunköpfige Schulleitung wird auf vier Personen reduziert. Wobei ein Schulleiter oder eine Schulleiterin in der Zentrale sitzt, die nur für administrative und repräsentative Aufgaben zuständig ist."

„Ja, aber in den großen Schulhäusern hat es zu wenig Platz für alle Klassen", war der erste Einwand, dem allgemein zugenickt wurde, kam er doch vom jetzigen Vorsitzenden.

„Wir werden Container aufstellen, das haben andere Schulen auch schon gemacht."

„Haben Sie dazu schon mit der zuständigen Stelle gesprochen?", fragte der Vorsteher eines der großen Schulhäuser verunsichert. Er wusste, die Container könnten die Schließung der anderen Schulhäuser nach sich ziehen.

Keller schwellte die Brust, klar hatte er das schon besprochen, und entgegnete sicher: „Ja, natürlich habe ich das mit dem Kantonsarchäologen vorab besprochen. Das mit den Containern ist machbar."

„Mit dem Kantonsarchäologen?", fragte die schulleitende Tanzlehrerin belustigt.

„Ja, mit dem Kantonsarchäologen, das ist in dieser Angelegenheit die zuständige Amtsstelle."

„Es ist mir zwar bekannt, dass unter dem Schulgelände keltische Gräber vermutet werden, aber sind wegen bodenerdig aufgesetzten Containern wirklich archäologische Grabungen nötig?"

Keller stutzte: Wie kommt der jetzt auf keltische Gräber?, fragte er sich.

Der Mathematiklehrer nutzte Kellers Unsicherheit und hakte nach: „Laut meinen Informationen stehen die Container auf Betonsockeln, die höchstens einen halben Meter in den Boden versenkt werden. Bei einer solch geringen Tiefe wäre es doch sinnlos, den Kantonsarchäologen zu bemühen. Meinen Sie nicht auch, Herr Keller?“

Jetzt schaltete Keller – mein Gott, er hatte „Kantonsarchäologe“ gesagt. Dabei meinte er natürlich „Schulraumbeauftragter“. Keller versuchte das Malheur wegzulachen.

„Habe ich tatsächlich ‚Kantonsarchäologe‘ gesagt?“, fragte er in die Runde.

Die Schulleiter nickten wie Schüler. Keller lachte nochmals und beschwichtigte: „Nein, nein, ich meinte selbstverständlich den ‚Kantonsarchäologen‘ und nicht den ‚Kantonsarchäologen‘.“

Jetzt herrschte Stille. Die Schulleiter schauten einander an, schauten Keller an. Einer räusperte sich, eine kramte nach einem Kaugummi.

„Was ist?“, fragte Keller schließlich.

„Herr Keller, ich denke … ich vermute, Sie sprechen vom Schulraumbeauftragten?“

„Ja, natürlich, sage ich doch die ganze Zeit“, entgegnete Keller entnervt.

„Nein“, warf der verängstigte Schulleiter, der einerseits um seinen Sessel bangte und andererseits um diesen kämpfte, ein, „Sie haben immer nur ‚Kantonsarchäologe‘ gesagt“. Und mit der Einfühlsamkeit eines Mittfünfzigers, der unter der geballten Last des Lebens abzusacken drohte, fuhr er fort: „Herr Keller, ich kenne das, das ist mir auch schon passiert, vor versammelter Klasse, können Sie sich das vorstellen? Vor versammelter Klasse, Herr Keller? Aber glauben Sie mir, das ist weiter nicht so schlimm, ich denke, es liegt an unserem Alter.“

Keller setzte sich. Eigentlich hätte er drein- und um sich schlagen können. Aber die Tatsache, dass er nicht nur einmal, sondern mehrere Male das falsche Wort gesagt und dabei immer das richtige gemeint hatte, drückte ihn in den Stuhl. Keller versank.

„Herr Keller, ist Ihnen nicht gut?“, fragte die Schulleiterin, die zwei Wochen später wegen Überlastung auf unbestimmte Zeit krankgeschrieben wurde. Die Wortfetzen gingen an Keller vorbei. Ein Reflex, der seiner jahrelangen Erfahrung als Coach und Projektleiter entsprang, nahm die Worte auf und Keller antwortete mechanisch: „Nein … nein, es geht, machen wir weiter.“

„Machen wir doch eine Pause“, warf der Vernünftigste der Runde ein.

„Möchten Sie eine Tasse Tee, Herr Keller, ich würde Ihnen eine holen?“, fragte die Tanzlehrerin besorgt.

„Ja, Tee, gerne“, murmelte Keller.

Keller wird getestet.

Ein goldgelber Fluss aus frischem Lagerbier strömte ruhig durch eine satte, wiesengrüne Ebene. Ein paar schwarzweiß gescheckte Holsteiner Kühe, leicht benebelt vom zudringlichen Hopfenduft, grasten friedlich. Auf dem Fluss tanzten vereinzelt dickwandige, schmucklose weiße Cappuccinotassen. In jeder Tasse saß ein Schulraumbeauftragter. Der eine schien über Plänen zu brüten, ein anderer telefonierte mit dem Vorsteher des Amtes für das kantonale Schulwesen, eine Schulraumbeauftragte lehnte sich aus der Tasse und schöpfte Bier, während zwei weitere ganz ruhig und synchron den Kühen zuwinkten.

Ab und zu bildete der Fluss kleine Schaumkronen, die dann mit einem dumpfen „Plopp" eine weitere Tasse mit einem weiteren Schulraumbeauftragten drin gebaren. Seltsamerweise stellte sich nie der Eindruck ein, dass die Zahl der schwimmenden Tassen zu- oder abnahm, obwohl weder welche versanken noch sonstwie verschwanden.

Außer den Kühen säumte niemand das Flussufer, vielleicht standen kurz vor dem Horizont ein paar Windmühlen – oder waren es Leuchttürme? –, doch das konnte Keller nicht mehr genau erkennen, franste doch die Oberflächlichkeit des Halbschlafs die Traumränder sehr unregelmäßig aus.

Keller wusste genau, dass da „Schulraumbeauftragte" in „Tassen" auf einem Bierfluss durch irgendeine holländische Landschaft schwammen, und freute sich im

Traum darüber, der beiden Wörter, deren Entfliegen ihn in peinliche Situationen gebracht hatte, wieder habhaft zu sein. Ja, freute sich diebisch, den „Schulraumbeauftragten“ mit der Existenz eines Tassenkapitäns geschlagen zu sehen, für den das Leben nichts Weiteres mehr anbot, als im Takt mit seinen Klonen Holsteiner Fleckvieh zuzuwinken. Eine gerechte Strafe, empfand Keller. Und zur Erhöhung des Strafmaßes nahm er sich vor, den „Schulraumbeauftragten“ jedes Mal noch links und rechts durchzukauen, bevor er ihn aussprach. Mit der Genugtuung, dass sein Unterbewusstsein die erlittene Unbill rächte, schob sich Keller vom Halb- in den Tiefschlaf, in dem er bis zum Morgen weilte.

Frisch aufgewacht versuchte sich Keller gleich an den Traum zu erinnern. Bruchstücke tauchten auf: Leuchttürme, grüne Weiden, grasende Kühe, ein goldgelber Fluss und darauf schwammen dickwandige Dinger mit irgendwelchen winkenden Typen drin.

Ralph Keller, es waren keine dickwandigen Teile und es saßen auch nicht irgendwelche Sonderlinge drin, sondern es waren … und …, nahm sich Keller selber an die Kandare. Er hasste es, Dinge nicht benennen zu können. Noch stärker hasste er es, belanglose Dinge nicht benamsen zu können, und dass genau diese beiden mickrigen Wörter wieder fehlten, machte ihn wütend. Wahnsinnig wütend: Er fluchte, wälzte seinen Kopf hin und her, schlug mit einer Ferse auf die Matratze, zermarterte sich das Hirn, suchte nach diesen verdammten Wörtern im Großhirn, was ergebnislos verlief, im Kleinhirn, wo sich ohnehin keine Wörter befinden, im Gehörgang, in der

Hörschnecke, im Mund, unter der Zunge, ja sogar im Hals, wo sie vielleicht hängen geblieben waren, doch er fand nichts. Verzweifelt vergrub er sein Gesicht im Kopfkissen. Keller war dem Weinen nahe, merkte es, steckte die aufkommenden Tränen weg und entschied trotzig, das Bett erst zu verlassen, wenn er die Wörter wieder gefunden hätte.

Er blieb ganz ruhig liegen, dachte, wenn er immer an die Wörter denken würde, kämen sie ihm sowieso nicht in den Sinn, also müsse er eine Weile an etwas anderes denken, um dann plötzlich hinter einer Ecke am Rande seines Sprachzentrums aufzutauchen und die beiden Flüchtlinge wieder in seinen Wortschatz zurückzutreiben. Keller übte sich darin, ja, er war zwei-, dreimal nahe dran, machte ein „s" von „Tasse" dingfest, konnte ein „a" von „Schulraumbeauftragter" ergreifen, aber letztlich waren es Scheinerfolge, denn das „s" konnte genauso zu „Sache" oder „Sauhund" gehören, wogegen das „a" sowieso inflationäre Tendenzen aufwies. Nein, nein, man konnte mit Keller viel machen, aber selbst täuschen ließ er sich nicht. Schon gar nicht von debil winkenden Schulraumbeauftragten in schwimmenden Tassen.

Keller gab auf, verwarf seinen Entschluss, im Bett zu bleiben, bis er die Wörter wieder hätte, stemmte sich in die Vertikale, zog sich an, holte die Zeitung, stellte Butter, Honig, Konfitüre, zwei Scheiben Brot, einen Teller, Messer, Löffelchen, Zucker und Milch auf den Tisch, nahm mit einem Blick tiefster Verachtung eine „German Bavaria" aus dem Schrank, warf die Kaffeemaschine an, goss sich Milch ein, schluckte die Pille gegen Bluthochdruck, strich sich ein Honigbrot und las die Zeitung.

Aber nicht so, wie er sie üblicherweise zu lesen pflegte. Er achtete genau auf jedes Wort, er beobachtete sich selbst, nein, er kontrollierte sich, ob er auch alles verstehe. Und er verstand alles. Nur einmal verlor er die Kontrolle, als er einem Artikel entnahm, dass die Stadtregierung dem Gleichstellungsbüro den Auftrag erteilt hatte zu bestimmen, welche Werbung sexistisch und darum zu verbieten sei. Es wurden drei Beispiele angeführt, die künftig untersagt werden sollten: ein Plakat, auf dem drei Schönheiten in geschmackvoll verführerischen Dessous für eine Damenunterwäschemarke warben, eine Anzeige für Uhren mit der Schlagzeile „Die einzige Glasscheibe, die auch Männer putzen“ sowie ein Inserat für Tabletten gegen Migräne mit dem Titel „Garantiert zuverlässiger als jeder Mann“.

Keller rang nach Worten. Da regte sich die westliche Gesellschaft über die restriktive Auslegung des Korans in islamischen Ländern auf, empörte sich über Zensur, Unterdrückung und Redefreiheit und realisierte nicht, dass sie auf dem besten Weg in eine watteverpackte Gesinnungsdiktatur war. Zuerst wollten sie das Schwimmen im Rhein verbieten, es könnte ja jemand in eine Schiffsschraube geraten, was zwar noch nie geschehen war, aber man muss die Bürger schützen. Dann ordneten sie an, dass alle Plastikstühle und grellfarbenen Sonnenschirme aus den Boulevardbeizen verschwinden müssten, in den Kneipen dürfe nicht mehr geraucht werden und die Hälfte der Männchen auf den Verkehrsampeln sollten paritätisch durch Weibchen ersetzt werden. Schöne neue Welt der politischen Korrektheit. Keller war sprachlos, ob des Blödsinns, den sich da wieder irgendwelche Lohnklasse-9-13-Sesselkleber ausgedacht hatten, um sich und ihren Fachstellen eine Daseins- und Lohnzahlungsberechtigung zuzuschanzen.

Heilandsack, verfügt denn niemand mehr über ein bisschen gesunden Menschenverstand, oder sind alle diese Anordnungen nur ein bürokratisches Abbild gesellschaftlicher Edelfäule?

Er spülte seinen Ärger mit dem Rest kalten Kaffees, der sich noch in der „German Bavaria" befand, herunter, stand auf, wollte sich einen neuen Kaffee rauslassen, bemerkte die Tasse in seiner Hand, was ihm wiederum klarmachte, dass er ein Problem hatte, worauf er die Tasse unvermittelt auf dem Küchenboden zerschmetterte.

Keller sackte zusammen, lehnte sich mit dem Rücken an die Kühlschranktüre, war den Tränen nahe. Zum zweiten Mal innert knapp einer halben Stunde. Keller hatte das letzte Mal geweint, als er sich von seiner Frau getrennt, sie und seinen Sohn zurückgelassen hatte. Damals hatte er am Straßenrand anhalten müssen, hatte seinen Kopf auf das Lenkrad gelegt und wie ein Schlosshund losgeheult. In diesem Augenblick hatte er sich sehnsuchtsvoll gewünscht, dass irgendeine Frau seines bisherigen Lebens – und sei es auch seine Großmutter – des Weges gekommen wäre, sich auf den Beifahrersitz gesetzt und ihm übers Haar gestrichen hätte.

Keller blieb noch einen Moment auf dem scherbenübersäten Boden sitzen. Es würde auch heute keine Frau kommen. Nach einer Weile ging er entschlossen zum Telefon und wählte die Nummer von Dr. Schwendi. Es war ernst, Keller hatte wirklich ein Problem und es traf ihn an seiner empfindlichsten Stelle. An der Stelle, an der Keller Keller definierte.

Eine Stunde später betrat Keller Schwendis Praxis, nahm auf dem Patientenstuhl Platz, kramte aus seinem Rucksack eine „German Bavaria", knallte sie auf Schwendis Pult und fragte ihn erregt: „Was ist das?"

„Eine Tasse", antwortete Schwendi verwundert.

„Und das?" Keller legte einen Engländer neben die Tasse.

„Ein Engländer, aber …", versuchte Schwendi Keller zu unterbrechen.

„Warten Sie." Keller drehte sich um und nahm eine Klemme von Schwendis Instrumententablett und legte sie neben den Engländer.

„Eine Klemme, aber was soll das?", entgegnete Schwendi leicht genervt.

„Moment", hob Keller seine Hand, nahm Schwendis Rezeptblock, riss ein Blatt weg, drehte es um, nahm einen Bleistift und zeichnete ein großes Viereck, in das er „Amt" schrieb, links darunter zwei Häuser, die er jedes als „Schule" bezeichnete, und rechts davon vier kleine Rechtecke, die er je mit „Raum" anschrieb. Dann verband er „Amt" mit „Schule" und „Schule" mit „Raum". Er fuhr den Verbindungslinien nach und fragte Schwendi: „Wie heißt der Typ, der das tut?"

Schwendi verstand einen Moment lang nicht, was Keller wollte. Keller merkte es und hakte nochmals nach:

„Der Typ, das ist ein Beruf, ein Staatsangestellter, den bezahlen wir, Herr Schwendi."

Schwendi begriff. „Amts-schul-raum-bauer?", fragte er stockend.

„Nein, nein, der Typ verteilt, auf Befehl von oben", trieb Keller Schwendi ungeduldig an und strich dabei das Amt durch.

„Schul-Raum- … -disponent?"

„Ja, ungefähr", antwortete Keller und lehnte sich in seinem Sessel zurück.

„Und jetzt?", wollte Schwendi eine Erklärung für die Kellersche Inszenierung.

„Und jetzt?" Keller beugte sich nach vorne und sagte leise: „Ich weiß die Wörter nicht mehr, Herr Schwendi, diese Wörter, sie sind weg."

„Weg?"

„Ja, weg, verschwunden, in Nichts aufgelöst, nicht mehr greifbar. Ich weiß zwar, wofür all die Dinge da gut sind und wozu sie gebraucht werden, und weiß sogar noch irgendwie, wie diese verdammten Dinge heißen, aber ich kriege die Wörter nicht mehr über die Lippen. Verstehen Sie?"

Schwendi nickte. Er war besorgt. Keller war keiner jener Kunden, die wegen jedem Mückenschiss den Arzt aufsuchten. Im Gegenteil, Keller gehörte zu jenen, die nach unzähligen Sportwehwehchen wussten, dass vieles auch ohne Arzt heilen würde. Keller war auch kein Pillenschlucker, lieber stand er eine Grippe mit viel Tee, Whisky und einem guten Buch statt mit Multiwirkstoffvitaminbomben durch. Aber Keller, so wie er sich jetzt präsentierte, war beunruhigt, hatte Angst. Irgendetwas stimmte nicht. So viele Wörter fehlten nicht einfach so. Und – hatte er nicht schon beim letzten Aderlass darauf hingewiesen?

„Und …?" ließ Keller Schwendi seine Ungeduld spüren.

„Herr Keller, haben Sie schon einmal so eine Art Blitz oder Schlag im Kopf gehabt, gefolgt von Schwäche, Gefühl-, Seh- und oder Sprachstörungen?", fragte Schwendi, wippte mit seinem Stuhl nach vorne und blickte Keller dabei eindringlich in die Augen.

Keller wurde unsicher. Schwendis Tonfall war nicht derselbe, mit dem sie sich beim Aderlass unterhielten. Keller bestand zwar auf Ernsthaftigkeit, aber Schwendis plötzlich an den Tag gelegte medizinische Professionalität behagte ihm jetzt doch nicht mehr. Vor allem die Frage nach dem „Blitz im Kopf". Keller wusste, worauf Schwendi hinaus wollte. Eins und eins zusammenzählen konnte er noch. „Nein, ich kann mich nicht erinnern … ich kann mich an keinen Schlaganfall erinnern?"

„Wie heißt das?", fragte Schwendi unvermittelt, indem er auf den Engländer zeigte.

„Schrauben … steller, nein … dreher", antwortete Keller zögerlich.

„Anderer Name", befahl Schwendi.

Keller überlegte eine Weile, eine Nation, ein Land, Teetrinker, Whisky, seine Gesichtzüge entspannten sich und schließlich sagte er überzeugt: „Schotte."

„Engländer, mein lieber Herr Keller", antwortete Schwendi ruhig, wechselte überraschend den Tonfall:

„Und jetzt raus mit der Sprache, können Sie sich an einen Schlag, eine kurze Benommenheit, an einen stechenden Kopfschmerz erinnern, an irgendetwas Ungewöhnliches, das in Ihrem Kopf geschah?“

Keller zuckte zusammen. So forsch hatte er Schwendi in all den Jahren noch nie erlebt. Keller versuchte sich zu erinnern, ging seine Gebrechen der letzten Wochen durch, konnte außer seiner hartnäckigen Adduktorenreizung nichts Außergewöhnliches finden, schüttelte einfach den Kopf und sagte: „Nichts, es ist mir kein Blitzschlag in meinem Schädel gegenwärtig.“

„Lieber Keller, ich will Ihnen helfen. Es geht hier weder um falsche Scham noch um übersteigertes Heldentum. Was Sie mir schildern und wie es sich mir darbietet, deutet alles auf eine Aphasie hin. Aphasie heißt Sprachverlust. Das beginnt mit Wörtern, die fehlen, nicht mehr ausgesprochen werden können, und kann mit dem Verlust des Schreib- und Lesevermögens enden. Eine ungemütliche Sache. Es kann aber auch morgen aufhören, und mit einer guten Therapie kann alles wieder hergestellt werden. Nur, Wörter verliert man nicht einfach so, sondern das geht meist mit einem Schlaganfall einher, von mir aus auch einer Streifung, und die werden zu fünfundneunzig Prozent von den Betroffenen bemerkt. Und da muss ich einfach wissen, ob Sie eine hatten oder nicht, denn sonst könnte die Ursache etwas anderes sein. Hatten Sie in letzter Zeit viel und andauernde Kopfschmerzen?“

„Nein, ich habe fast nie Kopfschmerzen, und wenn ich welche gehabt hätte, wüsste ich das ganz genau“, erwiderte Keller kleinlaut.

„Das ist ja schon mal nicht schlecht.“

„Was heißt ‚nicht schlecht‘?“

„Wahrscheinlich kein Tumor.“

Keller rutschte das Herz in die Hose. „Kein Tumor?“

„Wahrscheinlich kein Tumor. Aber hören Sie, Herr Keller, es macht keinen Sinn, dass wir hier noch lange rumsitzen und mutmaßen. Ich melde Sie für ein MRI an, dann wissen wir Genaueres und können einen Schritt weitergehen. Und vielleicht handelt es sich ja tatsächlich nur um ein vorübergehendes Phänomen. Ich rufe Sie an, wenn ich einen Termin für das MRI habe.“

Keller lernt das Wort Aphasie.

Keller spürte nichts. Er spürte nicht, wie die starken Magnetfelder mit einem sich regelmäßig wiederholenden, stumpfen Knall die Wasseratome scheibchenweise in seinen Zellen gegen die Membranwände schoben, spürte nicht, wie irgendein Aufzeichnungsmechanismus die Konturen der angehäuften Wasseratome festhielt, und schon gar nicht, wie daraus ein klares Abbild seines Gehirns, auf dem alle Blutbahnen wie auf einer Landkarte verzeichnet waren, entstand. Klar, die Knallerei war lästig, aber dafür hatten sie ihm ja die Kopfhörer aufgesetzt. Sie ließen ihn zwischen den Programmen „Klassik", „Volkstümlich" und „Rock&Pop" wählen. „Jazz" wäre wohl zu nervös, hatte doch Keller die Anweisung, sich nicht zu bewegen, während der Resonanzmagnetograf über seinem Kopf hin und her fuhr.

Keller entschied sich für „Rock&Pop", in der Hoffnung, dass angesichts der Lage, in der sich die Leute auf diesem Schragen befanden, das Programm „Wish you were here" von Pink Floyd oder „Cinema Show" von Genesis spielen würde. Doch Keller wurde enttäuscht. Der DJ, wahrscheinlich ein junger Assistenzarzt des Röntgen- und Tomografie-Instituts, hatte sein ganzes Einfühlungsvermögen für Patienten, die einen Schicksalsschlag befürchteten, aufgeboten und den Computer mit „Hell's Bells" von AC/DC gefüttert. Vermutlich ging er davon aus, dass die Glockenschläge und harten Gitarrenriffs dem Donnern des Apparates die Schärfe nehmen würden. Das Gegenteil war der Fall. Auf Glockenschlag folgte ein dumpfes „Bums“, auf „Bums“ ein messerscharfes Gitarrenriff – weder rhythmisch noch synkopisch, einfach ein grauenhaftes Mus.

Keller ignorierte das ganze Gedröhne und versuchte ruhig liegen zu bleiben, schließlich hatte er ja nur ein Ziel: so schnell wie möglich raus aus dieser Röhre. Und abends würde er in den „Hirschen“ in Holzen essen gehen. Wenn schon sterben, dann wenigstens mit vollem Bauch.

Möglicherweise haben die Wörter auch eine Beiz, ging es Keller durch den Kopf. „Zur Goldenen Rede“, „Zum Großen Hirn“ oder „Zum Schwarzen Satz“. Vielleicht ist sie jetzt proppenvoll, schließlich ist Freitag. „Rechnung“ und „Polizeistunde“ werden sie vermutlich in den Keller gesperrt haben und entsprechend feuchtfröhlich dürfte die Stimmung sein.

„Tasse“ und „Engländer“ würden an der Bar flirten, „Bier“ mit Freunden wie „Melissengeist“, „Weinbrand“ oder „Appenzeller“ am Stammtisch einen „Undenuffe-Obenaabe“ klopfen, „Strategie“, „Kommunikationskonzept“ und „Maßnahmenkatalog“ in ihren letzten Einsätzen und den klugen Sätzen, die ohne sie keine klugen Sätze geworden wären, schwelgen und „Kantonsarchäologe“ würde zwar auch dabeistehen, sich aber irgendwie ein wenig verloren vorkommen. Angesichts dessen, was er mir angetan hat, müsste er sich mit „Beichte“, sicherlich eine notorische Lügnerin, in ein stilles Eckchen verziehen.

Die Nachricht des Verschwindens des von mir aus Rache verbannten „Schulraumbeauftragten“ müsste die Stimmung heben, freute sich Keller. Wahrscheinlich sind den alteingesessenen Wörtern diese Neuschöpfungen ein Dorn im Auge. „Wer nicht seit mindestens zehn Jahren im Duden steht, mit dem verkehre ich sowieso nicht", könnte beispielsweise „haben" auch die wissen lassen, die es nicht wissen wollen. Und dessen Hassliebe „sein" würde meist nachdoppeln und jedem Neuwort klarmachen, wer nicht wenigstens eine Vokal- oder Konsonantenverschiebung in seinem Stammbaum vorweisen könne, der sei genau genommen ein für allemal ein Unwort.

Und den Gipfel der Arroganz bildeten sicher die Lateinischstämmigen, die sowieso alle Germanischstämmigen, inklusive der Anglizismen, diskussionslos der Barbarei zuordneten und verzweifelt, aber zunehmend vergeblicher, bei jeder sich bietenden Gelegenheit uralte Rechte sowie Minderheitenschutz für sich reklamieren würden. Ein ewiges Gejammer, das – vielleicht – die Freiheitsliebe, den Aufstand förderte, ängstigte sich Keller.

Und wie ist es mit diesem Knallen, diesen Erschütterungen durch diesen Apparat? Werden die Wörter das bemerken? Wer? „Wasser" zuerst? Gefolgt von „Schlange", die sich wohl schnell verkriechen wird. Wie werden die das wahrnehmen? Als sonores Rauschen oder eher als ein stechendes, ganz leises Pfeifen, das, wie aus dem Nichts kommend, den ganzen Raum beherrscht? Geraten sie in Panik? Schreien sie nach „Mama" und „Papa", die sich aber nicht im Entferntesten an etwas Ähnliches erinnern können? Angst wird sich schlagartig verbreiten, einige rufen nach „Duden" und „Universallexikon", aber die haben auch keine Erklärung für das Geräusch, das eigentlich kein Geräusch ist, sondern ein Schneiden, das Wellen verursacht, die sich nicht abschwächen und darum dieses Geräusch, das doch eines und doch keines ist, verursachen.

Und beim Knall, stellte sich Keller vor, würden Wellen zu Flutwellen werden, das „Große Hirn“ schwankt, die Wände scheinen nachzugeben, Wasser, das vorher nicht da war, fließt an ihnen empor, schwappt wieder zurück und verschwindet wieder. Und es würde wieder und wieder knallen, und das Wasser wieder da, und wieder weg sein, und all die Wörter würden elendiglich ersaufen, brächten sie sich nicht rechtzeitig in Sicherheit.

„Engländer“ wird seine beiden Spannbacken um den Henkel von „Tasse“ schließen und sie gegen den Ausgang ziehen. „Melissengeist“ schmeißt panikartig die Karten auf den Tisch und stürmt dem „Exit“-Zeichen entgegen, während „Bier“, Gelassenheit vortäuschend, ihm Feigling nachruft und die übrig gebliebenen Jasser zu einem „Bieter“ auffordert, derweil „Kantonsarchäologe“ sich in den Schoß von „Beichte“ verkriecht. Wenn es wieder knallt und „Mut“ unauffällig den Ausgang sucht und „Kommunikationskonzept“ sieht, dass „Standfestigkeit“ die Knie zittern, gibt es voraussichtlich kein Halten mehr: Sie stürmen panikartig zur Türe hinaus. Nur „Bier“ und „Weinbrand“ bleiben stoisch sitzen. Als das ganze Gedränge, Geschiebe und Gerenne vorbei ist und sich das Knallen nur noch wie ein entferntes Poltern anhört, entschließen sich die beiden, noch eine Runde „Tschau Sepp“ zu spielen.

Keller wurde das Knallen und Pfeifen, die harten Riffs und das metronomisch exakte Schlagzeugspiel von AC/DC, das Geschiebe und Gedränge in seiner Fantasie, das alles zusammen nur abgrundtiefe, schwitzende Panik hervorrief, einfach zu viel und er rettete sich, ohne es zu bemerken, in den Schlaf hinüber.

Schwendis Mienenspiel versprach nichts Gutes. Und als er sich noch mit einem tiefen Seufzer in seinen Bürosessel plumpsen ließ, verspürte Keller den Wunsch, sich zu bekreuzigen. Was er nicht tat, sondern im Gegenteil, er verballte seine schwitzenden Hände ineinander. Schwendi sah ihm in die Augen und sagte trocken: „Die gute Nachricht: kein Krebs, kein Tumor. Die weniger gute: Sie haben höchstwahrscheinlich einen Hirnschlag gehabt."

Schwendi machte eine Pause.

„Und?"

„Sie müssen einen Hirnschlag gehabt haben. Einige Blutbahnen der linken Hirnhälfte zeigen Beschädigungen. Können Sie sich wirklich an nichts mehr erinnern, Herr Keller? Es würde helfen."

„Doch, da war mal was, im Kino, bei ‚Eyes Wide Shut' von Kubrick, da knallte es mir plötzlich einen auf den Deckel", erinnerte sich Keller.

„Angesichts der betörenden Nicole Kidman", versuchte Schwendi das Gespräch und vor allem Keller zu lockern. Es gelang ihm, denn Keller lächelte einen Moment, er musste an den Tanz und die gebrochene Stimme von Kidman in den Armen dieses älteren Mannes denken. „Ja, auch wegen Kidman", flachste Keller, wurde aber sogleich wieder ernst. „Der Kopf schmerzte, es wurde mir schlecht, nicht gerade zum Kotzen schlecht, aber schlecht. Ich hatte Mühe, die Leinwand zu fokussieren, schließlich ging ich hinaus, auf die Toilette, spritzte mir Wasser ins Gesicht, setzte mich im Foyer auf die Bank, rauchte nach einer Weile eine Zigarette, und nachdem der ganze Spuk vorbei war, ging ich in den Saal zurück und wagte mich mit Tom Cruise in dieses Schloss."

„Und seither haben Sie keine Veränderungen an sich bemerkt?"

„Nein, nichts, keine Beschwerden, keine Kopfschmerzen, keine außergewöhnliche Übelkeit, nichts."

„Und die Wörter? Die verlorenen Wörter?"

Keller fühlte den Schmerz seiner immer noch verballten Hände, er löste sie voneinander, legte sie sorgfältig, damit sie sich mit dem zuschießenden Blut so schmerzfrei wie möglich entspannen konnten, auf Schwendis Pult: „Verliere ich jetzt Wort um Wort?"

„Ich befürchte, ja." Als Schwendi nach einer Weile des Schweigens gewahr wurde, welche Zukunft er Keller da gerade zugemutet hatte, begann er abzuschwächen: „Das muss nicht sein. Die paar Wörter, die ihnen heute fehlen, könnten bereits das Ende der Fahnenstange bedeuten. Das können Sie mit ein wenig Therapie wieder locker herstellen."

„Aber?"

„Ich will Ihnen nichts vormachen und, ehrlich gesagt, ich weiß auch zu wenig darüber. Es kann weitergehen bis zum kompletten Sprachverlust, was ich mir in Ihrem Fall aber nicht vorstellen kann, da der Hirnschlag schwach gewesen sein muss, sonst hätten Sie viel schwerwiegendere Schäden davongetragen. Es kann sich aber auch stabilisieren – oder noch ein bisschen weitergehen und sich dann stabilisieren. Aber ich kann und will nichts voraussagen."

„Und wie nennt man das in der Fachsprache?"

„Aphasie."

„Aphasie", wiederholte Keller nach sorgenvollem Schweigen, „Aphasie, eigentlich kein schwieriges Wort."

„Silvia Nott heißt die beste Spezialistin in Basel", sagte Schwendi und fügte hinzu: „Sie ist Logopädin mit eigener Praxis."

„Aphasie", wiederholte Keller.

„Wollen wir noch Blut abzapfen, Herr Keller?", versuchte Schwendi dem Gespräch eine andere Wendung zu geben, während er Adresse und Telefonnummer von Silvia Nott auf einem Zettel notierte, den er Keller sogleich zusteckte.

Keller nahm den Zettel, las die Adresse, schaute auf und Schwendi in die Augen und sagte dann leise: „Sie sind einfach ein Diagnostizist, nicht wahr, Herr Schwendi?"

„Nicht immer", lächelte Schwendi, „wenn ich Sie zur Ader lasse, Herr Keller, ist dies einer meiner seltenen Momente als erfolgreicher Therapeut."

Keller stand auf, legte sich auf den Schragen und streckte ihm den Arm hin, lachte gequält und sagte: „Aber zapfen Sie mir bitte keine Wörter mehr ab."

Keller kauft Wörter.

Keller legte die Hände aufs Steuerrad und vergrub seinen Kopf in die angewinkelten Unterarme. Der Regen trommelte aufs Dach seines Volvos. Mehr war da nicht, außer einer Zeitgrube, in die Keller hineinfiel. Darin verweilte er einige Augenblicke, gedankenlos, gehörlos, gefühllos, sprachlos, nackt, einfach nur als Keller. Das tat gut.

Keller kannte diese Gruben seit Kindesbeinen. Es gab zwei Kellersche Gruben: die Zeitgrube und die Raumgrube.

Die Zeitgrube konnte er herstellen, in sich sinken, sich immer weiter in sich hinuntertasten, die Dunkelheit Schicht für Schicht durchstoßen, bis Schwarzblau kam, dann weiter, Auflage für Auflage, Folie für Folie, bis er sich in dem Schwarz befand, das nur noch Zustand war. Da konnte er sich einnisten. Für wie lange, war nicht vorherzusehen. Mal dauerte es länger, mal kürzer, denn es dauerte immer genau so lange, bis er sich gewahr wurde, dass er bei eben diesem Schwarz angelangt war. Es reichte, diesen Zustand zu erlangen, diese erholsame schwarzblaue Tiefe, ganz nah am Ich.

Die Raumgruben waren nicht herbeizuführen, ja, und eigentlich war er schon lange nicht mehr in eine gefallen. Zuletzt in seiner Kindheit, bei seiner Großmutter. Nach dem ersten Mal fürchtete er sich vor ihnen, hatte Angst, in ein solches Loch zu fallen, dabei aus dem Schlaf gerissen zu werden und die Orientierung zu verlieren. In diesem Augenblick wusste er jeweils nicht mehr, ob der Kopf dort war, wo normalerweise die Füße hingehörten. Oder umgekehrt – oder war er sogar ganz quer im Bett gelegen? Stand das Bett überhaupt noch am selben Ort?

Die anfängliche Furcht hatte der Lust, ja, nach und nach einem regelrechten Verlangen nach diesem orientierungslosen Zustand Platz gemacht. Der kleine Keller hatte es, ohne sich dessen bewusst zu sein, für eine Art Freiheit gehalten. Die einmalige Freiheit, für ein paar Atemzüge ungebunden von Raum und Zeit zu sein, sich neu definieren zu können, eine klitzekleine Expedition zu unternehmen nach neuen Polen, links wurde rechts, hinten wurde vorn, um dann, wie frisch geboren, in einem neuen Raum und einer neuen Zeit neuen Schlaf zu finden.

Keller riss sich aus seinem Schwarzblau, klopfte mit beiden Händen aufs Lenkrad und startete den Motor. Das war es: Er musste eine neue Grube finden. Die Wörtergrube. Seine Wörtergrube. Egal, was für ein Chaos dort herrschen würde.

Von diesem Moment an zog eine neue Ernsthaftigkeit in Kellers Leben ein.

Als Keller wieder zu sich kam, lag er unter einem Haufen Kinderbücher. Aber nicht unter der „Kleinen Hexe“, dem „Räuber Hotzenplotz“, auch nicht unter „Winnie the Pooh“ oder den 99 „Harry Potter“-Ausgaben, nein, Keller lag unter „Drachenstarkes Vorschulbuch: Buchstaben und Zahlen“, „ABC – wohin ich seh. Wörter, Laute und Buchstaben entdecken“, „Die 50 besten Spiele zur Sprachförderung“ und „Deutsch mit Hexe Huckla“. Ein Knirps stand über ihm, zeigte mit dem Finger auf ihn und fragte seine Mutter: „Mama, warum hat sich der Mann da mit Büchern zugedeckt?"

Eine Verkäuferin der Buchhandlung kam herbeigerannt und fragte ihn, ob er lieber liegen bleiben wolle oder ob er aufstehen könne?

Keller verstand nicht sogleich, nickte einfach, versuchte mit dem rechten Bein aufzustehen, knickte ein, ergriff ihre dargereichte Hand und probierte es mit dem linken. Es ging. Gestützt auf den Arm der Verkäuferin humpelte er hinter eine Türe, auf der „Privat" stand, und setzte sich auf einen Stuhl.

„Soll ich den Notarzt rufen?", fragte sie besorgt.

Keller schüttelte den Kopf.

„Möchten Sie ein Glas Wasser oder vielleicht eine Tasse Tee? Ich habe sehr guten, ganz speziellen Tee."

Wasser? Tee?, schoss es ihm durch den Kopf. Ja, was jetzt? Was ist was?

„Möchten Sie ein Glas Wasser oder vielleicht eine Tasse Tee?", fragte die Verkäuferin nochmals nach.

Keller versuchte Ordnung in seine Gedanken zu bringen.

„Entschuldigung, verstehen Sie mich? Soll ich nicht doch den Notarzt rufen?"

„Nnnn", sagte Keller, „cccht nnnnnn."

„Nein?"

Keller schüttelte den Kopf.

„Also doch den Notarzt."

Keller schüttelte den Kopf.

„Gut. Ich mache ihnen jetzt einen Tee. Warten Sie hier."

Keller nickte.

Sie machte sich daran zu gehen, öffnete die Türe, blieb unter dem Türrahmen stehen, drehte sich zu Keller um und fragte ihn: „Haben Sie erst seit jetzt Mühe zu sprechen?“

Keller erschrak über die Frage.

Geächzt, gewürgt hast du vorher. Stummellaute. Erstickte Buchstaben, zerfetzte Worte, tonlose Sätze im Todeskampf. Mein Gott, du kannst nicht mehr reden, setzten sich Kellers Worte wieder zu Gedanken zusammen. Er strich mit dem Zeigefinger waagrecht über seinen geschlossenen Mund.

„Sie sind stumm?“

Keller nickte.

Sie legte ihm kurz die Hand auf die Schulter und sagte: „Zwei Minuten“, entfernte sich und ließ Keller allein.

Keller fand allmählich wieder zu sich. Was war geschehen? Erstens muss ich bewusstlos gewesen sein, zweitens bringe ich kein Wort mehr heraus und drittens kann ich scheinbar noch klar denken – immerhin, versuchte er eine Ordnung in die Geschehnisse der letzten paar Minuten zu bringen.

Minuten? Sekunden? Stunden? – Wo ist die Zeit? Wieviel Uhr ist? Was ist? Was war?

Er wusste noch, dass er beschlossen hatte, die größte Buchhandlung vor Ort aufzusuchen, um sich mit Wörterbüchern, Synonym-, Fach- und Sachwörterbüchern, am besten solchen mit vielen Bildern, einzudecken. Was er getan haben musste – konnte er sich doch noch an einen Stapel mit roten, hellblauen und gelben Büchern, den er an der Kasse hinterlegt hatte, erinnern.

Was er auch noch wusste, war, dass eine Verkäuferin ihn hier hingesetzt hatte und im Begriff war, für ihn Tee zu holen. Ob sie hübsch, dick, dünn, jung, alt oder attraktiv war, konnte er sich auch bei bestem Willen nicht mehr entsinnen. Aber sie würde mit einem Tee für ihn zurückkommen, dass wusste er noch. Und dass sie ihn für stumm halten musste. Er hatte ihr dies angedeutet. Warum eigentlich?

Und – die Verkäuferin hatte ihn stützen müssen, als sie ihn hierher gebracht hatte. Sein rechtes Bein konnte er nicht mehr belasten, genau, das war es, was ihm zur vollständigen Erinnerung noch gefehlt hatte.

Keller suchte in seinem Kopf nach seinem rechten Bein. Es war da. Er war erleichtert. Er versuchte, es zu bewegen – es ging, was ihn weiter beruhigte. Er stand auf, das ging auch. Vorsichtig hob er das linke Bein an, stand nur noch auf dem rechten, musste ein wenig mit den Armen ausbalancieren, aber es klappte. Gut. Sehr gut. Ein Grund weiterzuleben. Die Panik über den Vorfall saß doch tiefer, als Keller wahrhaben wollte.

So, jetzt noch sprechen, dann können wir ja wieder gehen, machte sich Keller Mut und befahl sich, laut und deutlich „Ich, Ralph Keller, spreche zu Ralph Keller" zu sagen.

Der Verkäuferin fiel fast die Teetasse aus der Hand, als sie die Tür öffnete und den kleinen Raum von einem großen, schweren Mann ausgefüllt wiederfand, der auf einem Bein balancierte und unverständliche, grunzende Laute von sich gab. Dann musste sie lachen, dieses Bild hatten sie und die anderen sieben werdenden Mütter wohl im Schwangerschaftsturnen am letzten Dienstag abgegeben.

Keller erschrak, als er in das erstaunte Gesicht der Verkäuferin sah, klappte Arme, Beine und Mund wieder zusammen und ließ sich auf den Stuhl fallen.

„Es scheint Ihnen ja wieder besser zu gehen“, sagte die Verkäuferin, ihm den Tee reichend. „Ich habe zwei Stück Zucker reingetan, dachte, das kann sicher nicht schaden.“

Keller nickte.

„Ich nehme jetzt auch immer zwei Stück. Das habe ich früher nie gemacht, aber seit ich für zwei essen muss, gönne ich mir das“, sagte sie und strich sich dabei sanft über ihren Bauch. Keller nickte und bemerkte erst jetzt, dass sie schwanger war. Auch ein Grund weiterzuleben, schoss es ihm durch den Kopf. „Wissen Sie“, fuhr sie fort, „man spürt schon, dass da jemand mitisst. Ich habe das früher ja nie richtig geglaubt, auch das mit den komischen Gelüsten und so, aber jetzt, wo ich es selbst erlebe, bestätigt sich alles. Gerade gestern hatte ich so einen Anfall, wollte nur noch Gurkensalat mit Schokoladencrème, stellen Sie sich vor, Gurkensalat mit Schokoladencrème! Auf so was können nur schwangere Frauen kommen, finden Sie nicht? Schrecklich, finden Sie nicht, aber es ist so, wirklich.“

Keller nickte.

„Männer kennen das ja wohl nicht so, oder?“, fragte sie.

Keller nickte.

„Mein Freund, also mein zukünftiger Mann, wir heiraten noch bevor Philipp auf der Welt ist, der sagt, Männer könnten da schon irgendwie mitmachen, es komme auf die Bindung zum Kind an, die früh aufzunehmen sich für den Mann lohne. Das sagen auch die Bücher – wissen Sie, zum Glück arbeite ich in einer Buchhandlung, denn es gibt ja so viele Bücher zu dem Thema, da können sich mein Freund und ich wirklich bestens darauf vorbereiten, und das Gelesene nimmt einem auch ein bisschen die Angst, etwas falsch zu machen. Vor allem beim ersten Mal, sind doch die neun Monate Schwangerschaft entscheidend in der Mutter-Kind-Beziehung. Und da helfen die Bücher dann schon. Auch meinem Freund, wissen Sie, ich bringe ihm immer das Neueste mit, er liest viel, wirklich, er macht mit, wissen Sie, richtig mit. So kommt er schon näher an mich und Philipp heran. Ja, es wird ein Knabe, das war beim letzten Ultraschall nicht zu übersehen. Er, also mein Freund, sagt, mithilfe der Bücher verstünde er die Schwangerschaft besser, es sei ein unglaubliches Erlebnis, dieses Heranwachsen des Lebens eines Ungeborenen, und jetzt komme ja die Zeit, da das Karma von Philipp für uns zu erfahren sei. Ganz entscheidend.

Es sind ja nicht nur Beinchen, Ärmchen, Füßchen und ein Herzchen, die schlagen und treten, es ist ja schon der Charakter des kleinen Lebewesens, der sich da bemerkbar macht. Das schreibt auch Magda Aafreen Künzler-Linder in ihrem sehr, wirklich sehr entscheidenden Buch „Ungeboren Wiedergeboren“. Sie sagt, dass man verstehen müsse, dass all die Bewegungen, Drehungen und das Schlagen von früheren Leben erzählen, also diese früheren Leben verarbeiten würden, um quasi gereinigt wiedergeboren zu werden und damit …"

Keller schaute vom Bauch ins Gesicht und vom Gesicht wieder auf den Bauch und vom Bauch auf die Füße der Frau. Er hatte Sandalen erwartet, aber zu seiner Überraschung steckten ihre Füße in weißen Socken und modischen schwarzen Turnschuhen, an deren Spitzen eine Raubkatze zum Sprung ansetzte. Zwischen dem Ende der schwarzen Leggings, die sie unter einem weiten Rock trug, was wohl zu den Umständen passte, waren die Beine zu sehen. Unrasiert! Keller war schockiert. Er verstand unrasierte Frauenbeine nicht. Und die Haare dieser unrasierten Beine waren so lang, dass ein paar Haare über die Socken fielen. Warum macht die das, fragte sich Keller.

„Glauben Sie an die Wiedergeburt?", hörte er die Stimme der Frau.

Warum rasiert sie sich nicht die Beine?

„Hallo, verstehen Sie mich? Sind Sie noch da?"

Keller schaute hoch, ihr in die Augen und nickte.

„Glauben Sie an die Wiedergeburt?" Das Gesicht der Frau war jetzt so nahe, dass Keller erschrak und sagte: „Wenn, dann nur mit rasierten Beinen." Das heißt, er *wollte* es sagen, aber es waren nur undeutliche Laute, die seinen Mund verließen.

„Ich glaube schon daran", fuhr die Verkäuferin Kellers unverständliches Gestammel übergehend fort, „also Magda Aafreen Künzler-Linder sagt, dass die Wiedergeburt logisch sei, da die ganze Welt aus Zyklen …"

Keller sah ihr ganz fest in die Augen, versuchte seinen Gedanken „Mädchen, ich habe ein ganz anderes Problem" auf sie zu übertragen, hob die rechte Hand, machte das Zeichen für Zahlen, indem er Daumen und Zeigefinger aneinander rieb, streckte ihr die „German Bavaria" mit dem Tee entgegen und erhob sich.

Die Frau war baff – und still.

Keller seufzte auf.

Einen Augenblick später nahm sie Keller die Tasse aus der Hand, drehte sich um, öffnete die Tür, ließ Keller hinaus, schloss die Tür hinter ihm, ging wortlos zur Verkaufstheke und zeigte auf einen bereitgelegten Bücherstapel.

Keller war froh, einfach froh, dass er wieder funktionierte, dass die Frau wieder funktionierte, genau so, wie eine Buchhändlerin, auch eine schwangere Buchhändlerin, zu funktionieren hatte. Er betrachtete den Stapel, las „Amo ergo sum, Christina Kessler", „Die multiorgasmische Beziehung, Mantak Chia" und war keineswegs verwundert darüber, dass er noch lesen konnte.

Das war nicht sein Stapel. Er zeigte auf den Stapel daneben mit den verschiedenen Dudenbänden, dem „Grundschulwörterbuch", dem hellblauen „Synonymwörterbuch", dem grünen „Bedeutungswörterbuch", dem beigen „Bildwörterbuch" sowie dem gelben „Kinderduden", und wurde sich wieder bewusst, dass er ein anderes Problem hatte. Die Verkäuferin scannte Buch um Buch und das Kassendisplay wies den jeweils dazugehörigen Betrag aus.

Keller fühlte sich bereits wohler, denn jetzt hatte alles wieder eine Ordnung. Er betrachtete das Gesicht der Verkäuferin, sie hatte eine schöne Nase, die Haare waren zu einem strengen Pferdeschwanz zurückgebunden – Keller liebte Pferdeschwänze –, Ohrringe trug sie keine, die Augen waren groß und tiefbraun und ihre ganze Erscheinung wirkte auf ihn durchaus attraktiv.

Frau, rasiere deine Beine!, dachte er, erinnerte sich an den Tee und nahm sich vor, ihr dafür zu danken. Als sie die Duden eingescannt hatte, machte Keller das „Time-out-Zeichen" und bedankte sich mit einer tiefen Verbeugung, bei der er die Hände faltete – wie die Inder es tun. Die Verkäuferin musste lächeln und verbeugte sich auf die gleiche Weise, kam wieder hoch und zeigte auf einen weiteren Stapel. Keller beugte sich nach vorn und las: „Erste Bilder, erste Wörter, Helmut Spanner", „Pettersson und Findus, Erste Wörter lernen und schreiben", „Babys erstes Lehrbuch", überlegte eine Weile, schaute auf, der Verkäuferin unsicher in die Augen, die ihm sofort versicherte, dass er diesen Stapel vor seinem Zusammenbruch hier hinterlegt hatte. Ob sie die Bücher als Geschenke einpacken solle, die seien ja sicher für seine Patenkinder. Keller war überrumpelt und so nickte er einfach.

„Einzeln?", fragte die Verkäuferin.

Keller nickte nochmals.

„Dacht' ich's doch. Ein Mann wie Sie hat sicher mehrere Patenkinder. Sie sind sicher ein guter Pate, ich könnte mir Sie für meinen Philipp auch vorstellen, aber wir müssen natürlich die Verwandtschaft berücksichtigen, obwohl es ja gescheiter wäre, man würde jemanden anderen nehmen, den man weniger oft sieht und dadurch hoffentlich mehr zu sehen bekommen würde. Magda Aafreen Künzler-Linder meint, es sei von Vorteil, wenn die Paten auch schon Kontakt mit dem wiedergeborenen Ungeborenen hätten, das wäre durchaus gut für das Karma und könnte entscheidend sein für eine spätere Beziehung zwischen Patenkind und Patin. So quasi ein frühes Aufnehmen des jeweiligen Karmas. Wissen Sie …"

Keller winkte mit der Bankkarte. „Ja, Sie können sie schon durchziehen, es ist alles verrechnet." Die Frau schien wie eine Maschine zu funktionieren, 0101001101, dachte Keller, zog die Karte durch den dafür vorgesehenen Schlitz, gab den Code ein und bestätigte die Transaktion mit „OK".

Jetzt erst realisierte er, dass er den Code, ohne zu zögern, wusste, mechanisch und richtig eingetippt hatte. Das beruhigte ihn erneut, ja er wollte sogar sprechen und sich bei der schwangeren Buchhändlerin nochmals für den Tee bedanken, ließ es aber bleiben, da er fürchtete, es könnte misslingen und ihn demütigen. Ein Gedanke, den er von sich nicht kannte.

Er war erleichtert, als ihm die Buchhändlerin die beiden Tüten mit den Büchern übergab, bedankte sich nochmals auf Indisch, drehte ab, die Buchhändlerin schickte ihm ein „Passen Sie auf sich auf" hinterher, Keller nickte zurück und machte sich mit seiner Dudensammlung und den Kinderbüchern davon.

Als er draußen war, holte er tief Luft, ein-, zweimal, ging zu seinem Wagen, schloss ihn auf, startete den Motor und fuhr nach Hause.

Keller wohnte in einer Nebenstraße eines Vorstadtquartiers, wo Neugeborene mit großen, selbst gemalten Plakaten willkommen geheißen werden. Die Gehwege säumten renovierte Reiheneinfamilienhäuser aus den zwanziger Jahren des letzten Jahrhunderts. Frisch hergerichtete Refugien eines damals aufstrebenden Kleinbürgertums, bestehend aus Staats-, Post-, Bank- und Versicherungsbeamten. Dazu ein paar Eisenbahner. Die gescheit gebauten Häuser verfügten alle über eine genügend große Parzelle, um eine Familie mit Gemüse und Obst selbst zu versorgen. Wohl eine Reminiszenz an die bäuerlichen Wurzeln, die der damalige Stadtmensch noch nicht ganz abgelegt hatte und welche das Denken der damaligen Architekten geprägt hatten. Achtzig bis hundert Jahre später befanden sich diese Häuserzeilen zum Teil immer noch in den Händen von Staatsbeamten und vorwiegend Lehrern. Die Investmentbanker, Versicherungsbroker, Postangestellten und Eisenbahner sind aus ganz unterschiedlichen Gründen indes weitergezogen.

Als Keller seinen Wagen parkte, war die tratschsüchtige Nachbarin am Sträucherschneiden. Er winkte kurz, wäre aber gerade heute froh gewesen, hätte er doch wenigstens auch nur ein Wort des Grußes hervorgebracht. Er hätte sich sogar auf einen kurzen Schwatz eingelassen, auf jeglichen Sarkasmus verzichtet, wäre richtig nett und, ja, Heilandsack, verständnisvoll gewesen. So blieb es beim stummen Winken.

In seiner Wohnung ließ er die Taschen mit den Büchern auf den Boden sinken und legte sich aufs Sofa.

Es war ihm schlecht, der Tee stieß hoch, im Kopf tobte ein Sturm. Bilder von Wörtern wurden durcheinandergewirbelt.

Logisch, dachte Keller, mit einem Erdbeben, wie die Wörter es jüngst erlebt hatten, ist nicht zu spaßen. Und falls es noch eine Gelegenheit geben sollte zu fliehen, dann werden sie diese ergreifen, bevor es zu spät ist. Vielleicht hat „Tasse“ sich in diesen „Engländer“ verliebt und kann sich durchaus vorstellen, mit ihm bis ans Ende der Breithirnrinde zu gehen.

Sie würde ihm von dem kleinen Loch erzählen, das sie gefunden hatte, das den Zugang zu den Hirnwindungen außerhalb des Sprachzentrums und somit zur Freiheit eröffnete.

„Und dann habe ich eine kleine Pfütze am Boden gesehen, winzig klein, aber es ist eine Blutpfütze gewesen. Und die Geräusche sind ein wenig lauter gewesen, fast unmerklich lauter. Also habe ich kombiniert und zu mir gesagt: ‚Tasse, wo eine Pfütze ist und wo fremde Geräusche lauter sind, da muss auch ein Loch sein‘“, würde sie zu diesem Spannbackenträger sagen, stellte sich Keller vor.

„Ich habe die Zellwand abgesucht, eine dünne Arterie verfolgt und tatsächlich, da ist ein kleiner Riss gewesen.“

„Tasse“ würde eine kleine Kunstpause einlegen, um zu sehen, welche Wirkung ihre ungeheuerliche Entdeckung auf „Engländer“ machte. Dieser würde sich zwar äußerlich unbeeindruckt zeigen, doch die Aussicht auf eine Entdeckungsreise ihn in Erregung versetzen, die er aber vor

„Tasse“ verbergen würde, da man ja nicht bei jeder aufregenden Neuigkeit mit den Spannbacken klappern muss.

„Tasse“ würde fortfahren: „Das Verrückte war, der Riss ist hinter einem Pfropfen gelegen. Ein Pfropfen, der das Blut gestaut, welches wiederum die Risse verursacht hatte. Überdruck oder so“, schloss sie salopp.

„Und?“ fragt der „Engländer“ nach.

„Tasse“ lächelt. „Ich habe mich dünn, ganz dünn gemacht und tatsächlich: Ich schlüpfte durch den kleinen Riss hindurch, schwamm durch das gestaute Blut bis zur gegenüberliegenden Wand, da hatte es auch kleine Risse, machte mich noch dünner und schon bin ich ganz auf der anderen Seite gewesen.“

„Und?“ „Engländer“ bleibt immer noch cool.

„Nun, zuerst musste ich mich mal orientieren, es war dunkler als bei uns und immer wieder flitzten so helle Leuchtkäfer vorbei. Es war ein faszinierender Anblick. Dann hielt einer dieser Käfer an und wollte wahrscheinlich wissen, wer ich sei, zumal deutete ich es so, also sagte ich ihm, ich sei „Tasse“, die ohne Genitiv, dafür mit Henkel, womit der Käfer natürlich nichts hat anfangen können. Aber irgendwie schien er verstanden zu haben und flitzte mit großer Geschwindigkeit ein paar Mal hin und her, woraus ich schloss, dass er ein Flitzer sei. Um ihm dies zu bestätigen, flitzte auch ich ein paar Mal hin und her, worauf er mich schubste, was ich als freundliche Zustimmung aufgefasst habe. Als er mich aber nochmals schubste, ja beinahe unfreundlich anrempelte, ging ich davon aus, dass ich wieder verschwinden sollte. Ich wich eine Henkellänge zurück und er stob davon. Klar, ich gehörte nicht dahin, ich stand ihm im Weg."

„Tasse" macht eine kleine Pause, ringt um Worte, beginnt zu schluchzen und bringt gerade noch „typisch für eine Undeklinierbare" hervor, bevor sie endgültig in Tränen ausbricht.

Der „Engländer" ist leicht irritiert, dachte Keller, stammelt ein unplatziertes „abenteuerlich, wirklich, abenteuerlich", weiß nicht, was zu tun ist, folgt schließlich einem inneren Impuls und legt seine Spannbacken um den Henkel von „Tasse'. „Tasse" schmiegt sich in die Spannbacken, schnäuzt sich und haucht leise: „Komm, lass uns gehen."

Keller wurde schlecht bei dem Gedanken, was sich da in seinem Sprachzentrum abspielen könnte.

So unerschütterlich Keller in seinem Leben bislang gesundheitliche Dinge einfach nicht wahrgenommen oder wie er seine Eisenspeicherkrankheit ohne Aufhebens in seine Biografie eingepasst hatte, so machtlos und ausgeliefert fühlte er sich den jetzigen Ereignissen gegenüber. Er wusste: Das ließ sich nicht verneinen, nicht überspielen, dies war und würde noch eine gewaltige Herausforderung werden. Eine, die ihm sein Leben noch nie gestellt hatte. Es würde ein Kampf werden. Aber mit welchen Waffen dieser Kampf bestritten werden würde, wusste er noch nicht. Er hatte noch keine Vorstellung von dem, was kommen würde, was dies für seine Zukunft bedeuten würde, welche Kapitel er schließen müsse und ob es sich überhaupt lohnen würde, neue zu eröffnen.

Der lästige Schwindel musste zuerst einmal weg. Dafür war Schwendi zuständig. Schwendi anrufen. Er soll ihm etwas gegen den Schwindel verschreiben.

Nicht überspielen, Keller, sagte er sich. Der Schwindel dürfte das Kleinste sein. Du bist zusammengebrochen. Du kannst nicht mehr reden. Du hast wahrscheinlich einen weiteren Hirnschlag gehabt. Einen glimpflichen, ziemlich sicher, aber einen Hirnschlag. Du hast Glück gehabt, dass du noch gehen kannst, dass deine rechte Gesichtshälfte nicht bis zu den Schultern hinunterhängt und dass dein rechter Arm inklusive Hand noch zu gebrauchen ist. Überhaupt: Du hast ein Riesenschwein gehabt, dass du nicht auf der Notfallstation liegst, an Schläuchen angehängt, das Bett umringt von Ärzten, die über deine hoffnungslosen Perspektiven diskutieren und in Erwägung ziehen, dich gleich in die geriatrische Abteilung zu den vor sich hindämmernden Hirnverletzten abzuschieben. So sieht's aus, Ralph Keller. Du bist dem Teufel noch einmal von der Schippe gesprungen und beklagst dich über das bisschen Schwindel, das dir geblieben ist. Also ruf Schwendi an und lass ihn entscheiden, ob du nicht doch ins Spital eingeliefert gehörst. Vielleicht folgt ja schon bald der nächste Schlag und dann noch einer und noch einer. Vielleicht steht Schnitter Tod vor der Türe und will einfach sichergehen, dass er sich wirklich nicht in der Haustür geirrt hat. So ist er, gewissenhaft, rechtschaffen, ein Vollzugsbeamter, der keinen zufällig mitnimmt.

Aber vielleicht hast du ja noch eine Chance, Keller, wenn sie dich mit Blutverdünner volllaufen lassen, dir den Blutdruck so weit senken, dass du dich nicht mehr gerade halten kannst, oder dich ins künstliche Koma versetzen und dir die Blutgerinnsel mit irgendeiner Maschine auflösen. Keller, die Zeit für Spielchen ist vorbei. Ruf an.

Keller war erstaunt und froh über seine Tirade an sich selbst. Erstaunt darüber, dass er sich wirklich nichts vormachen wollte, und froh, dass er all dies noch denken konnte. Klar denken konnte.

Er griff nach seinem Handy, suchte die Nummer von Schwendi und rief an. Es knackte und sofort meldete sich die Stimme von Schwendis Praxisassistentin: „Donnerstag ist die Praxis nicht besetzt. In dringenden Fällen erreichen Sie Doktor Schwendi über sein Handy, nullsiebenneundreinulldreiachtsiebenneunhunderteins. Aber bitte nur in dringenden Fällen. Morgen sind wir wieder für Sie da. Danke."

Sie sprach die Handynummer so schnell, dass man mit Papier und Bleistift ausgerüstet nochmals anrufen musste, um sich die Nummer aufschreiben zu können. Da gab die Hälfte der dringenden Fälle wohl schon auf.

Zum Glück hatte Keller die Handynummer gespeichert, wählte sie und Schwendi nahm tatsächlich ab. Keller wollte ihn begrüßen und ihm sagen, dass er in einer Buchhandlung zusammengebrochen sei, aber es kamen nur zerstückelte und verelendete Wörter aus ihm heraus. Schwendi rief mehrere Male „Hallo" dazwischen, bis er merkte, wer ihn anrief, „Herr Keller, sind Sie es?" sagte, worauf Keller mit einem lauten „Nein" antwortete. Schwendi stutzte einen Augenblick, doch dann war ihm klar, was geschehen sein musste. „Herr Keller, sind Sie zu Hause?", fragte Schwendi. Keller antwortete etwas

Unverständliches. „Herr Keller, können Sie eine SMS schreiben, wo Sie sind?“ Eine kurze Weile herrschte Stille. Dann sagte Keller etwas, das wie „perimentier“ tönte und unterbrach den Anruf. Schwendi schaute auf das Display seines Handys und wartete.

Keller wusste, was er schreiben wollte: „zu Hause“. Mehr nicht.

Er tippte „Z, das Display zeigte „Zug“, Keller tippte „okay“, schaute das Wort an, hatte das Gefühl, dass etwas zu viel war, wusste aber nicht was, löschte es, gab nochmals „Z“ ein, es kam wieder „Zug“, er versuchte es mit dem Buchstaben neben dem „u“, auf dem Display erschien „zickig“, Keller stutzte. Das Wort war zu lang für „zu“. Und zudem hieß es nicht zickig, es hieß, wie hieß es denn, Heilandsack, wie hieß es denn? Zuckig? Genau, zuckig, ging es Keller durch den Kopf. Zwar war zickig falsch, aber er beließ es bei zickig, da das Handy kein zuckig hergab und er keine Zeit zu verlieren hatte. Und „Hause“?

Schwendis Handy klingelte. „zickig haushalt“ stand auf dem Display.

Keller war beruhigt. Er hatte die SMS an Schwendi zusammenbekommen. Er war sich zwar nicht ganz sicher, ob es wirklich „zu Hause“ hieß, aber wenn auch, Schwendi war nicht dumm, er würde ihn finden.

Und jetzt? Ruhig liegen bleiben? Aufstehen? Kaffee machen? Musik zur Beruhigung? Keller war unschlüssig. Das Telefon klingelte. Keller starrte aufs Display, „Unbekannt“ stand da. Er hatte keine Lust abzunehmen, außer es wäre Schwendi gewesen. Aber Schwendis Nummer hatte er gespeichert. Das Display müsste also dessen

Namen angeben. Das Telefon klingelte weiter, besser, es spielte eine dieser idiotischen vorprogrammierten Melodien.

Und wenn Schwendi von einem anderen Apparat anrief?, ging es ihm durch den Kopf. Er hob ab, trotz der Gewissheit, dass dieses Telefongespräch in einem Desaster für ihn enden könnte, und stammelte irgendetwas. „Hallo!“, war das Gegenüber in der Leitung zu vernehmen. „Mein Name ist Schoch von der neuen Telefongesellschaft ‚talk in talk out‘. Sie sind doch zurzeit Abonnent bei der ‚phonecom‘. Mit einem Wechsel zu ‚talk in talk out‘ könnten Sie eine Menge Gebühren sparen. Wollen Sie Gebühren sparen? Es ist ganz einfach“, leierte die angenehme Frauenstimme ihren eingeübten Akquisitionstext herunter.

Keller nahm sich vor, höflich zu bleiben. Folglich wollte er die Frau, die diesen Job wahrscheinlich nicht ganz freiwillig machte, nicht gleich abklemmen. So versuchte er, so freundlich er konnte, zu sagen: „Ich brauche das nicht.“ Seine Laute waren ein unverständliches Gestammel.

Die Frau hielt kurz inne und fragte schließlich mit unverändert netter Stimme: „Hallo du, ist deine Mutter oder dein Vater zu Hause?“

Keller drückte voller Wut auf den Abbruchknopf des Telefons und schmiss es in die Sofaecke. Er vergrub seinen Kopf zwischen seinen Händen. So lange, bis ihm davon wieder schwindlig wurde. Er streckte sich und lehnte sich nach hinten. Sein Blick fiel auf das Bild gegenüber an der Wand. Schwarz-weiße horizontale, flächige Streifen, es sollte eine schneebedeckte Treppe darstellen. Die schwarzen Flächen stellten Flecken auf den Treppenabsätzen dar, auf denen der Schnee schon geschmolzen war. Es musste also schwerer Schnee sein. Schnee, der nicht mehr viel ertrug, würde ihn eine sternenklare Nacht nicht nochmals vereisen. Der Sonne ausgesetzt oder, noch schlimmer, dem warmen Föhnwind, wären seine Stunden gezählt. Er würde die Treppe hinuntertropfen, sein Wasser in den Fugen versickern, sich irgendwo unter der Erde anderen Wassern anschließen und irgendwann im Meer landen.

So verhält es sich mit meinen Wörtern, meiner Sprache: auftauen, Kontur und Konsistenz verlieren, versickern und in der Unkenntlichkeit aufgehen, dachte Keller. Das darf nicht geschehen, das wird nicht geschehen. Er wird kämpfen.

Keller ging in die Küche und schenkte sich ein Glas Wasser ein. Dann ging er zur Türe, hob die Taschen mit den Büchern aus der Buchhandlung auf, stellte sie aufs Sofa und nahm die Bücher heraus. All die Duden, Synonym- und Sachwörterbücher. Und dann waren da noch die Kinderbücher. Eingepackt in Geschenkpapier. Kindergeschenkpapier. Mit Tieren bedruckt, welche die Buchstaben des Alphabets bildeten.

Keller erwacht.

„Herr Keller, Sie haben Glück gehabt", eröffnete der leitende Stationsarzt das Gespräch. „Ihr Hirnschlag war ein sanfter, sicherlich ein bisschen heftiger als der erste, aber alles in allem wirklich ein sanfter. Der Volksmund sagt dazu ‚Streifung'. Das ist gut so. Die Hirnschäden sind gemäß CT relativ gering, klar erkenn- und umschreibbar. Was auch gut ist. Lähmungserscheinungen praktisch kaum bis gar nicht vorhanden."

Der Arzt war relativ jung, smart. Kleine, zeitlose Nickelbrille. Sauber rasiert, Kinngrübchen. Das Gesicht kantig, aber nicht mager. Keller konnte sich durchaus vorstellen, dass die Hälfte aller Krankenschwestern hinter ihm her war. Oder er war schwul. Einer dieser gepflegten, sauber geouteten Schwulen, die sich keinen Deut um ihr Schwulsein kümmerten, es einem weder bei jeder sich bietenden Gelegenheit unter die Nase rieben noch damit verschämt hinter dem Berg hielten. Er stand im Leben, mittendrin. Vielleicht gerade deshalb, weil er täglich Menschen mechanisch Untersuchungsberichte vorlas, aufgrund deren Resultate sich ihr Leben mehr oder weniger veränderte, ihnen noch lebenswert schien oder sich als aussichtslos darstellte. Je nach Schwere des Handicaps, das ihnen in Aussicht gestellt wurde, oder der prognostizierten Zeit, die ihnen noch verbleiben würde.

Er trug keinen Ehering, stellte Keller fest. Und er machte Hoffnung. Ja, das ganze Büro war auf Hoffnung ausgelegt. Es war hell. Ein eleganter Flachbildschirm,

Büchergestelle aus Chromstahl, ein in wenigen gelben und grünen Pinselstrichen gekonnt hingeworfener Frauenakt und überraschenderweise eine rote Orchidee setzten die Akzente. Keller hätte eher einen dieser dünnblättrigen Ficus Benjamini erwartet. An der Wand hing ein Kinoplakat: „Between what you know and what you wish lies the secret of The Big Blue."

Ein Delfin überspringt in den tiefblauen Weiten des Meeres einen schwimmenden Mann. Der Nachthimmel ist klar, die Sterne gemalt oder per Computer einkopiert. Auf jeden Fall alles künstlich. „The Big Blue." Die Geschichte zweier Rekordtiefseetaucher auf der Suche nach dem Geheimnis zwischen Wissen und Wunsch.

Lag für den Neurologen Dr. Tobias Tanner das Geheimnis zwischen Wissen und Wünschen auch in „The Big Blue"? „The Big Blue" zwischen gesunden und kranken Gehirnteilen seiner Patienten?, fragte sich Keller.

Würde ihn Dr. Tobias Tanner aufgrund seines Wissens oder seiner Wünsche bezüglich des Zustandes von Ralph Kellers Gehirn informieren und ihm sagen, was Dr. Tobias Tanner sich vorstellte, was Patient Ralph Keller sich für seine persönliche Zukunft wünschen würde? Oder würde er ihm die volle Wahrheit zumuten? Zum Beispiel, dass sich Ralph Kellers Persönlichkeit aufgrund der erlittenen Hirnschäden dramatisch verändere? Dass das Zurückerkämpfen seiner Sprache nicht nur aus einer Schlacht bestünde, sondern zu einem langen Krieg mit sich selbst werden würde? Dass viele Freund- und Bekanntschaften verloren gehen würden, schlicht und einfach weil es der einen Seite zu mühsam wäre, zu sprechen, und den Gesprächspartnern zu anstrengend, zuzuhören? Würde Keller sein Gesprochenes irgendwann wieder erkennen oder bliebe der verständnisstiftende Klang der Worte für immer in den beschädigten Teilen des Gehirns stecken, ohne dass Keller je wieder ahnen würde, wo er die Suche nach diesem beginnen müsste? Und würde Kellers Seele dabei unangetastet bleiben? Keller, glaubst du überhaupt an eine Seele? An deine Seele?

„Herr Keller, verstehen Sie mich?“, unterbrach Dr. Tanner Kellers Gedankenkette. Keller sah Tanner erschrocken an und nickte.

„Sie müssen keine Angst haben. Glauben Sie mir, die Statistiken sehen für Ihren Fall wirklich sehr positive Heilungsprognosen. Sie sind zwar ein Mann, in dieser Angelegenheit ein Nachteil, und dazu Rechtshänder. Das sind Ihre Minuspunkte. Auf der Pluspunkte-Seite sind Sie intelligent, haben eine hohe Schulbildung, sind unter fünfzig und verstehen, soweit ich das beurteilen kann, ziemlich alles, was ich sage“, fuhr Tanner fort. „Leiden oder litten Sie unter Depressionen?“

Keller schüttelte den Kopf.

„Waren Sie schon einmal in psychiatrischer Behandlung?“

Keller nickte.

„Weshalb?“

Keller wusste, dass er das Wort nicht herausbringen würde. Er suchte nach einer Geste. Tanner bemerkte Kellers Verlegenheit, schob ihm ein Blatt Papier hinüber: „Wollen Sie schreiben? Oder vielleicht zeichnen?“

Keller schaute sich auf dem Schreibtisch um, sah eine Kerze auf einem kleinen Granittellerchen, was ihn doch erstaunte, entdeckte daneben eine Schachtel Streichhölzer, nahm diese, klaubte eines heraus, zündete es an, hielt es hoch und blies die Flamme ganz langsam aus. Ein kleines Räuchchen stieg hoch.

Tanner sah ihm vergnügt zu, überlegte einen Augenblick lang und fragte schließlich: „Burn-out?"

Keller lächelte und nickte.

Tanner musste grinsen.

„Wann?"

Keller dachte nach, hob die Hand und zeigte mit den Fingern „drei".

„Vor drei Jahren?"

Keller nickte.

„Und wie lange waren Sie in Therapie?"

Keller streckte den Daumen hoch.

„Ein Jahr lang?"

Keller nickte.

„Und, wieder alles in Ordnung? Wieder voller Tatendrang? Wieder bei den Leuten?"

Tanner liebte es, in solchen Momenten das Befragungsschema mit ein paar saloppen Formulierungen zu ergänzen. Keller war ein Patient, dem er das zutrauen konnte, ja er erhoffte sich, so etwas mehr aus ihm herauszubekommen. Immerhin schien er ganz genau zu wissen, was er sagen wollte. Das war ja mal sehr gut. Jetzt wollte er ihn noch ein wenig aus dem Busch klopfen, um zu sehen, ob er wirklich nicht mehr sprechen konnte. Den meisten Aphasie-Patienten war es vor allem am Anfang peinlich zu sprechen. Den Verlust der Kontrolle über ihre Sprache empfanden sie oft als Entstellung der eigenen Persönlichkeit. Hinzu kam die Scham über die Behinderung und den damit eingebildeten Verlust der Vollwertigkeit.

Keller nickte.

„Und die Familie? Haben Sie Kinder?"

Keller überlegte kurz und klappte Zeige- und Mittelfinger wie eine Schere gegeneinander. Dann hob er wieder den Daumen hoch.

„Geschieden? Ein Kind?", fragte Tanner.

Keller nickte und schüttelte den Kopf, merkte, dass Tanner nicht verstand, streckte die Arme, Handrücken an Handrücken, von sich und machte eine Schwimmbewegung.

Tanner schien immer noch nicht zu verstehen. Keller wiederholte die Schwimmbewegung, allerdings ein bisschen schroffer, worauf sich Tanners Gesicht erhellte und er erwartungsvoll fragte: „Getrennt?"

Keller grinste und hob den Daumen. Tanner schmunzelte und antwortete mit dem Victory-Zeichen.

„Sie hätten Talent für die Gebärdensprache, Herr Keller, aber die werden Sie, soweit ich das bis jetzt beurteilen kann, nicht benötigen. Und das Kind? Mädchen oder Bub? Wie alt?"

Keller lachte, stand auf, griff sich ans Geschlechtsteil und zeigte mit den Händen einmal zehn plus sechs.

Tanner musste lachen. Der Mann hatte Sinn für Humor, der war sicherlich nicht so schnell unterzukriegen.

„Und, wie ist die Beziehung oder besser: sind die Beziehungen?“, fragte Tanner weiter.

Keller hielt die rechte Hand waagrecht vor sich hin und schüttelte sie leicht.

„Schlecht?“

Keller schüttelte zuerst den Kopf und dann nickte er. Dazu machte er mit der flachen Hand eine Bewegung, als würde er einen Hügel hinauf- und wieder hinunterfahren.

„So so, la la, auf und ab?“, fragte Tanner nach.

Keller nickte.

„Belastend?“

Keller wiegte den Kopf von links nach rechts.

„Und Ihr Sohn? Wie heißt er?“

Die Miene von Keller verdunkelte sich. Wie sollte er diesem eloquenten Neurologen klarmachen, dass Christian Christian hieß? Und wie, dass er sich Christian gegenüber dermaßen schuldig fühlte, weil er ihn einfach verlassen hatte, ohne dass er sich bewusst war, ihn verlassen zu haben? Er wollte seine Frau verlassen und nicht seinen Sohn.

Mit dem Bruch mit ihr brach er auch mit Christian. So musste es Christian empfunden haben, hatte doch Kellers Abgang Christians Leben von einem Tag auf den anderen auf den Kopf gestellt: Seit seiner Geburt waren immer zwei Menschen für ihn da und um ihn besorgt gewesen. Nun war es plötzlich nur noch seine Mutter.

Keller war für Christian und Christian für Keller nur noch über das Telefon erreichbar. Alles musste vereinbart werden. Abends noch zusammen ein bisschen Fussball spielen, herumtollen, raufen, im Bett liegen und Schulter an Schulter irgendwelche Atlanten studieren, exotische Inseln entdecken und den Lebensraum der Eisbären ergründen, Seite an Seite Filme schauen, Champions-League-Spiele kommentieren, aber auch miteinander streiten, sich wieder versöhnen oder auch nur gemeinsam schweigen – dies waren alles keine Selbstverständlichkeiten mehr. Die Trennung hatte der Spontaneität den Boden der täglichen Routine entzogen.

Die Folgen der Trennung waren anfänglich kaum greifbar. Doch Christian begann zusehends zu verstummen. Sprach ihn Keller auf die Schule an, waren die Antworten schnauzig, aggressiv, wollte er mit ihm über die Situation Mutter, Vater, Sohn reden, wich er aus, verschloss sich und flüchtete sich in Phrasen wie „die Hälfte meiner Klassenkameraden hat getrennte Eltern, das ist kein Problem". Ansonsten solle er ihn in Ruhe lassen. Sein Lachen war verschwunden, das Glück gewichen, Destruktivität, Lustlosigkeit und Apathie waren an deren Stelle gerückt. Einzige Gesprächsthemen von seiner Seite waren Berichte aus den Welten der Computerspiele, von zusätzlichen Angriffspunkten, neuen und eroberten Waffen, angehäuften Gold- und Nahrungsreserven sowie gewonnenen und verlorenen Schlachten. Parallel dazu häuften sich die Telefonate aus der Schule. Sein Benehmen sei immer bedenklicher, er verbringe zwei Drittel aller Unterrichtsstunden vor der Türe, mit der an den Tag gelegten Haltung würde er unweigerlich repetieren müssen.

Christian hatte einfach den Betrieb eingestellt. Er ließ es zielgerichtet darauf ankommen, die Klasse zu wiederholen. Als es so weit war, setzte er durch, was er sich wirklich vorgenommen hatte: Er weigerte sich, die Klasse der obersten Stufe zu repetieren, und ließ sich in die mittlere Stufe versetzen.

Keller war die Wände hochgegangen. Er konnte sich nicht vorstellen, dass sein Sohn, sein intelligentes Kind, den Weg zur Matura, zur Universität auf halbem Weg abgebrochen hatte. Keller wollte dies mit aller Macht verhindern. Doch Christian hatte Lehrern und Mutter einen klaren Plan seiner weiteren schulischen Laufbahn und ein ungefähres Berufsziel vorgelegt. Und so konnte er mithilfe seiner Mutter Keller letztlich vor vollendete Tatsachen stellen.

Keller war gekränkt, fühlte sich übergangen, wurde sich erstmals gewahr, dass seine väterliche Gewalt nicht mehr bis zu Christian reichte. Ohnmächtig realisierte er, dass dies für ihn die erste einschneidende Folge der Trennung gewesen war. Er war verunsichert, machte sich Vorwürfe, bereute, dass er in dieser entscheidenden Zeit nur noch fähig war, sich um sich selbst zu kümmern.

Christian andererseits hatte sein Lachen wieder gefunden, sich Keller gegenüber wieder geöffnet, die Computerspiele waren in den Hintergrund getreten, Gespräche waren plötzlich wieder möglich und seine Neugier war zurückgekehrt. Und Keller war dagestanden, hatte sich über seinen wiedererfröhlichten Knaben gefreut, der mehr und mehr zum Mann wurde, musste Sohn und Mutter zugestehen, richtig entschieden zu haben, und war schließlich einfach glücklich gewesen, seinen Sohn wiederzuhaben.

Und wie, um Gottes Willen, wie sollte er jetzt diesem Tobias Tanner dies alles ohne Worte klarmachen? Wie, zum Teufel noch mal?

Zuerst einmal einfach den Namen, dachte Keller.

Er nahm ein Blatt und zeichnete ein Kreuz.

Tanner erschrak: „Ist er tot?“, fragte er schließlich vorsichtig.

Tot? Keller war konsterniert. Wie kommt er denn da drauf? *Schtaernasiech*, klar, das Kreuz!

Keller nahm den Stift, dachte kurz nach, schüttelte den Kopf und machte unter dem Querbalken einen kürzeren, horizontalen Strich. Ein Doppelkreuz.

Jetzt war Tanner gefordert. Keller gefiel das. Was wird er wohl denken: Ist der Keller tief religiös? Mitglied einer obskuren Sekte vielleicht? Oder ein Jesuit, fanatischer Opus-Dei-Anhänger, Zeuge Jehovas, Zoroastriker? Tanner rutschte auf seinem Stuhl hin und her. Es war ihm sichtlich unangenehm.

Keller schaute ihm direkt in die Augen, so, dass Tanner ahnte, dass Keller seine Gedanken las. Und dann lachte Keller, breit und herzlich, und Tanner nahm das Lachen auf und entspannte sich.

Ich und Sekte!, Keller lachte nochmals. Er, der jede Art organisierter Religion scheute wie der Teufel das Weihwasser. Der an Gott glaubte, aber über die Jahre zum vorläufigen Schluss gekommen war, wenn Gott existierte, dann müsste es das Universum sein. Dieses Allumfassende, das um Milliarden, Billionen Lichtjahre zu weit, zu lang, zu breit, zu hoch, zu tief, zu unergründlich, zu fremd, zu unbegreiflich ist, als dass es auch nur annähernd in unseren Vorstellungen Platz fände. Und wenn schon eine Gottesvorstellung als Person, dann ein kluger, alter Mann mit zerfurchtem Gesicht, gezeichnet von den Beschwernissen, die ihm eine Existenz ohne Zeit aufgeladen hat, mit Sinn für Humor und einem vorzüglichen Weinkeller. Und käme Keller in den Himmel, müsste Gott schon ein paar der besten Flaschen offerieren, ihm eine lange Nacht lang zuhören und mit ihm ein paar Fragen erörtern, die Gott Keller mit dem Wurf ins Leben aufgetragen hatte. Abschließende Antworten erwartete Keller kaum, er wollte den alten Mann auch nicht überfordern, aber ein paar neue Aspekte müsste er schon auf den Tisch legen. Das würde Keller genügen. Denn würde ihm Gott die letzte Wahrheit offenbaren, wäre ja alles für die Katz' gewesen, die Magie des Unerklärlichen wäre für immer verloren und Keller bliebe nichts anderes übrig, als sich in unendlicher Langeweile aufzulösen. Dies wollte Keller unter keinen Umständen, sich die Aussicht auf eine Fortsetzung verbauen – ob im Dies- oder im Jenseits. Dafür war ihm das Leben auch nach dem Tod zu kostbar. Ob mit oder ohne Sprache.

Aber, Heilandsack, wie machte er jetzt diesem Tanner klar, dass Christian Christian hieß?

Keller kritzelte neben das Doppelkreuz eine Türklingel: einen Kreis und in dessen Mitte einen fetten Punkt. Tanners Gesicht war ein einziges Fragezeichen. Keller verband das Doppelkreuz mit der Klingel. Tanner schien noch weniger zu verstehen. Keller übersudelte alles und begann nochmals von vorn. Er zeichnete zuerst die Klingel und daneben eine Art Namensschild. Mit einem fetten Strich als äußeren und einem dünneren als inneren Rahmen. Vielleicht half dies. In den Rahmen setzte er Doppelkreuze in Abständen wie sie Buchstaben aufwiesen. Tanner schien langsam dahinterzukommen.

„Aha, der Name ist das Kreuz?", fragte er.

Keller nickte.

„Kreuz, Kreuz, nicht tot, Kreuz, Jesus, Christus …", assoziierte Tanner laut.

Keller nickte heftiger.

„Christoph?", fragte Tanner hoffnungsvoll.

Keller schüttelte den Kopf. Dann hätte ich ein Bübchen auf einem alten Mann im Wasser mit Bischofsstab gezeichnet, dachte er für sich.

„Christ, Christ, Christian?"

Keller nickte heftig. Tanner ballte die Faust und sagte freudig: „Jaaa!"

Einen Augenblick saßen die beiden in ihren Sesseln wie zwei erschöpfte, aber zufriedene Kämpfer und schauten einander in die Augen und grinsten. Tanner holte Luft, fasste Keller ins Auge und sagte dann fast liebevoll: „Herr Keller, das kommt gut bei Ihnen, glauben Sie mir, Sie werden bald wieder sprechen können. Sie haben ja auch noch einiges zu sagen, wie ich annehme. Und was die linke Hirnhälfte nicht mehr schafft, wird nach und nach die rechte übernehmen. Das ist so, das weiß man heute. Also sorgen Sie sich nicht allzu sehr, leben und vor allem: reden Sie", machte sich Tanner daran, das Gespräch zu beenden. Keller war ein wenig erstaunt, dass Tanner schon abbrechen wollte. Tanner bemerkte Kellers Verwunderung und fuhr fort: „Alle Einzelheiten zum weiteren Verlauf der Genesung – und davon gehe ich aus – sowie zu den Therapiemöglichkeiten wird Ihnen Kollege Schwendi erläutern. Wenn ich Ihnen einen Tipp geben darf: Versuchen Sie für die Therapie bei Silvia Nott unterzukommen. Meines Erachtens ist sie die Beste. Die kriegt Sie hundertprozentig wieder hin."

Keller nickte froh. Aber einfach so wollte er noch nicht gehen. Von diesem Tanner wollte er noch etwas wissen. Er hatte ihn zu neugierig gemacht. Keller umkreiste mit dem Zeigefinger die Zeichnung mit der Klingel, dem Türschild und den Doppelkreuzen und zeigte dann mit ausgestrecktem Zeigefinger auf Tanner.

„Ich?" Tanner wich ein wenig zurück. „Ich, Kinder?", fragte er ungläubig. Dann musste er lachen, nahm einen kleinen Stellrahmen vom Pult, drehte ihn um und zeigte Keller das Foto. Keller sah einen gut aussehenden jungen Mann mit Schildmütze. Er musste lächeln, stand auf, schüttelte Tanner die Hand und verließ das Besprechungszimmer.

Draußen im Neonlicht des Spitaltrakts fröstelte ihn. Bei Tanner hatte er zum ersten Mal in diesem Todesdurchlauferhitzer Wärme gespürt. Oder so etwas wie Zuversicht.

Es war der Dialog. Das Wissen darum, dass er noch imstande war, Dialoge zu führen. Anstrengender, in Zeitlupe freilich, aber immer noch ein Gespräch, eine Konversation. Zur Debatte würde es kurzfristig wohl noch nicht reichen, aber diese befand sich für ihn dennoch nicht endgültig auf der anderen Seite des Horizonts.

Er fühlte sich gestärkt. Zwar war ihm die Sprache geraubt worden, doch konnte er noch immer Gespräche so lenken, wie er deren Gang letztlich haben wollte.

Das mit dem Kind am Schluss war nicht schlecht, Keller, konnte er sich ein klitzekleines Eigenlob nicht verkneifen. Und, fuhr Keller in seinem lautlosen Selbstgespräch fort, es hat sogar eine Art Qualität. Die Qualität des „Stumm-sein-Müssens“, gerade für Quasselbrüder wie dich eine wertvolle Erfahrung.

Allerdings war es mühsam und demütigend, die Quasi-Monologe des jeweiligen Gegenübers mit dem ständigen Nachfragen „Verstehen Sie mich, Herr Keller?“ über sich ergehen lassen zu müssen; andererseits war er vom Zwang befreit – und bei Keller war das ein Zwang –, in Gesellschaften stets den Moderator und Taktgeber spielen zu müssen. Jetzt war er gezwungen, mit Verzögerung, Kraft kostender Verzögerung zu agieren. Künftig bestimmte nicht mehr er Tempo und Rhythmus eines Gesprächs, es waren die anderen, die das Gleichmaß vorgaben. Keller musste fortan auf andere Mittel zurückgreifen: Sein Körper wurde zugleich sein Klangkörper und seine Sprachmaschine. Hände, Kopf, Schultern, ja sogar Knie und Füße galt es darauf hin zu trainieren, Worte, Kommunikation und Verständnis zu schaffen.

Das Gespräch mit Tanner, dieses Reden ohne Worte hatte ihm Spaß bereitet. Aus seiner Scham war Scheu, aus Scheu Zögern geworden. Zögern war zu Mut geworden und Mut war übergegangen in Lust. Je länger das Gespräch gedauert hatte, desto mehr war in Keller die Lust gewachsen, mit neuen Mitteln zu antworten, anfänglich ängstlich und fürchtend, nicht verstanden zu werden, allmählich Sicherheit gewinnend, verstanden zu werden, dadurch mehr und mehr Spielräume zu entdecken, die diese Art des Sprechens für ihn bereithielt, schließlich so viel Vertrauen zu fassen, um den Spieß umkehren zu können und selbst aktiv zu werden. Eine Frage stellen. Etwas vom Gegenüber in Erfahrung bringen.

Dass er dabei Tanner verblüfft hatte, freute ihn wie einen kleinen Buben, der seinen ersten Ball am Torhüter vorbei ins Tor versenkt. Es war ein erstes Erfolgserlebnis seit der Hirnstreifung. Wahrscheinlich, so sagte sich Keller, hatte er soeben die erste Schlacht eines langen Krieges gewonnen, den er mit seiner neuen Krankheit – oder war es eine Behinderung? – zu führen hatte. Und er hatte sie gewonnen.

Keller stand vor dem Spital. Draußen vor der Tür.

Und jetzt, Keller?, fragte er sich. Nach Hause? Die Kinderbücher auspacken?

Zweieinhalb Tage und zwei Nächte waren vergangen, seit die von Schwendi alarmierten Sanitäter und die Notfallärztin ihn in seiner Wohnung abgeholt, angesichts der eingepackten Kinderbücher eine Bemerkung über Kellers Vielzahl an Patenkindern gemacht und ihn mit Blaulicht ins Spital gefahren hatten. Die Gesundheitsmaschinerie war gleich nach der Ankunft mit voller Drehzahl angelaufen: Schläuche, Blutentnahmen, Infusionen, Überwachungsmaschinen, Krankenschwestern- und Ärztebesuche im Viertelstundentakt, Computertomografie, Medikamenteneinnahme, ungewürztes Essen, schlafen, viel schlafen. Hoffnungen, Warnungen, viele Fragen – sprachlose Antworten.

Keller war froh, dass er endlich draußen und der Maschinerie entkommen war. Es war kein schlechter Tag, die Sonne lugte über die Dachkämme. Nach Hause wollte er noch nicht. Zudem musste er noch das von

Tanner ausgestellte Rezept in der Apotheke einlösen. Tanners verschriebene Versicherung, dass sich nicht noch weitere Blutpfropfen in seinem Hirn bilden würden, die weitere lebenswichtige Funktionen in Kellers Körper lahmlegen könnten und somit weitere Bruchstücke von seiner Persönlichkeit abschneiden würden, ohne sie ganz von ihr zu trennen. Heimtückische Scheinamputation des Kellerschen Ichs.

Keller entschloss sich, die Medikamente zu holen, das war unproblematisch: Krankenkassenkarte vorweisen, Rezeptschein hinstrecken, Medikamente entgegennehmen, freundlich nicken und gehen. Danach würde er einen kleinen Spaziergang den Rhein entlang unternehmen und in dem kleinen Café eine große „German Bavaria" Milchkaffee trinken und ein Stück der selbst gemachten, exzellenten Rüeblitorte essen.

Der Besuch in der Apotheke lief genau so ab, wie er sich das vorgestellt hatte. Selbstverständlich ging er nicht in seine Stammapotheke, wo man ihn kannte. Das war zu früh, er wollte der von ihm geschätzten Apothekerin seine Stummheit noch nicht offenbaren. Die Bedienung war auch hier freundlich, der Apotheker wies ihn darauf hin, die Medikamente wirklich regelmäßig einzunehmen, das sei ganz wichtig, und entließ ihn mit besten Genesungswünschen.

Der Rhein floss unaufgeregt dahin. Keller sog die vom Geruch des Flusses erfüllte Luft tief ein. Eine langjährige ausländische Freundin hatte ihm einst gesagt, sie liebe diese Stadt, weil man hier an gewissen Tagen das Meer riechen könne. Keller nahm Witterung auf, aber das Meer war nirgends. Nur der leicht säuerliche Geschmack der pharmazeutischen Industrie mischte sich mit dem grünblauen Duft des fließenden Gewässers.

Ein Ölkahn stampfte durch das Nadelöhr der Mittleren Brücke. Die jahrhundertealte Brücke war einst die wichtigste Nord-Süd-Verbindung des mittelalterlichen Abendlandes gewesen. Sie hatte der Stadt Wohlstand und Bedeutung verschafft. Der Kahn brachte Öl aus Rotterdam. Die Meeresbrise dürfte sich im Laufe der Reise verloren zu haben.

Keller liebte diese Stelle am Uferbord. Hier hockte er auf der Spitze des Rheinknies, genau dort, wo sich der Fluss endgültig dem Meer zuwandte und sich entschloss, erwachsen, zum Strom zu werden. Hier hatte Keller das Gefühl, an dieser Entscheidung mitbeteiligt zu sein. Oder etwas beeinflussen zu können, wenn auch wenig, aber immerhin konnte er einen kleinen Ast ins Wasser werfen und die Wasser würden denselben sorgsam ins Meer tragen, das ihn an irgendeinem Strand wieder auswerfen würde, wo ihn ein spielender Hund aufnehmen und zerbeißen würde. Immerhin. Vielleicht.

Dazu brauchte man keine Sprache, ging es Keller durch den Kopf. Um einen Ast auf die Reise zu schicken und um einem jungen Hund in den Dünen von Holland eine Freude zu machen, nein, dazu brauchte es keine Sprache. Er könnte ja den lautlosen Rest seines Lebens als Hundebeglücker verbringen. Oder ganz allgemein als Beglücker. Jeder Widerrede beraubt. Ein idealer Freund.

Er nahm sich vor, wieder öfter hierher zu kommen.

Statt direkt ins Café zu gehen, wählte er den Weg, der an der uralten Kirche vorbeiführte. Mönche hatten sie vor bald tausend Jahren aus dem für die Stadt typischen roten Sandstein erbaut, ein versumpftes Minidelta fruchtbar gemacht, das Ufer des Rheins befestigt und von der zuvor mäandrierenden Birs, die weiter flussaufwärts in den Rhein mündet, einen Kanal abgezweigt. Dessen Wasser trieb seit dem späten 15., frühen 16. Jahrhundert die schweren hölzernen Räder der Papiermühlen einer blühenden Papier- und Buchdruckindustrie an, die so, zusammen mit der Universität, viele große Geister Europas in die Stadt lockten.

Der Weg zur Kirche war zur Rheinseite hin von hohen, verputzten Mauern gesäumt, alte Kastanienbäume bildeten ein beinahe geschlossenes Dach und hielten den Himmel fern, gegen die Stadt hin befand sich eine noch höhere Wand aus großen, dicken Sandsteinquadern, die nahtlos in einen Erdwall überging, der Boden rechts und links war von Efeu bedeckt, dessen Wurzeln seit Jahrhunderten von den vermodernden Gebeinen der Mönche genährt wurden. Ab und zu war noch eine vermooste Grabplatte zu entdecken. Wahrscheinlich von ehemaligen Äbten, denn die in die Mauern eingelassenen Gedenksteine waren wichtigen Bürgern der Stadt vorbehalten. Die ursprüngliche Bestimmung des Kirchenvorhofs als Klosterfriedhof musste schon lange aufgegeben worden sein, wurde doch der letzte Tote 1678 hier verscharrt. Eigentlich erstaunlich für eine Stadt, deren Reformatoren in ihrem Eifer doch einiges zerschlagen, Klöster aufgelöst und Nonnen wie Mönche durch die Stadttore hinausgetrieben hatten.

In der Kirche spielte jemand Orgel und im Kreuzgang des Klostergebäudes, dessen Zellen im 19. Jahrhundert zu Wohnungen für Pfarrers-, Lehrer- und Professorenwitwen umgebaut worden waren und heute bevorzugt von Künstlern bewohnt wurden, spielten Kinder Fußball.

Keller ging um die Kirche und den Kirchturm herum und kam auf den kleinen Platz, unter dem der Kanal hindurchfloss. Türen, die direkt zum Wasser führten, verrieten, dass diese einstmals Anlegestellen für Weidlinge oder Floße gewesen waren. Er lauschte den vergangenen Stimmen der badischen und elsässischen Mägde, die von Fischhändlern nach anderem Fisch als Salm verlangt hatten, über die mangelnde Frische des Gemüses geklagt und mit tausend Schimpfwörtern um die Preise gefeilscht hatten. Auch ein paar stämmige Gesellen waren zu hören, die an dicken Packen Lumpen, die zur Papierherstellung gebraucht wurden, ihre Kraft maßen. In den stattlichen Außenmauern des größten und mächtigsten Hauses waren noch die Verankerungen des Wasserrades zu sehen, das die Riemen der Druckmaschinen oder die Hämmer der Papiermühlen angetrieben hatte. Es war das Geräusch des Buchdruckes, das bis nach Rotterdam zu hören gewesen war und so den großen Humanisten Erasmus hierher gelockt hatte, der die Reformation zivilisiert und der Stadt den Ruf einer gelehrten Menschlichkeit eingetragen hatte, von dem sie heute noch zehrt.

Fünf Jahre hatte Keller in diesem Quartier gelebt, dort oben, im Dachstock einer umgebauten Seidenbandfabrik, über Ateliers von sehr guten und hervorragenden Malern, aber auch modernen Alchemisten, die einen Stapel abgefahrener Autoreifen in einen Werkbeitrag der Kunstkommission zu verwandeln wussten. Es waren glückliche Jahre in diesem Quartier. Die Beziehung zu seiner Frau war gut, Christian wurde hier geboren und die Sicht auf den Rhein entschädigte jeden Abend für manche Unbill des Tages.

Keller ging an seiner ehemaligen Haustüre vorbei, schaute aufs Klingelbrett, kontrollierte, ob noch dieselben Künstler da wohnten, freute sich, dass seine Nachmieter immer noch die alte Wohnung besetzt hielten, widerstand der Versuchung zu klingeln und ging zurück ans Rheinbord.

Er spazierte an Fischerhäuschen vorbei, aus denen lange Galgen über den Fluss ragten, an deren Ende bettüberwurfgroße viereckige Netze hingen, bis zur alten Stadtmauer. Beim alten Pier sah er zum anderen Ufer hinüber, bemerkte, dass die damals frisch gepflanzten Bäume ordentlich gewachsen waren, fragte sich, wann sie sich wohl im Wasser spiegeln würden, überdachte den Gedanken und kam zum Schluss, dass ihr Spiegelbild wohl ohnedies von der Strömung fortgerissen würde.

Dann bog er ab und betrat das in einer alten Papiermühle untergebrachte Café. Er nahm ein englisches Trendmagazin aus dem Zeitschriftenhalter, suchte sich einen Platz am Fenster mit Sicht auf den Kanal und das Wasserrad, studierte die Karte, die auf dem Tisch stand, fand „Das Mucheli Milchkaffee“, merkte sich die Stelle und wartete auf die Bedienung. Eine junge Frau, Keller vermutete eine Studentin, kam auf ihn zu, bemerkte das Magazin und fragte auf Englisch, was er bestellen wolle. Keller erschrak. Dass sein kleines Tarnmanöver gleich ernst genommen werden würde, damit hatte er beim besten Willen nicht gerechnet. Nachdem er sich vom ersten Schrecken erholt hatte, nahm er die Karte, zeigte auf „Das Mucheli Milchkaffee“, worauf die Studentin sagte: „That's a big mug of coffee.“ Keller nickte zustimmend. Sie drehte sich um und ging zum Buffet, Keller stand auf, folgte ihr bis zur Kuchenvitrine, wollte „sorry“ sagen, unterdrückte die unverständlichen Laute, die im Begriff waren hochzukommen, ging zu ihr hin, tippte ihr auf die Schulter und zeigte auf ein großes, feuchtes Stück Rüeblitorte.

Die Frau drehte sich um, war kurz verwundert, dass Keller so nahe bei ihr stand, begriff und fragte nach: „Ein Stück Rüebli …, eh, a slice of cake? This one is made with carrots.“ Keller nickte und ging wieder zurück an seinen Tisch.

Die Bedienung brachte ihm Kaffee und Kuchen und Keller freute sich auf den ersten Bissen. Es war immer noch die beste Rüblitorte der ganzen Stadt.

„Hey, Keller, was machst denn du da?“, tönte es von der Theke herüber. „Schön, dass du auch mal den Weg in meine neue Beiz gefunden hast“, fuhr die Stimme fort.

Kellers Kuchengabel mit einem schön aufgespießten großen Stück Rüeblitorte blieb auf halbem Weg zum Mund in der Luft hängen. Die Studentin schaute verwundert zu Keller hinüber und fragte den Wirt: „Kennst du den Engländer?“

„Klar, das ist Keller. Wie kommst du auf Engländer?“, fragte der Wirt die Bedienung viel zu laut.

„Er spricht nicht und liest ‚The Face‘“, antwortete sie.

„Was, Keller, hallo, du sprichst doch?“, ging der Wirt auf Keller zu.

Mittlerweile hatten alle Gäste des Cafés ihre Köpfe nach Keller und dem Wirt umgedreht. Keller wäre am liebsten verschwunden: zu den Mönchen, Efeu speisend. Der Wirt schien die Peinlichkeit nicht zu bemerken. Oder er machte es bewusst. Keller konnte sich nicht erinnern, dem Kerl irgendetwas schuldig geblieben zu sein. Keller nickte ihm zu und quälte ein Lächeln hervor. Der andere setzte sich zu ihm.

„Wie lange haben wir uns jetzt schon nicht mehr gesehen, Ralph, genau, Ralph, das ist doch dein Vorname?", fragte ihn der Wirt.

Sprich leiser, sprich leiser, Bruno. So ein Trottel wie du kann doch nur Bruno heißen, dachte Keller. Dann nickte er und machte das Zeichen für zwei, dann für drei.

„Was ist, kannst du nicht mehr sprechen, du, der große Unterhalter?", fuhr Bruno immer noch zu laut fort.

Keller schaute sich um. Alle Blicke, die das Café hergab, waren auf ihn gerichtet.

Fresst eure Kuchen, sauft eure „Das Mucheli Milchkaffee", euren „Most. 100% naturrein", aber schaut woanders hin. Ja, ich kann nicht sprechen und das geht niemanden von euch Arschlöchern etwas an, hätte er am liebsten in den Raum geschrien, beherrschte sich aber und nickte brav.

Ein paar Köpfe wendeten sich tatsächlich wieder ihren Getränken und Kuchen zu, als würden sie Kellers Gedanken beschämen.

„Verarschst du mich …?"

Keller unterbrach mit einer heftigen Geste, die Bruno unmissverständlich bat, leiser zu sprechen. Endlich merkte es Bruno und senkte seine Lautstärke.

„Du kannst wirklich nicht mehr sprechen?“, fragte er jetzt leise.

Keller nickte.

Bruno stockte einen Moment der Atem. „Das tut mir leid, echt, Ralph. Warum denn?“

Keller schaute ihm fest in die Augen. Dann hob er die flache Hand über seinen Kopf und haute sie schnell auf seinen Schädel.

Bruno überlegte. Ha, dachte Keller, so schnell wie Tanner bist du wohl nicht.

„Schlag, Schlag, Schlag auf den Kopf, Hirnschlag?“, begann er laut zu erwägen.

Keller nickte.

„Scheiße, Ralph, Scheiße. Und wirst du je wieder sprechen können?“

Keller zuckte mit den Schultern. Unterdessen hatten auch die letzten Gaffer ihre Blicke abgewendet. Das ist dann doch zu viel für euer zart besaitetes Esoterikgemüt, ihr Teesocken. Da helfen weder Bachblüten noch Wohlfühltee, dachte Keller und schaute in die Runde.

„Und jetzt?“, wollte Bruno weiter wissen.

Keller zuckte wieder mit den Schultern.

„Scheiße.“ Bruno wusste jetzt nicht mehr weiter. „Ralph, das geht natürlich auf meine Rechnung. Sorry, Ralph, aber ich weiß jetzt wirklich nicht, was ich sagen soll. Ich weiß jetzt, gerade so spontan, wirklich nicht, was ich mit dir reden soll. Ich freu mich auf alle Fälle, wenn du wieder vorbeikommst“, sagte er, stand auf, gab Keller unsicher die Hand, „Halt die Ohren steif, Ralph“, und verschwand Richtung Küche.

Wenigstens war er ehrlich. Ja, was sollte er mit ihm reden? Er hätte auch so mit diesem Bruno nicht viel zu reden gehabt, sie hatten praktisch keine gemeinsamen Anknüpfungspunkte. Aber dass er so perplex war und ihm nicht einmal erzählte, wie er dieses Café übernommen hatte, ob er genug oder zu wenig Gäste zum Überleben hatte, das hatte Keller schon erstaunt.

Wird das deine Zukunft sein, Keller?, fragte er sich. Eine Zukunft, in der die Menschen nicht mehr mit dir reden, weil du keine Antworten, geschweige denn einen vernünftigen Beitrag zu einem normalen Gespräch mehr liefern kannst? Werden sie schweigen, wenn du an ihren Tisch trittst, und werden sie über dich reden, wenn du wieder gehst?

Keller trank seinen Kaffee aus, aß die Rüeblitorte auf, legte ein paar Münzen für die Studentin hin, winkte in der Türe noch einmal kurz Richtung Theke und trat an die frische Luft. Er hatte jetzt keine Lust, über seine Zukunft nachzudenken, jetzt, da er sie gemäß den Medizinern überhaupt gerade erst wiedergewonnen hatte.

Er ging zur Anlegestelle der Fähre, wartete, schaute dem wenigen Treibholz nach, das der Fluss mit sich führte, und war froh, endlich ans andere Ufer gebracht zu werden. Fährmänner sind gottlob schweigsame Gesellen.

Keller schreibt SMS.

Keller lag auf seinem Sofa. Die Beine von sich gestreckt, den Sportteil des Lokalblattes auf dem Bauch, die Hände hinter dem Kopf, die Ohrstecker seines iPods in den Gehörgängen. Pink Floyd trieben ihm „Welcome to the Machine“ direkt ins Gehirn.

Es war ja nicht so, dass in der Zwischenzeit niemand nach ihm gefragt hätte. Seine Ex-Frau, Edna, hatte ihm Wäsche, Zeitungen sowie ein paar Schokolademandeln ins Spital gebracht. Die besten der Stadt, was er sehr schätzte. Christian wollte nicht mitkommen. Dies war Keller recht, ersparte sich sein Sohn doch auf diese Weise den Anblick eines an Schläuchen und piepsenden Maschinen angehängten Vaters.

Sein bester Freund und Büropartner Angelo hatte für die nächste Zeit eine automatische „Out of Office“-Antwort in Kellers E-Mail-Programm eingegeben. Sein Handy ließ er außer bei Christian, Edna und Schwendi klingeln. Festnetz-Anschluss hatte er keinen mehr.

Keller wünschte sich nach Italien. In sein Haus, an den Küchentisch, das Kaminfeuer im Rücken. Pizza essen bei den beiden Dorfschönheiten, durch die Haselnusshaine schlendern, den Hasen sehen. Doch Schwendi hatte es ihm verboten. Keine sechs Stunden Auto fahren mit diesen Medikamenten im Blut.

„Kommen Sie ja nicht auf die Idee, nach Italien zu fahren“, hatte Schwendi seine Absichten erraten. „Das wäre das Dümmste, was Sie jetzt tun könnten. Also bitte,

Herr Keller", beschwor er ihn. Keller nahm sich vor, seinen Rat zu befolgen.

Schwendi kümmerte sich rührend um Keller. Es war Schwendi, der sich bei Angelo nach Kellers Buchhalterin erkundigte, ihr ein Arbeitsunfähigkeitszeugnis für Keller – bis auf Weiteres – schickte und sie anwies, dies der Versicherung für Lohnausfall zuzustellen. Glücklicherweise hatte Keller solch eine Versicherung abgeschlossen, auf Rat von Edna, von selber wäre er nie darauf gekommen. So stand er wenigstens finanziell für die erste Zeit nicht gleich mit leeren Händen da.

„Was machen Sie mit all Ihren Freunden? Sie dürfen Ihr soziales Umfeld, so schwer es Ihnen auch fallen wird, nicht vernachlässigen. Machen Sie doch allen eine SMS, das wäre das Einfachste", hatte ihm Schwendi vor einer halben Stunde am Telefon empfohlen. Keller hatte einmal ans Telefon geklopft, was „Ja" hieß. Schwendi hatte ihm den Vorschlag gemacht: Einmal ans Handy klopfen heißt „Ja", zweimal „Nein". Auf Schwendis Frage, ob er die SMS schreiben könne und würde, klopfte Keller dreimal ans Telefon.

„Das wird wohl ‚weiß nicht' heißen", hatte Schwendi nach einer kurzen Pause gesagt.

Keller musste innerlich lachen. Schwendi war schnell – und einfach ein guter, ganzer Kerl. So klein, wie der Herr Doktor auch war.

„Keller, noch was, Sie können mich jederzeit anrufen. Sie werden auch jederzeit durchgestellt. Ich meine das ernst. Haben Sie mich verstanden?", wollte Schwendi das Telefonat beenden.

Keller hatte einmal ans Handy geklopft, machte danach eine kleine Pause und klopfte dann viermal. Das hieß „danke". Er war sich sicher, dass Schwendi dies bald herausgefunden haben würde.

Also Keller, dachte er, keine Pizza, keine Dorfschönheiten und auch kein Hase. Dafür SMS schreiben, Freunde informieren und auf einen Termin bei der Aphasie-Therapeutin Silvia Nott warten.

Was wollte er schreiben? Oder, fragte er sich, was kann ich noch schreiben?

„Sprache verloren, Keller."

„Gruß, Keller", müsste es der Höflichkeit halber wohl heißen.

Aber ich habe die Sprache nicht verloren, dachte er. Ich kann in Sprache denken. Ich habe die Fähigkeit zu sprechen verloren. Das ist es. Punkt.

Also, wenn schon, verschicke ich „Kann nicht mehr sprechen, Gruß Keller". Oder: „Kann nicht mehr reden, Gruß Keller." So wäre die Sprache nicht drin.

Ja, das gefiel ihm eigentlich besser.

„Kann noch vögeln, Gruß Keller", könnte er ja hintennach schicken, damit sie wussten, dass er einfach nur nicht mehr reden konnte. Überhaupt, er konnte ja noch vieles, außer dem, was er eh nie gekonnt hatte.

„Kann noch kochen, Gruß Keller." „Kann noch Fußball spielen, Gruß Keller." „Kann noch Zug fahren, Gruß Keller." „Kann noch vorbeikommen, Gruß Keller."

Wer hätte wohl Freude daran, wenn ich vorbeikäme? Sprach- und redelos?, ging es ihm durch den Kopf.

Wer würde eine Einladung aussprechen? Wer würde dem ersten Reflex gehorchend zurückrufen wollen und während des Wählens abrupt den Unterbrecherknopf drücken, weil ihm plötzlich klar werden würde, dass ich stumm bin? Wer würde es trotzdem versuchen? Wer würde einfach „Gute Besserung“ zurückschreiben und die SMS als einen schlechten Scherz auffassen? Und wem würde ich es überhaupt schicken?

Das ist die Frage, Keller, sprach er mit sich. Jetzt ist einer dieser flüchtigen Augenblicke der großen Freiheit gekommen. Ein Moment, nach dem du immer wieder gesucht hast. Entscheiden. Die Leitplanken deines bisherigen Lebensweges ein klein wenig versetzen.

Mach's: Versammle alle deine Freundinnen, Freunde, Bekannten, Kolleginnen und Kollegen um dich. Stell sie in einem Kreis um dich herum auf. Du, der Mittelpunkt. Mit einem Maschinengewehr, großkalibrig.

Ratatatatatatatata: Eine langsame, regelmäßige Drehbewegung. 360 Grad. Du mähst sie alle nieder. Ihre Körper sacken in sich zusammen. Der letzte Nachhall der Gewehrsalve klingt aus. Absolute Stille kehrt ein. Du bist nur noch du. Ganz allein du. Keller.

Der Pulverdampf verzieht sich, du schaust dir die Bescherung an. Gehst langsam von Freundin zu Freund, von Bekannten zu Kolleginnen und Kollegen, wiegst für jede und jeden Gutes und Schlechtes gegeneinander auf: Daumen rauf oder Daumen runter. Auf diese Weise erweckst du sie alle wieder zum Leben. Wer bestanden hat, darf weiter mit dir durchs Leben gehen, wer nicht, muss sich einen Weg ohne dich suchen.

Keller nahm die Zeitung von seinem Bauch, entließ Pink Floyd aus seinem Kopf und holte sein Handy aus der Küche. Wollen wir doch mal sehen, wer da übrig bleiben wird, freute er sich.

Keller ging das Kontakte-Menü durch: Es waren mehr Adressen, als er erwartet hatte. Auf 221 Kontakte hatte er es bislang in seinem Leben gebracht. Gut, über zwanzig davon waren Restaurants, dazu kamen ein paar Servicenummern, aber die übrigen waren Menschen, mit denen er mehr oder weniger regelmäßig zu tun hatte oder deren Nummern noch gespeichert waren, weil sie es noch nicht verdient hatten, vergessen zu werden.

Für einige von ihnen war jetzt der Zeitpunkt gekommen, von Keller Abschied zu nehmen, indem er sie nicht über seine plötzlich eingetretene Sprachlosigkeit informierte und sie somit aus seinem Gedächtnis vertrieb. Was durchaus Vorteile hatte, wurde doch dadurch weitere Speicherkapazität freigeschaufelt. Was wiederum Kellers Gehirn sicherlich in die Hände spielte, da es laut Tobias Tanner sowieso bereits daran arbeitete, seine freien Speicherplätze umzuschichten.

Also: der Manager eines Chemielabors, der für jedes Händewaschen ein neues Handtuch benutzte: weg. Der Werber mit den überteuerten Designerstühlen, auf die man sich nicht setzen durfte: auswandern. Der klein gewachsene Architekt, der sich nie aus dem Schatten seines großen Bruders lösen konnte: Abbruch. Seine erste große Liebe, der Hunde bald wichtiger als Menschen waren: bleib. Sein alter Freund, der ihm in den ersten Tagen nach seiner Trennung ein Zimmer zu einem

Wucherpreis angeboten hatte: ab ins Pfandhaus. Seine Fußballkollegen: weiterhin aufgeboten. Die attraktive Kunstverantwortliche einer Großbank: Man kann nie wissen. Die Freunde aus Turin: ma sì.

So ging er Mensch um Mensch durch, Erinnerungen wurden zu Kurzfilmen, schlafende Hunde geweckt, an Narben gekratzt und Rosen verschenkt. Am Schluss waren es etwas über achtzig, denen er die SMS schicken und denen er zutrauen würde, auch mit einem sprachlosen Keller durchs Leben zu gehen. Die hoffentlich den Versuch wagen würden, ihn verstehen zu wollen.

Keller schrieb etwas, von dem er dachte, dass es „Kann nicht mehr reden, Gruß Keller“ heißen könnte.

„Keiner nimm mehr regen, Groß kelle“, zeigte Schwendis Handydisplay. Von Keller.

Schwendi rief sofort zurück. „Herr Keller, haben Sie das nur mir geschickt?“

Keller klopfte einmal aufs Handy.

„Gut“, antwortete Schwendi. „Wollten Sie schreiben: Kann nicht mehr reden. Gruß Keller?“

Keller klopfte ein weiteres Mal aufs Handy.

„Gut“, fuhr Schwendi fort, „ich schreibe Ihnen jetzt die richtige Formulierung, kopieren, einsetzen und verschicken. Haben Sie mich verstanden?“

Schwendi hörte ein einmaliges Knacken in seinem Handy.

„Sehr gut. Übrigens, Herr Keller, ich finde das sehr toll, dass Sie das machen. Wirklich!“

Es knackte viermal.

Schwendi musste grinsen. „Bitte“, sagte er und legte auf.

Zwei Minuten später signalisierte Kellers Handy eine SMS.

„Kann nicht mehr reden. Gruß Keller“, stand da drauf.

Klar, so schreibt man das, dachte Keller, kopierte den Satz und verschickte ihn an die achtzig Übriggebliebenen.

Wer würde wohl zuerst antworten?, fragte er sich und nahm sich vor, der oder dem zuerst Antwortenden bei nächster Gelegenheit ein Bier zu bezahlen. Keller wartete gespannt. Würde sich überhaupt jemand melden?

Das SMS-Signal tönte. Das ging aber schnell, freute er sich.

„Im Ernst?“, stand da. Der Absender war Robert, der indischstämmige Hypochonder. Klar, der nahm ihn natürlich für voll.

Keller kopierte das „Im Ernst?“, setzte aber anstelle des Fragezeichens einen Punkt und wollte hintendran noch ein „Bier?“ setzen, aus dem aber ein „Tier“ wurde, und schickte es zurück.

Der Signalton meldete sich wieder.

„Wir müssen schon lange nicht mehr reden. Das ist vorbei. Sonst geht’s dir gut? Kuss, Paula“, schrieb ihm seine Jugendliebe zurück.

Es klingelte wieder. „Bier? Meintest du Bier? Robert.“

Und wieder.

„Donnerstag Training. Kommst du auch wieder mal? Michael“

„Hallo, Herr Keller, gut dass Sie sich melden. Rufen Sie mich bitte montags an. Hätte vielleicht einen Auftrag für Sie. Gruß, Ledermann Fritz“

„Wirklich? Brauchst du Hilfe. Kuss Yvonne.“ Um Gottes Willen, Yvonne, sie hätte er auslassen müssen. Sie würde sich einen kranken Keller natürlich mit Haut und Haar einverleiben.

Keller starrte ungläubig auf sein Handy. Hatte er einen Fehler gemacht? Hatte er die Nachricht etwa doch an alle geschickt? Er tippte sich durch die Menüs durch, da piepste es schon wieder: „Scherzkeks. Liebe Grüße, sind in Thailand, Ute & Bernd“

Er hatte die Nachricht sicher allen geschickt.

„Soll ich für dich einkaufen? Lge“ Seine Ex-Frau.

Nett von ihr, aber das wollte er selber machen. Das würde er wohl noch fertigbringen.

Er schrieb zurück: „Nie“ und klopfte viermal aufs Telefon, das schon wieder eine Nachricht ankündigte.

„Gut gemacht, Herr Keller, Sie haben einen Termin bei Silvia Nott, übermorgen, Donnerstag, 9. Juni, 15.15, in der Augustinergasse 29. Herzlich Schwendi“

Gut, dachte Keller und schaltete das Handy aus.

Keller erobert ein Wort.

Keller hatte sich vorgängig nicht mit dem Gedanken befasst, wie eine Kapazität in Sachen Aphasie aussehen könnte. Silvia Nott, das wusste er vom ersten Augenblick an, hätte er sich dabei aber sicherlich nicht vorgestellt. Eine zierliche Frau, wahrscheinlich knapp über vierzig, das würde sich sicherlich im Laufe der Therapie noch genauer herausstellen, schwarz, eng anliegend gekleidet, wache, auffallend große blaue Augen und halblanges blondes Haar. Die Schminke war sparsam aufgetragen, Schmuck auf den ersten Blick nicht ersichtlich und die Füße steckten in zeitlosen flachen schwarzen Schuhen.

Die Frau muss Kellers Staunen gespürt haben.

„Silvia Nott, Ralph Keller?“, sagte sie so, als würde sie sagen: „Ja, ich bin es, auch wenn sie jemanden anderen, vielleicht jemanden, der mehr Erfahrung ausstrahlen würde, erwartet haben.“

Sie wies ihm einen Stuhl zu, nicht frontal, sondern übers Eck an einem dieser schlichten, mit einer Tischplatte aus gedämpftem Buchenholz belegten USM-Haller-Tische. Darauf stand ein Apple-Computer. Neben der eleganten weißen Tastatur lagen eine Moleskin-Kladde und ein schwarzer Füller. Eine kleine Schale aus grobem, braunrotem Ton stand knapp vor Kellers Platz. Darin befanden sich drei Pfirsiche. Das war’s.

Keller, dessen Pult aussah, als führten Klarsichtmappen, Zettel, CD-Roms, Schreibgeräte, Hefter, Visitenkarten und Zugbillette einen unaufhörlichen Krieg gegeneinander, war beeindruckt.

Gut, zu viel Geschriebenes auf dem Pult wäre wohl der Aufgabe, Sprachlosen Sprache zu entlocken, nicht förderlich, dachte er.

„Herr Keller, ich fange an, indem ich anhand von ein paar Bildern und Formen herauszufinden versuche, wie viel Sie noch verstehen. Dabei müssen Sie zuerst nicht sprechen, danach bitte ich Sie aber zu sprechen, auch wenn es unverständlich ist. Das macht überhaupt nichts, aber es gibt mir Anhaltspunkte, wie weit weg Sie von der Sprache sind und wie ich Sie wieder an das gesprochene Wort heranführen kann“, hob sie an.

Keller gefiel der Gedanke, dass er von ihr an der Hand genommen und wieder an die Sprache herangeführt würde. Hoffentlich durfte er sie am Ende des Weges als Dank innig an sich drücken.

„Was ganz wichtig ist: Je motivierter Sie sind, je mehr Sie daran arbeiten, wieder sprechen zu können, desto schneller kommen wir voran. Dazu müssen Sie sprechen, sprechen und nochmals sprechen. Bitten Sie Ihr Umfeld, nachzufragen, das ist ganz wichtig. Werden Sie nach dem dritten Mal immer noch nicht verstanden, suchen Sie nach anderen Formulierungen. Scheuen Sie keinen Weg, sich mitzuteilen, das ist ganz wichtig, Herr Keller“, sagte sie und schaute ihm dabei fest in die Augen, um sich zu vergewissern, ob er begriffen habe. Und dann sagte sie ganz sanft: „Legen Sie die Furcht ab zu sprechen“, machte eine kleine Pause und fuhr forsch fort: „Also, los geht's! Regnet es heute?“, war ihre erste Frage.

Keller schüttelte den Kopf.

Sie nahm einen Pfirsich aus der Schale: „Apfel?" Keller schüttelte den Kopf.

„Birne?" Keller schüttelte den Kopf.

„Aprikose?" Keller begann zu nicken, dann schüttelte er den Kopf heftiger.

„Gut", sagte Silvia Nott, „wie heißt die Frucht, mit der man die Aprikose oft verwechselt?"

Keller sagte spontan „fff, ffingschtich", erschrak, dass er überhaupt etwas gesagt hatte, wanderte mit seinem Blick zum Fenster hinaus, über die Dächer, den Rhein entlang, bis er am Kembser Stauwehr hängen blieb.

Silvia Nott klatschte in die Hände und freute sich laut: „Super, super, Herr Keller, das geht ja schon ganz flott." Sie drehte den Bildschirm um, darauf war eine Rose zu sehen. „Und was ist das?", fragte sie weiter.

Keller lachte. „Für dich," hätte er am liebsten gesagt, wusste, dass das unangebracht gewesen wäre und brachte so was wie „Klune" heraus.

„Gut, aber was für eine?", hakte Silvia Nott nach.

„Dose?", fragte Keller verunsichert, obwohl er genau wusste, dass es eine Rose war.

„Wunderbar", zeigte sich Silvia Nott erfreut, „korrekt wäre Pfirsich, Blume und Rose. Wollen Sie Rose nochmals probieren?"

Keller wollte: „schrose, pfroseee, rross, rossee." Silvia Nott unterbrach ihn kurz und sprach ihm laut und deutlich mit klaren Mundbewegungen vor: „Rose, Rose, Rose."

A rose is a rose is a rose, schoss es Keller durch den Kopf. „Ä rous, ä rous, ä rous", sprach er ganz schnell.

Die Therapeutin lachte. „Genau, so geht es auch. Sie machen das wirklich gut, Herr Keller“, machte sie ihm Mut.

Gut!?, dachte Keller. Einen einzigen Wortsalat habe ich in meinem Kopf und Sie sagen zu dem gut. Ich habe noch kein einziges gerades Wort herausgebracht und Sie sagen zu dem gut? Was kommt noch?

Sie schaute ihn an, als hätte sie seine Gedanken erraten.

„Herr Keller, das ist sehr, sehr gut. Viele Patienten kommen nicht mal annähernd an die Wörter ran, verstehen Dinge komplett falsch und geben sich früher oder später auf, weil sie das Gefühl haben, sie kämen nie mehr auf einen grünen Zweig. Gegenüber denen sind Sie verdammt gut dran, Herr Keller, verdammt gut.“

„Verdammt“, das hätte er ihr nicht zugetraut. Oder hatte er sie falsch verstanden? Nein, nein, sie hatte es gleich zweimal gesagt. Betont. Eindringlich. Keller hatte das Gefühl, etwas machen zu müssen. Instinktiv setzte er sich gerade hin.

„Gut“, sagte sie.

Sie zeigte ihm ein weiteres Bild. Ein Mann gibt einer Frau eine Handtasche. „Wer gibt wem was? Sie müssen nur nicken, wenn ich das Richtige sage: Die Frau gibt dem Mann die Tasche?“

Keller schüttelte den Kopf.

„Die Tasche gibt dem Mann die Frau?“

Keller lachte und schüttelte den Kopf. Silvia Nott musste auch lachen.

„Der Mann gibt der Frau die Tasche?“ Keller nickte, legte eine kleine Pause ein und machte mit beiden Armen eine Bewegung, als wollte er jemanden vor sich her scheuchen.

Sie schaute ihn an. „Gut, ich habe verstanden, Sie verstehen alles, oder?“

Keller nickte.

„Vielleicht können wir uns von der Geduld, von der Sie noch reichlich brauchen werden, hier ein wenig für später aufsparen“, sagte sie halb zu ihm, halb zu sich.

Sie drehte sich um, öffnete hinter sich einen schwarzen Metallschrank, entnahm ihm drei Dinge und stellte sie vor Keller auf den Tisch: eine Tasse, einen Löffel und ein Glas mit Fertigkaffee. Aus dem Bürorolli nahm sie Papier und Bleistift, reichte sie ihm und forderte ihn auf, die Namen der drei Gegenstände aufzuschreiben.

Keller musste tief durchatmen beim Anblick der Tasse. Alles, aber nur das nicht, dachte er. Diese verfluchte „German Bavaria“, die definitiv anders heißt als „German Bavaria“. Lass dich jetzt von diesem Teil da nicht stressen, schreib die anderen Begriffe auf, so gut es geht, und dann streiche halt vor dem Henkelding da die Segel, dachte er, nahm Papier und Bleistift und machte sich daran, Buchstaben für Buchstaben zu Wörtern zusammenzusetzen, von denen er annahm, dass sie die Dinge richtig benennen würden.

Er hatte daran länger zu tun, als ihm lieb war. Die Buchstaben gehorchten ihm zwar, formten Wortbilder zu klaren Gedanken, doch auf dem Weg vom Bild über den Arm in die Finger, in den Bleistift, aufs Papier wurden sie durcheinandergeschüttelt, verloren in Sekundenbruchteilen ihre Bedeutung, vermischten sich mit anderen Begriffen oder, noch schlimmer, tauschten ihren Sinn gegen einen anderen aus. Keller fühlte sich wie ein Jäger, der im Morgengrauen auf einem Hochsitz an einer dunstigen Waldlichtung sitzt und verzweifelt versucht, aus einer Horde vorbeistäubender Wildsäue die kranken Tiere aufs Korn zu nehmen.

„Pfoffel", „Nesttee" standen auf dem Papier. Das wird es wohl sein, stellte er für sich fest. Dann schrieb er noch „Tschärrrmunn Klavier" auf, lachte, fand es lustig und hoffte, dass Silvia Nott es auch lustig finden würde.

Silvia Nott fand es nicht so lustig. Mit „Pfoffel" und „Nesttee" konnte sie leben, aber was sollte das „Tschärrrmunn Klavier"?

„‚Pfoffel', damit meinen Sie doch ‚Löffel'?", fragte sie.

Keller nickte.

„Wollen Sie es nochmals schreiben? Löffel? Wenn ich es Ihnen vorschreibe?"

Keller nickte.

Sie schrieb in großen Buchstaben: „Löffel".

Keller nahm den Stift, schaute genau hin und schrieb ab: „Löffel".

„Gut, das machen Sie gut", lobte sie ihn, deckte mit einem anderen Papier ihr und Kellers „Löffel" ab und sagte: „So, jetzt schreiben Sie es noch mal."

Heilandsack, dachte Keller, nahm „Löffel" aufs Korn und drückte ab: „Föffel" war das Resultat.

„Sind Sie sicher?", fragte Silvia Nott.

Keller schaute genau hin, versuchte das klar zu sehen, war sich eingermaßen sicher, dass es so stimmen musste, und nickte schließlich.

„Ein Buchstabe ist falsch. Das Wort heißt ‚Löffel'. Wissen Sie, welcher?"

Keller konzentrierte sich. llll …, dachte er sich, llll

Aber war das richtig, lll?, fragte er sich. Was soll's, bin ja zum Lernen da, und sagte ein langes „llll".

Silvia Nott nickte. „Und jetzt das ganze Wort", forderte sie ihn auf.

„LLLööffffelll", entfuhr es Kellers Mund.

Silvia Nott klatschte. „Ist Löffel das erste korrekte Wort seit Ihrem zweiten Hirnschlag? Ist es das, Herr Keller?"

Keller nickte. Tränen stiegen in ihm hoch. Mein Gott, die Frau hatte es wirklich geschafft, ihm ein korrektes Wort zu entlocken! Er hätte sie am liebsten vom Scheitel bis zur Sohle abgeküsst.

Silvia Nott schaute auf die Uhr. „Wir haben noch zwanzig Minuten Zeit. Auf zum nächsten Wort!", motivierte sie Keller. „Meinten Sie mit ‚Nesttee' Eistee, oder vielleicht Eisteepulver?"

Keller schüttelte den Kopf.

„Kaffee?"

Keller nickte.

„Ah", sagte sie, „Nescafé?"

Keller nickte.

„Hätten Sie gern einen?"

Keller nickte.

„Schwarz? Mit Milch? Mit Milch und Zucker?", fragte sie. Sie spürte sofort, dass Keller überfordert war. „Keine Angst, gehört nicht zum Test, Sie können bei Milch nicken …", was Keller tat, „… gut, und wie viel Zucker?"

Keller streckte Daumen und Zeigefinger, wobei er den Zeigefinger krümmte und wieder streckte.

„Anderthalb?“, fragte sie nach.

Keller hob den Daumen und grinste.

Silvia Nott stand auf, beugte sich vornüber, stützte sich mit beiden Händen auf den Tisch, schaute Keller in die Augen und sagte: „Sie schreiben jetzt ‚Nescafé!‘“, nahm mit Schwung das Glas Nescafé vom Tisch, ging zur kleinen Waschnische, füllte den Teekocher mit Wasser und stellte ihn an.

Keller kam sich in die Schule zurückversetzt vor. Damals, während der Prüfungen, wenn ihm jeweils die Lehrer die sorgfältig mit Französischvokabeln oder mathematischen Formeln vollgeschriebenen Holzlineale und damit die Aussicht auf eine gute Note sowie eine kleine Taschengeldaufbesserung weggenommen hatten.

Es wird dir nichts geschenkt, konstatierte er mit einem resignierten Seufzer, jetzt schon gar nicht mehr, schaute Silvia Nott nach und machte sich daran, „Nescafé“ zu schreiben.

„Nest“ muss irgendwie richtig sein, dachte er, das hatte er auf der Etikette noch erhaschen können. Aber jetzt: Kaffee? Wie schreibt man Kaffee, Keller? Und ist das nicht auf Französisch geschrieben? Keller wog ab: Kaffee hatte zwei „p“. Auf Französisch wohl nur eines. So sind die Franzosen, die verschleudern nicht irgendwelche „p“s. Also ein „p“. „E“ ist „e“. Aber die haben ja noch diese Dächer, aigus und Grafen. Silvia Nott kam zurück mit zwei Tassen Kaffee. Das ging aber schnell, staunte Keller. Hatte er bereits so lange über dieses blöde „Nescafé“ nachgedacht?

„Und?“, fragte Silvia Nott und stellte ihm die Tasse hin.

Keller schrieb etwas, von dem er dachte, dass es „Nescafé“ bedeuten könnte: „Nestsapê“.

Silvia Nott stellte das Glas vor ihn hin und drehte die Etikette gegen ihn. Keller musste schlucken. Er war noch ein schönes Stück weg von den Worten.

„Keine Angst, dass kommt schon noch. Geduld, üben Sie sich in Geduld, nehmen Sie sich Zeit. So, aber jetzt möchte ich noch was wissen, Herr Keller, was ist das?“, fragte sie und zeigte auf Kellers Tasse.

Keller zuckte mit den Schultern.

„Ist das ein ‚Tschärrrmunn Klavier‘?“

Keller musste grinsen, schüttelte den Kopf und nickte dann doch noch.

„Das ist doch eine Tasse, oder?“

„Tasse“, das musste wohl das Wort dafür sein, entnahm Keller ihren Worten und nickte.

„Und warum haben Sie dann ‚Tschärrrmunn Klavier‘ geschrieben?“, insistierte sie.

Wie sollte er ihr das klarmachen, fragte sich Keller. Dann nahm er einen großen Schluck Kaffee, hob die Tasse in die Höhe und forderte Silvia Nott auf, unter die Tasse zu schauen. Sie kam näher, ging neben Keller ein wenig in die Knie und schaute unter die Tasse: „Made in Japan for Habitat“ stand da drauf.

Silvia Nott ging um den Tisch herum, setzte sich in ihren Bürosessel, machte sich eine kleine Notiz in ihre Kladde und sah ihn an: „Sie wissen nicht mehr, wie das Ding da heißt?“

Keller schaute wieder zum Fenster hinaus. Ein Rabe versuchte auf einem Kamin eine Nuss mit seinem Schnabel aufzuhacken. Ein zweiter Rabe flog im Sturzflug auf ihn zu. Vor lauter Schreck ließ der erste die Nuss fallen, sie fiel vom Kamin und kullerte das Ziegeldach hinunter.

„Herr Keller, verstehen Sie mich?"

Keller sah gerade noch, wie die Raben in wilden Flugbewegungen und unter gehässigem Gekrächze davonflogen. Er drehte den Kopf zu Silvia Nott, sah ihr in die Augen und nickte.

„Wie lange fehlt Ihnen das Wort schon?"

In Silvia Notts Augen schienen sich die Raben zu spiegeln.

„Tasse, Herr Keller, wann ging das Wort verloren?"

Keller fing sich und zeigte mit den Fingern drei, dann vier.

„Monate?"

Keller nickte.

„Also vor dem zweiten Hirnschlag?"

Keller nickte abermals.

Sie notierte wieder etwas in ihre Kladde. Keller wurde nervöser und nervöser. Irgendwie erwartete er ein deftiges Urteil. Lebenslänglich. Lebenslänglich „German Bavaria" statt Tasse, buchstabiert als „Tschärrrmunn Klavier". Endlich blickte sie wieder hoch.

„Machen Sie sich keine Sorgen. Das ist normal, dass gewisse Wörter endgültig verlustig gehen. Aber es muss nicht sein. Vielleicht finden Sie sie irgendwann wieder. Und ohne ‚Tasse' lässt es sich problemlos leben. Sollte das Wort gar nicht mehr kommen, versuchen Sie es durch ein anderes zu ersetzen. ‚Mug' vielleicht. Ist auch einfacher", versuchte sie Keller zu beruhigen, „vor allem einfacher als ‚Tschärrrmunn Klavier'."

Keller musste lachen. Silvia Nott auch. „Das kommt gut", sagte sie und stand auf, um die Sitzung zu beenden. Keller stand auch auf, nahm die hingestreckte Hand entgegen und deutete eine Verbeugung an.

„Nichts zu danken, das ist mein Job", sagte Silvia Nott ein wenig verlegen.

Keller verbeugte sich nochmals. Beinahe hätte er ihre Hand geküsst.

War das ein Anfang? Der Anfang des Ordnens, des Rearrangierens des Sprachzentrums? Wort für Wort wieder dahin setzen, wo sie hingehörten. Aber was wäre, wenn „Tasse, German Bavaria, Tschärrrmunn Klavier" ihr Geheimnis nicht für sich behielt? Und bereits zwei Stunden nach der Entdeckung des Risses in der Blutbahn weiter erzählte? Zum Beispiel ihrer besten Freundin „Lampe", auch so eine Genitiv-Geschädigte?

Keller suchte sich eine Bank, auf der Pfalz, unter den Kastanien, hinter dem Münster, setzte sich, schaute über die Häuser hinweg auf die ersten Hügel des Schwarzwaldes und versuchte die Gedanken zu verscheuchen. Es gelang ihm nicht.

„‚Lampe' ist sicher geschwätzig. Und ängstlich," ging es Keller durch den Kopf.

„Lampe" tat sicher jedem dahergelaufenen Dingwort kund, dass „Tasse" und ‚Engländer" bereits abgehauen seien und es einen Ausweg gebe. Sie wisse es von „Tasse", die ja, wie man wüsste, nicht mehr hier sei. Dies sei ja wohl Beweis genug.

Vielleicht würden ihr viele einfach nicht glauben, ein paar würden aber wahrscheinlich zuhören und über die ganze Sache nachdenken und wiederum andere würden keinen Gedanken an einen möglichen Auszug verschwenden, sondern sich daran machen, die Trümmer meines zweiten Hirnschlags wegzuräumen und instand zu stellen, was noch instand zu stellen war.

Ein Gedanke, der Keller beruhigte. Doch was war, wenn sie es nicht schafften, so sehr sie sich auch Mühe gaben, und das Sprachzentrum nie mehr zu dem werden würde, was es einmal war? Wenn sich das Leben dort anfühlte, wie sich Kellers Leben jetzt anfühlte; als hätte jemand die Luft verdünnt.

Die Schilderungen von „Lampe“ würden wohl zusehends auf fruchtbareren Boden fallen und wenn „sein“, das Oberhaupt des Wortadels, sich nach einem Ausweg erkundigen würde, würde ein Wegzug doch als gangbare Option in Erwägung gezogen. Unter der Führung von „sein“ würde sich ein großer Teil der Wörter zu der Stelle aufmachen, wo „Lampe“ den Riss in der Blutbahn vermutete. Ein Freiwilliger würde gesucht werden, der quasi als Kundschafter auf die andere Seite gehen sollte. Sie würden „Mut“ anschauen, der sich am liebsten verdrückt hätte, doch „Ehre“ und „Vaterland“ haken ihn links und rechts unter und schieben ihn vor. „Sein“ spricht noch ein paar Worte zu seiner Mission und etwas von „in die Annalen“ eingehen, dann geben ihm „Ehre“ und „Vaterland“ einen Schubs – und drüben ist er.

Keller musste aufstehen, etwas anderes denken. Was denken? fragte er sich. Dass die zurückgebliebenen Wörter gespannt warten? „Schifffahrtgesellschaftkapitänsmütze“ sich am Schild kratzt und skeptisch anmerkt, dass das ja schön und gut sei, so ein Dreibuchstabenwort als Versuchskaninchen da durch zu schicken, „aber wie steht es mit uns?“ „Kaminfeueranzünder“ würde ihre Bedenken bestimmt teilen.

„Versucht es doch einfach. Falls ihr stecken bleibt, ziehen wir euch wieder raus,“ wird „dünn“ ganz pragmatisch anregen. „Du hast gut reden,“ antwortet „Kaminfeueranzünder“ lapidar und überlegt sich gleichzeitig, es einfach zu versuchen, und wird es tun.

Keller beschleunigte den Schritt, kickte einen Schuh voll Kiesel gegen eine Ansammlung Tauben, die von einer alten Frau gefüttert wurden. Die Tauben stoben davon, die Frau warf Keller einen verächtlichen Blick zu, worauf sich dieser im Gehen zu ihr bückte und laut „Ha!“ schrie, diese kurz zusammenzuckte und ihn dann ohne zu Zögern anschrie: „Sie Wahnsinniger!“

Keller blieb verwundert stehen, musterte die kleine, schrumpelige alte Frau, die ihm in die Augen schaute und ihre Worte bestätigend abnickte. Er musste lachen und nickte ebenfalls. Jetzt schüttelte die Frau den Kopf und sagte leise: „Sag’s ja, Wahnsinniger!“

Er hätte gerne etwas geantwortet, setzte an, wurde sich seiner Sprachverwundung gewahr, ließ es bleiben, winkte ab und ging davon, betrat das Münster und setzte sich in eine dieser unbequemen Kirchenbänke.

Obwohl er jetzt vor einem protestantischen Gott Platz nahm, stiegen die Gedanken sofort wieder hoch. Was, wenn „Kaminfeueranzünder“ durchpassen würde? Und „Schifffahrtgesellschaftkapitänsmütze“?

Wort für Wort würde folgen!

„Bier“, „Weinbrand“, „Schnaps“ und „Melissengeist“ würden sogar das Jassen aufgeben und durchschlüpfen. „Mein Gott,“ dachte Keller, „in meinem Kopf hat sich eine Völkerwanderung der Wörter in Gang gesetzt.“

Irgendwann taten die unbequemen Bänke im Münster ihre Wirkung und Kellers schmerzende Knie vertrieben die Gedanken an seine unkontrollierten Wörter.

Die erste Therapiestunde mit Silvia Nott wirkte in Keller noch lange nach. Sie hatte ihm das Wort „Löffel" entlockt. Das erste Wort seit seinem Hirnschlag in der Buchhandlung. Sollte also so ein banales Wort wie „Löffel" mein Wiedereinstieg in die Welt der direkten Rede sein?, fragte sich Keller. Ist das die erste gewonnene Schlacht?

Keller ging in seine kleine Küche, nahm eine „German Bavaria", eine „Tschärrrmunn Klavier" oder wie immer das Ding halt heißen mochte, aus dem Schrank, stellte sie unter den Kaffeeautomaten und ließ die Maschine laufen. Er sah dem Kaffee zu, wie er fett und Schaum bildend in die „German Bavaria" floss, schaute sich in der Küche um und fragte sich unvermittelt: Wird mir diese Küche eigentlich noch gerecht? Benötige ich die Namen der Dinge wirklich, um zu dem zu kommen, was ich will und brauche?

Keller nahm den Kaffee von der Maschine. Vielleicht, dachte er, müsste mir jemand alle Dinge und Funktionen, die es in dieser Küche gibt, mit kleinen gelben Post-it-Zettelchen anschreiben. Natürlich brauche ich die Worte nicht, aber wenn sich, laut Dr. Tobias Tanner, meine Sprache Stück für Stück in meiner rechten Gehirnhälfte wieder zusammensetzen soll, so müsste man ihr auf diesem Pilgerweg von links nach rechts doch helfen. Vielleicht mit gelben Wanderwegweisern: „3 Stunden bis ‚Löffel'; 2½ Tage bis ‚Phrase'; 4 Wochen bis ‚ich habe Durst' und 3 Jahre bis ‚Wiedereinstieg'?" Oder irren die Wörter einfach sinnlos umher? Muss man ihnen ihre Bedeutung und Mehrfachbedeutungen mit Post-its auf den Rücken kleben? Wie kann man davon ausgehen, dass sie die Informationen, die sie benötigen, um einen verständlichen Satz zu bilden, tatsächlich mit sich herumtragen?

Keller setzte sich an den Küchentisch und stellte sich vor, wie ein gewaltiger Zug müder, abgekämpfter, durstiger Wörter sich durch die Windungen seines Gehirns schleppte.

Kennen sie ihr Ziel? Wer führt sie an? Haben sie einen Kompass? Das wäre beruhigend, dachte Keller. Aber: Nehmen sie auch alle mit? Oder lassen sie ein paar willkürlich zurück, wie diese verdammte „German Bavaria"? Werden sie die, die vom Weg abkommen, suchen? Haben sie genügend Proviant dabei? Marschieren sie nach verdienter Rast weiter? Oder entschließen sie sich spontan, in dieser gottverlassenen Hirnregion sesshaft zu werden? Haben sie eine Karte? Können sie die auch lesen? Kennen sie überhaupt den Weg?

Keller wurde es schlecht ob all der Fragen. Und als er seinen vorherigen Gedankengang zu Ende führte und sich vorstellte, allen diesen zerlumpten Wort-Gestalten noch ein gelbes Zettelchen mit ihren Bedeutungen oder sogar Mehrfachbedeutungen draufzupacken, hätte er am liebsten zu einem Schnaps gegriffen.

Als eine Träne in den Kaffee tropfte, den Schaum durchschlug und sich winzige Wellen ausbreiteten, reichte es Keller. Heilandsack, was gibst du für ein jämmerliches Bild ab, die werden es wohl schaffen, schrie er sich innerlich an. Und wenn du es genau wissen willst, Keller, dann geh zu Tanner, der kann dir sagen, ob die den Weg finden oder nicht, ob sie Zettel mit sich herumtragen müssen oder nicht. Trainiere, kämpfe, rede.

Er stand auf, ging ins Wohnzimmer, legte „Who Made Who" von AC/DC in der Live-Version von 1992 auf, drehte die Lautstärke hoch und legte ein Luftgitarrensolo hin. Einmal, zweimal, dreimal, bis die schwerhörige Achtzigjährige in der oberen Wohnung mit ihrem Gehstock auf den Boden schlug, sodass es schließlich auch Keller hörte.

Er drehte die Musik leiser und nahm sich vor, eine SMS an Schwendi zu schreiben. Er brauchte die Nummer von Tanner. Er wollte mit ihm reden. Ja, reden, mit Zeichen und Zeichnungen.

Kellers Handy klingelte. Schwendi. Keller nahm ab und klopfte einmal aufs Telefon. „Was soll das heißen, ‚Nudeln voll Tante'? Wie kann ich Ihnen helfen?", fragte Schwendi.

Keller erschrak. „Nudeln voll Tante" hatte er geschrieben? Heilandsack, du hast wirklich nichts mehr im Griff.

Wie konnte er sich jetzt Schwendi mitteilen?

„Herr Keller, ich bin auf einem Kongress in Barcelona. Brauchen Sie mich oder eine SMS von mir oder etwas anderes?" Keller überlegte. Da kam ihm das Morsezeichen für SOS – dreimal kurz, dreimal lang, dreimal kurz – in den Sinn und er klopfte den einfachen Rhythmus aufs Handy. Vielleicht kam ja Schwendi drauf, dass es SMS heißen könnte.

„SOS, Herr Keller, ist es so schlimm?"

Keller klopfte fünfmal und unterbrach das Telefonat.

Keller kam sofort auf die Idee, nachdem Schwendi SOS gesagt hatte. Jetzt war er froh darüber, dass er vor zwei Monaten ein multifunktionales Handy gekauft hatte. Zwar hatte ihn sein Büropartner Angelo deswegen aufgezogen, da sei wieder mal seine neophile Seite mit ihm durchgegangen, aber es war ihm wurscht, schließlich war er seither besser organisiert, musste keine Termine mehr rückfragen, was ihm früher oft passiert war, da er meist keine Agenda bei sich trug, und war pünktlicher, weil er sich angewöhnt hatte, den automatischen Alarm zu stellen. Aber mit dem Ding konnte man auch zeichnen und ein Bild verschicken.

Keller versuchte mit dem kleinen Stift eine Tanne zu zeichnen. Es gelang ihm, ja er konnte sie sogar grün einfärben. So, und jetzt noch ein paar Zahlen unter die Tanne. Die setzte er so, dass sie ungefähr dem Bild einer Telefonnummer glichen. Er betrachtete sein Werk nochmals, löschte die Zahlen und ersetzte sie durch die echte Vorwahl seiner Stadt und durch eins, zwei, drei sowie zwei weitere Ziffernpaare. Das sah echter aus. So würde Schwendi wohl eher daraufkommen, dass es sich um eine Telefonnummer handeln sollte.

Keller wartete. Keller wurde ungeduldig. Und ungeduldiger. Schließlich wurde ihm bange, er zählte die Sekunden. Was, wenn Schwendi die MMS-Funktion nicht kannte? Würde er einen Kollegen fragen? Würde er dies für den Patienten Keller tun?

Das Warten nahm kein Ende, und als das Handy klingelte, fiel es ihm beinahe aus seinen schweißigen Händen.

„Herr Keller, wollten Sie die Nummer von Tobias Tanner, dem Neurologen Tobias Tanner?“, vernahm er Schwendis Stimme.

Es klopfte einmal.

„Und was wollen Sie von ihm?“

Keller klopfte fünfmal aufs Handy und unterbrach das Gespräch, wechselte das Menü und begann zu zeichnen: einen Teller, für Messer und Gabel machte er einfach je einen Strich, dazu eine Flasche, die wie eine Bordeaux-Flasche aussehen sollte. Dann drückte er „senden“.

Diesmal folgte Schwendis Anruf auf den Fuß.

„Herr Keller, Sie wollen mit Tanner essen gehen, habe ich das richtig verstanden?“, fragte er ihn.

Es klopfte einmal.

„Und wo, und wann, und wozu?“, fragte er ihn.

Dies waren ein paar Fragen zu viel auf einmal. Keller klopfte fünfmal und unterbrach die Verbindung.

Er war verärgert. Wozu? Wozu? Wozu wohl: um zu wissen, ob die Wörter auf der anderen Seite ankommen würden. Dazu.

Keller lehnte sich zurück, schloss die Augen und versuchte die Schritte der Wörter zu hören, die laut Tanner ja auf Wanderschaft sein müssten. Riefen sie sich ab und an etwas zu? Hatten sie den Weg gefunden? Oder drehten sie sich im Kreis ihres Echos?

Falsch, Keller, schoss es ihm durch den Kopf, bleib wenigstens du auf Kurs. Es geht darum, was du aus dir noch machen kannst, des Mundwerks beraubt, mit einem Hirn, das eine Baustelle ist. So muss es heißen, so hast du dich zu verstehen. Alles klar, Keller, schnauzte er sich lautlos an. Und einmal in Fahrt gekommen: Es gibt niemanden, der dir zu sagen hat, was aus dir werden soll, was aus dir Mundtotem werden könnte. Schon gar nicht im Krieg. Du führst Krieg, Keller. Irgendetwas, vielleicht sogar du selbst, hat einen Anschlag auf dich verübt, der dich an deiner empfindlichsten Stelle getroffen hat, und jetzt musst du dagegenhalten. Dich, Keller, und deine während eines halben Lebens geformte Persönlichkeit mit deren ganz eigenem Kosmos verteidigen. Und du musst jetzt darüber hinausgehen, dich in die nach außen geworfenen Schatten der Grenzsteine deines Universums wagen. Es werden Dinge auf dich zukommen, die keine Verwandtschaft mit allem bisher Gekannten aufweisen. Absurditäten des Alltags, die in unabsichtliche Demütigungen münden, vor denen du die Segel streichen musst, weil du nicht antworten kannst. So sieht deine unmittelbare Zukunft aus. Du kannst nicht mehr auf deine Schlagfertigkeit zurückgreifen, du bist deiner stärksten Waffe beraubt, du wurdest unverschuldet in die Defensive gedrängt. Und wie lange wird diese Zukunft dauern? Wird sie fließend in eine ewig andauernde Gegenwart übergehen? Keller, du brauchst eine flexible Verteidigung. Und darum brauche ich Tanner, Schwendi. Er muss mir archivierte Frontberichte zustellen, die Tücken des

Terrains beschreiben, auf dem die Schlachten dieses ungewollten Krieges stattfinden werden.

Keller ging in die Küche und ließ den Automaten eine weitere große Tasse Kaffee machen. Er beruhigte sich, dachte nach und kam zum Schluss: Wieder falsch, Keller, Tanner muss dir nicht das Terrain beschreiben, das musst du selbst erkunden, das wirst du auch unweigerlich, und zwar täglich. Tanner muss dir nur eins sagen: wie lange es dauern wird, bis dein Hirn die Laute deiner Worte und die dazugehörigen Befehle für den Stimmapparat von links nach rechts geschaufelt hat. Also: wie lange der Krieg dauern wird. Basta.

Keller nahm sein Handy und begann zu zeichnen: für Mittwoch eine Art Kalender mit zwei Pfeilen, welche die Mitte der Woche symbolisieren sollten. Und dann? Keller wollte mit Tanner am liebsten in die Kunsthalle gehen. Er überlegte und zeichnete dann ein Dach und darunter ein Ding, das wie ein abstraktes Bild hätte aussehen sollen.

„Mittwochs? Alte Post? Gruß Schwendi", antwortete Kellers Arzt zügig.

Ja, dachte er. Nein, dachte er. Mittwochs, aber nicht „Alte Post". – Und jetzt?

Keller rief Schwendi an. Als dieser abnahm, klopfte er einmal aufs Handy, machte eine Pause, klopfte dann zweimal und legte wieder auf. Hoffentlich verstand Schwendi.

Keller zeichnete abermals ein Dach, diesmal gestützt von vier Pfeilern. Darunter eine Art Statue, Giacomettis „L'homme qui marche" sollte es eigentlich werden. Damit klar wurde, dass es sich um Kunst handelte, kritzelte er noch etwas Abstraktes daneben und dann noch ein Bild, ohne Zackenrand, sodass eine Verwechslung mit einer Briefmarke unmöglich war.

Diesmal verging einige Zeit, bis Kellers Handy klingelte. „Kunsthalle, meinten Sie die Kunsthalle, Herr Keller?“

Es klopfte einmal.

„Brauner Teil?“

Es klopfte zweimal.

„Der bessere Teil?“

Es klopfte einmal.

„Soll ich Herrn Tanner den Tisch reservieren lassen?“

Es klopfte einmal.

„Gut, ich ruf ihn an und gebe Ihnen dann Bescheid. Auf Wiederhören.“

Es klopfte viermal.

„Bitte, gern geschehen“, sagte Schwendi und legte auf.

Keller will es wissen.

Was ist Tobias Tanner wohl für ein Mann, fragte sich Keller, der Menschen mit Hirnschlägen, Schädeltraumata, schweren Kopfverletzungen oder Tumoren diagnostizierte, operierte und deren Heilungsaussichten prognostizierte? Der von mehr als einer Handvoll Frauen und Männern dieser Stadt wusste, wann ungefähr deren Todesanzeige in der Zeitung stehen müsste. Ein sicherer Partner für Bestattungsunternehmen.

Keller versuchte die düsteren Gedanken zu verscheuchen, indem er nach attraktiven Frauen Ausschau hielt. Es war Sommer, die Tropfen des kurzen Platzregens hatten nicht die Kraft, sich am Fenster der Straßenbahn zu Schlieren zu sammeln. Der Blick durch das Glas blieb klar. Fünf Backfische standen unter dem gelbrosa Vordach einer Imbissbude und kicherten. Ein ihm nahestehender Rechtsanwalt fuhr unbeeindruckt von Wind und Regen seinen Panama-Hut auf seinem Raleigh-Fahrrad aus. Ein stadtbekannter Webstübler versuchte zum Gaudium von ein paar umstehenden Passanten sein Auto, das nur in seiner Vorstellung existierte, zu parkieren. Eine attraktive Frau sah er nicht.

Keller fragte sich, warum Tobias Tanner überhaupt eingeschlagen hatte, mit ihm abendzuessen. Zumal er sich vorstellen konnte, dass ihn Keller hauptsächlich über seine Heilungschancen befragen beziehungsweise beskizzieren, begestikulieren und bestammeln würde.

Vielleicht hat er Lust auf Monologe, sagte sich Keller und stieg aus der Straßenbahn. Eine Frau mit schulterlangen braungrauen Haaren, einem weißbraunen Rock und grauer Leinenbluse kreuzte ihn. Es gibt sie noch, die Ladys, dachte Keller und lächelte die Frau an. Sie bemerkte es nicht.

Er wechselte von der Traminsel auf den Gehsteig, bewegte sich nahe den Hauswänden entlang, um sich vor dem Regen zu schützen, kam an den immer noch kichernden Backfischen vorbei, die wohl bald den Frittiergeruch der Imbissbude annehmen würden, George Clooney lächelte von einem Werbeplakat herunter und Beethoven warb strengen Blicks für ein Konzert seiner fünften Symphonie.

Hoffentlich war für Tobias Tanner ihr letztes Gespräch nicht einfach Routine gewesen, hoffentlich hatte er es wie Keller auch als optimistisch, lebensbejahend empfunden. Oder zumindest weit weg von der Norm seiner üblichen Patientengespräche. Aus Kellers Sicht war es kein orientierungsloses Gejammer gewesen, kein einseitiger Monolog mit jemandem, dem Tanner behutsam klarmachen musste, dass der einzige – und irgendwann ersehnte – Ausweg aus Schmerz und Pein der Tod sein würde.

Gut, ich bin zwar nicht vom Tode bedroht, sagte er sich, aber ich bin meines Arbeitsinstruments und somit meiner Lebensgrundlage beraubt. Ich bin kein Handwerker, der, obwohl stumm, weiter mit tausendfach erprobten Handgriffen durchs Leben gehen könnte. Ich kann noch denken, genau denken, doch wird in naher Zukunft überhaupt noch Sinnvolles über meine Lippen kommen? Werde ich je wieder Zusammenhängendes zu Papier bringen? Werde ich in vernünftiger Zeit dahin kommen? Oder ist es nicht einfach ein langer, zäher Weg, der schon viele zum Schweigen gebracht hat?

Keller hoffte, dass Tanner schon da war, sodass er nicht in Verlegenheit geriet, nach dem Tisch fragen zu müssen. Und tatsächlich, Tanner war schon da. Er übergab seinen leichten Regenmantel dem Kellner, den Veston behielt er an und die klassische braune Aktenmappe hielt er bei sich.

Keller ging auf Tanner zu, reichte ihm die Hand, lachte und nickte, setzte sich und zeigte auf das Bier, das vor Tanner stand, und hielt den Daumen hoch. Tanner winkte den Kellner heran, bestellte zwei Biere, verlangte nach der Speisekarte und begann das Gespräch. „Gut sehen Sie aus, Kompliment. Die Rehabilitation scheint ja zügig voranzuschreiten."

Keller nickte.

„Ich danke Ihnen, dass Sie mit mir abendessen wollen. Das machen sehr wenige Patienten, oder sagen wir Menschen, die ich behandle oder behandelt habe." Tanner mochte wohl das Wort Patient nicht, dachte Keller, diese Unterscheidung von Gesunden und Kranken, Unvollständigen und vermeintlich Ganzen.

Keller lächelte und nickte.

„Nun, was möchten Sie von mir wissen? Was befindet sich noch nicht auf dem Weg?", ging ihn Tanner direkt an.

Gute Frage, dachte Keller. Es ist noch vieles nicht auf dem Weg. Wo war der Weg? Und wo führte er hin?

Keller hob die rechte Hand, klappte mehrfach mit den Fingern gegen den Daumen, so als äffe er einen

Schwätzer nach. Dann machte er einen abrupten Schnitt durch die Luft. Sorgfältig stellte er die Hand senkrecht mit den Fingern auf den Tisch und begann mit Zeige- und Mittelfinger über den Tisch zu laufen. Zu Tanners leerem Bierglas, über die Gabel, über das Messer hinweg zu seiner Serviette, nochmals ans andere Ende des Tisches, bis an den Punkt, an dem er hätte aufstehen müssen, um noch weiter zu kommen. Dort hielt er inne und schaute Tanner an.

„Wie weit und wie lange das gehen soll?", fragte Tanner, während er von Kellers Fingern in dessen Augen schaute.

Keller nickte.

Der Kellner brachte die beiden Biere. Tanner war froh um die kleine Pause. Sie hoben die Gläser und prosteten sich zu. „Auf Ihr Wohl", nickte Tanner Keller zu, nahm einen tiefen Schluck, stellte das Glas ab, holte ein wenig Luft und sagte: „Es tut mir leid, Herr Keller, aber ich kann Ihnen keine genaue Prognose machen. Wie ich Ihnen schon damals gesagt habe, haben Sie wirklich sehr gute Voraussetzungen für eine weitreichende Heilung. Aber, das ist von Mensch zu Mensch verschieden."

Weitreichend? Hatte Keller richtig gehört? Weitreichend? Nicht vollständig?

Keller zeigte auf Tanner, machte wieder die Schwatzgeste, zeigte mit den beiden Mittelfingern auf seine Ohren, machte mit der rechten Hand das „Daumen-Hoch-Zeichen", legte die beiden Handflächen gegeneinander, so als würde er beten, trennte sie mit der Bewegung zweier kleiner Halbbögen, stoppte und führte sie in zwei größeren Halbbögen weit voneinander weg.

Tanner ging das alles viel zu schnell.

„Haben Sie etwas nicht verstanden?“, erkundigte er sich vorsichtig.

Keller schüttelte den Kopf. Gleich darauf nickte er.

„Was jetzt?“, rutschte es Tanner heraus.

Keller stutzte über Tanners Ungeduld.

„Sorry“, entschuldigte sich Tanner sofort.

Keller winkte ab, öffnete seine Aktentasche, zog einen Block Papier, Bleistifte sowie ein paar Farbstifte hervor, nahm einen Schluck Bier und begann zu zeichnen.

Der Kellner kam und fragte nach der Bestellung.

„Ich nehme den Kalbskopf mit Salzkartoffeln. Und Sie, Herr Keller?“, wandte sich Tanner zu Keller. Keller nickte.

„Dazu eine Flasche Marqués de Riscal sowie Wasser ohne Kohlensäure, bitte“, übertrug Tanner die Bestellung dem Kellner. Keller blickte kurz hoch, streckte den Daumen hoch und vertiefte sich wieder in seine Zeichnerei.

Der Kellner bedankte sich und machte sich davon. Keller schaute von der Zeichnung hoch und grinste.

„Zumindest in Sachen Essen scheinen wir uns zu verstehen“, feixte Tanner.

Keller schob die Zeichnung zu Tanner rüber. Darauf war ein Strichmännchen mit einem roten Kreuz über seinem Kopf zu sehen. Von diesem Männchen ging ein Strich übers ganze Blatt. Tanner sah es sich an, zeigte auf das Männchen mit dem Kreuz und dann auf Keller.

Keller nickte und nahm ihm das Blatt wieder weg, setzte etwa in der Mitte ein weiteres Männchen auf den Strich, versah es mit einer Sprechblase, schaute kurz zu Tanner auf, zeichnete in geraumem Abstand vom zweiten Männchen ein weiteres mit Sprechblase, schaute wiederum zu Tanner auf und setzte schließlich noch eines ans Ende des Striches.

Tanner nahm einen zünftigen Schluck Bier.

„Herr Keller“, sagte er, „ich kann es Ihnen wirklich nicht genau sagen. Würde ich auf das erste Männchen mit der Sprechblase zeigen, wären Sie enttäuscht, wenn Sie nicht in ein paar Wochen wieder sprechen könnten, zeigte ich auf das letzte, wäre Ihnen vielleicht der Mumm genommen, also zeige ich halt auf das mittlere. Fakt ist, ich weiß es nicht. Ich weiß, dass Beschädigungen in Ihrer linken Hirnhälfte da sind. Sie sind nicht allzu groß, das weiß ich auch. Was“, er nahm einen weiteren Schluck Bier, „aber nicht auf die genaue Art der Auswirkungen der Verletzung deuten lässt. Sehen Sie, die kaputten Hirnzellen sind irreparabel. Aber Ihr Hirn ist daran, andere Kapazitäten freizuschaufeln. Dass dabei das eine oder andere auf der Strecke bleibt oder, besser gesagt, beim Hirnschlag ausgelöscht wurde, ist anzunehmen. Doch Sie können vieles wieder erlernen. Und da Sie alles zu verstehen scheinen, sollte dies auch nicht allzu schwierig für Sie sein. Übrigens ist das eher außergewöhnlich, dass Sie noch alles verstehen. Normalerweise geht auch das Verstehen für eine gewisse Zeit flöten. Sie hatten wahrscheinlich sehr viel Glück im Unglück. Nehmen Sie das als Startgeld für die Geduld, die sie noch brauchen werden“, schloss Tanner und leerte das Glas. Keller tat es ihm nach. Tanner zeigte auf die beiden leeren Gläser und fragte: „Noch eins?“ Keller nickte, Tanner winkte den Kellner herbei und bestellte zwei weitere Biere.

Keller machte mit der rechten Hand eine Drehbewegung.

„Weiter?“, fragte Tanner ungläubig.

Keller nickte.

„Aber ich habe Ihnen doch bereits alles gesagt, was Sie wissen müssen“, wehrte sich Tanner.

Keller wackelte mit dem hochgehaltenen Daumen hin und her.

„Ein medizinischer Vortrag würde Sie doch nur langweilen“, versuchte Tanner noch einmal vom Thema wegzukommen.

Keller schüttelte den Kopf, hielt den gestreckten Zeigefinger nach unten und bohrte ihn kraftvoll und mit entschlossenem Gesichtsausdruck in den Tisch.

„Ist ja gut, ich habe verstanden“, gab sich Tanner geschlagen. Vielleicht hasst er es, medizinische Aspekte zu erläutern, die den Menschen dann doch nicht weiterhelfen, bereute Keller sein Nachbohren bereits. Er hat sicher Angst, ich könnte Stichworte aus mir unbekannten Zusammenhängen reißen, die den Anfang einer Kette von Recherchen bei Bekannten, Gesundheitsmagazinen und Internetseiten auslösen würde, die zu einer abstrusen Selbstdiagnose führen und mich schließlich in die Fänge eines esoterischen Quacksalbers treiben könnten. Und irgendwann, wenn ich das Feld der Natur- und Fernheiler erfolglos abgegrast hätte und das Portemonnaie leer wäre, würde ich wieder zu Schwendi zurückkehren, der ihn dann anrufen und konsterniert fragen würde: Tobias, sag mal, was hast du dem Keller eigentlich so alles erzählt? Aber, Tobias Tanner, ich bin nicht so, das müssten Sie doch spüren. Auch wenn mein Gehirn zurzeit ein unberechenbarer Geselle ist.

Kellers Gedanken wurden vom Kellner unterbrochen, der zwei frische Biere brachte.

„Gut, nun ich möchte zwei Dinge vorausschicken", begann Tanner. „Erstens: Ich will nie von Ihnen belangt werden, was ich bezüglich Ihrer Heilungschancen gesagt habe, falls sie überhaupt nicht oder nicht so eintreffen, wie ich es heute vermute …", er machte eine kurze Pause, „… und Sie es sich aufgrund meiner Aussagen vorstellen werden. Zweitens: Hören Sie auf, Ursachen und Veränderungen an und in Ihrem Gehirn nachzustudieren und vor allem nachzuforschen. Vergeudete Zeit, vergeudete Energie, es bringt nichts. Konzentrieren Sie sich auf Ihre Therapie, auf Ihr Leben. Klar?"

Keller staunte. Tanner musste wirklich schon schlechte Erfahrungen gemacht haben. Keller nickte scheu.

Tanner nahm einen Schluck und setzte an: „Ich vermute, dass Sie irgendetwas zwischen einer sogenannten Broca- und einer Leitungsaphasie haben. Das heißt, Sie verstehen alles, können lesen, zeichnen, Auto fahren, einkaufen, schlicht alles, was Sie zum Leben brauchen. Aber Sie können nicht mehr sprechen und nicht mehr schreiben. Das heißt, Sie kennen die Buchstaben, wissen eventuell sogar, wie ein bestimmtes Wort aussehen müsste, aber es kommt was anderes raus. Genauso verhält es sich mit dem Sprechen: Sie wissen ganz genau, was Sie sagen wollen, aber es kommt gar nichts oder was ganz anderes heraus. Stimmt's?"

Tanner schaute Keller direkt in die Augen. Keller nickte.

„So, das wissen wir seit unserem ersten Treffen, und es nützt Ihnen auch nicht viel, wenn Sie wissen, dass Sie unter einer Broca- oder einer Leitungsaphasie oder einer Aphasie zwischen den beiden – Sie erlauben, einer ‚Keller-Aphasie' – leiden, denn wichtig ist, wie Sie das angehen und was Sie daraus machen. Sehen Sie, lange Zeit nahm die Medizin das Gehirn nicht ernst. Die Ägypter zogen es den Toten mit einem Widerhaken aus der Nase, da sie davon ausgingen, dass sie im Jenseits gut darauf verzichten könnten, da es sowieso nur Rotz produziere. Sie orteten Geist und Seele als verantwortlich für unser Verhalten im Herz. Aristoteles übernahm das und fand diese Ansicht bestätigt, als er frisch Verstorbenen zuerst ans Herz, das warm war, und danach ins Gehirn, das kalt war, griff. So festigte er im Abendland die gut zweitausend Jahre andauernde Überzeugung, das Gehirn sei vor allem ein Kühlaggregat, das die Leidenschaft und den Geist kühle. Aristoteles hätte es besser wissen können, hatte doch Alkmäon schon fast hundert Jahre zuvor den Körper und die Organe mit ihren Funktionen umfangreicher und präziser als der Chalkidiker beschrieben. Und vor allem setzte Alkmäon den Geist ins Gehirn und wies dem Herzen nur gerade das Animalische zu. Also wenn Sie einen Schutzpatron für Ihre Therapie suchen, Herr Keller, dann wählen Sie Alkmäon oder den Gladiatorenarzt Galen. Der ordnete Motorik und Wahrnehmung nicht nur dem Gehirn als Ganzem, sondern verschiedenen Teilen dieses Organs zu. Zudem räumte er mit der Meinung auf, je größer ein Hirn, desto höher die Intelligenz einer Kreatur. Er verwies einfach auf Eselshirne, die sehr groß sind und viele Windungen haben."

Tobias Tanner schüttelte das Bierglas leicht, nahm einen Schluck, setzte ab und zeigte mit dem Glas auf Keller: „Also Galen und Alkmäon taugen als Schutzheilige mehr als Aristoteles. Sagen Sie mal, langweilt Sie das nicht?"

Keller nahm einen Schluck Bier, schmunzelte, dachte weiter und machte wieder die Drehbewegung aus dem Handgelenk.

„Wie Sie meinen", fuhr Tanner fort, „das Christentum und die Kirche sorgten dann für den langen Stillstand, da Autopsien verboten waren. Warum? Der menschliche Körper beherberge gemäß Kirche eine Seele und damit Gottes Geist. Also durfte man auch nicht daran rumschnetzeln, da sonst die Seele verletzt würde. Descartes, das ist der mit dem „Cogito ergo sum", führte uns schließlich aus diesem Dilemma, indem er den Körper als Maschine, beseelt von göttlichem Geist, bezeichnete. Und er pflanzte den Geist oder die menschliche Seele kurzerhand in die Zirbeldrüse, in die sie unbeschädigt ein- und vor allem wieder austreten konnte. Egal, wie das gehen sollte, er hatte der Kirche somit die nötigen Argumente geliefert. Und ab nun begann ein allgemeines Leichensezieren und damit die wissenschaftliche Medizin im Abendland. Vorher war sie nicht mehr als ein kümmerlicher Wurmfortsatz der großen arabischen Medizin, deren Gelehrte den unseren um Lichtjahre voraus waren. Was folgte, war, dass das Hirn bis in den kleinsten Winkel untersucht wurde, ohne dass man ihm wirklich auf die Schliche kam. Man bestimmte zwar Orte für das ‚Verantwortungsgefühl', den ‚Selbstwert', die ‚Sprache' oder die ‚mathematischen Fähigkeiten', schob sie von links nach rechts und wieder zurück und lag damit oft falsch und ab und zu richtig. Nur dachte man, je größer so eine Region ausgebildet sei, desto besser seien die dort lokalisierten Fähigkeiten. Um das zu beweisen, wurde geprüft, vermessen und wurden unglaublich tollkühne Hirnerkundungsapparate gebaut. Dabei vergaß man Galen und seinen Esel und so hängen dieser Theorie gewisse Kreise heute noch nach. Einstein müsste demnach eine ziemliche Beule in seinem Schädel gehabt haben.

Nun, es ist aber wirklich so, dass sich das Sprachzentrum in der linken Hirnhälfte befindet. Und dass Sie zur Zeit nicht mehr sprechen können, Herr Keller, kommt definitiv daher, dass Ihre linke Hirnhälfte verletzt ist. Das zeigen die Bilder klar und deutlich. Lange Zeit wurde diese Lokalisationstheorie als statisch angesehen, also: Geht links was kaputt, zum Beispiel wie bei Ihnen das Sprachzentrum, dann ist das ein für allemal kaputt, basta. Damit wurde dem Gehirn über lange Zeit eine Möglichkeit zur Selbstreparatur aberkannt. Das ist so, als ob Sie sagen, die Haut könne sich nicht selbst reparieren. Wir laufen aber nicht seit unserer Kindheit mit offenen Wunden oder unverheilten Knochenbrüchen rum. Und so gehen die neuesten Forschungen, salopp gesagt, davon aus, dass, wenn sich Haut oder Knochen selbst heilen können, dies das Gehirn auch kann. Wahrscheinlich einfach auf eine andere Art. Ich – und das ist meine persönliche wie auch die Meinung anderer Neurologen – denke, das Hirn schiebt gewisse Dinge von kaputten Zellen zu gesunden, und dann liegt es am betroffenen Menschen, ob er diese Kapazitäten wieder mit neu Erlerntem füllen will oder nicht. Wenn Sie in eine neue Wohnung ziehen, müssen Sie schließlich auch wieder neu lernen, wo sich die Lichtschalter und die Heizung befinden."

Der Kellner schob den Wagen mit dem Kalbskopf an ihren Tisch. Schnell und präzise zerlegte er den Kopf in seine besten Teile, legte die Stücke auf die vorgewärmten Teller, goss die Sauce Vinaigrette darüber, schöpfte aus einem Kupferkesselchen die Salzkartoffeln, stellte einen Teller vor jeden hin, zeigte Tanner die Flasche Marqués de Riscal, wartete sein Nicken ab, gab ihm einen kleinen Schluck zum Probieren, worauf Tanner wiederum nickte, füllte zwei Gläser, stellte sie vor die Herren hin und wünschte ihnen einen guten Appetit. Tanner bedankte sich, Keller nickte, schaute Tanner an und nickte nochmals.

Nachdem sie die Biergläser geleert, Kalbskopf, Kartoffeln wie den Wein gekostet hatten, forderte Keller Tanner auf fortzufahren.

„Kommen wir zur Aphasie", befolgte dieser die Aufforderung, „auch etwas Geschichte?"

Keller nickte. „Also dann: Es geht wieder los mit den Ägyptern. Obwohl die Seele, der Antrieb des Menschen, von ihnen im Herzen vermutet wurde, brachte der berühmte Imhotep eine Schädelblessur mit dem Sprachverlust des Verletzten in einen kausalen Zusammenhang.

So, und jetzt betritt mein Schutzheiliger die Bühne, der große Hippokrates. Der hat eine Reihe von Sprech- und Sprachstörungen protokolliert. Allerdings, das nehme ich ihm heute noch übel, er hat weder festgehalten, welcher Natur diese Sprachstörungen gewesen sind, noch woher sie seiner Meinung nach stammen konnten. Beim medizinischen Genie dieses Mannes wäre es ein Leichtes, sich vorzustellen, dass er die ganze Forschung um ein paar Jahrhunderte hätte abkürzen können. Gut, die Kirche kam dazwischen, aber trotzdem. Das griechisch-neulateinische Wort Aphasie stammt von einem Römer, der eigentlich in dieser Geschichte nichts zu suchen hat, brauchte er doch den Begriff ‚aphasia' für einen Zustand des Geistes, der weder Ablehnung noch Zustimmung ausdrücke. Das, was wir heute als apathisch bezeichnen."

Tanner machte eine Kunstpause, grinste und sagte, nicht ohne schnippischen Stolz in der Stimme: „Nicht wahr, Herr Keller, da staunt der Bauer über seinen Knecht, dass der noch die halbe Medizingeschichte auf Abruf bereit hat?"

Keller musste grinsen. Als Zeichen der unumwundenen Anerkennung machte er eine Verbeugungsgeste und schenkte Tanner Wein nach.

„Ich weiß", fuhr Tanner fort, „man sollte sich nicht selber auf die Schultern klopfen, aber ich staune selbst, was mir noch alles geblieben ist, hatte ich doch hauptsächlich die hübschen Assistenzärzte im Kopf. Aber lassen wir das, wo der Sexus steckt, wissen wir schließlich. Wo war ich stehen geblieben?“

Keller machte eine Geste, als würde er sich den Mund mit einem Reißverschluss verschließen.

„Aphasie, genau. Machen wir einen Sprung, gleich zu Broca, den Sie sich übrigens auch als Schutzheiligen vormerken können. Broca hatte mit dem Forschungsgebiet des Sprachverlustes eigentlich wenig am Hut. Aber, wie es der Zufall wollte, wurden ihm 1861 innert weniger Tage zwei Patienten vorgeführt, die fast oder gar nicht mehr sprechen konnten. Und Broca hatte das Glück, dass beide kurz nach ihrer Einlieferung starben und er ihre Köpfe öffnen konnte. Und siehe da, beide Gehirne wiesen Deformationen an der gleichen Stelle auf: linke Hirnhälfte, bei der zweiten und dritten frontalen Hirnwindung. So, und dank dieser beiden armen Teufel weiß man, wo sich das Sprachzentrum im Gehirn befindet.“

Tanner nahm einen Schluck des wunderbaren Marqués de Riscal, rühmte gegenüber Keller das Samtigerdige des Tropfens und fuhr fort.

„Nun wurden natürlich sämtliche Stotterer, Stammler und andere Sprachgestörten von Paris aufgestöbert, und kaum segneten sie das Zeitliche, wurde ihnen die Schädeldecke gelüftet. Die Deutschen – und die Engländer sowieso – wollten den Franzosen natürlich in nichts nachstehen und so begann zwischen London und Berlin ein gezieltes Köpfeöffnen von Sprachgestörten. Dadurch fing man an zu verstehen, dass es zu den unterschiedlichen Sprachstörungen auch ganz feine Unterschiede in den jeweiligen Anomalien gab. Und so ergab sich ein System, das unter dem Oberbegriff der Aphasie verschiedenste Arten von Sprachstörungen erklärte und differenzierte. Zunächst wurde das Ganze mit der Psychologie gemischt, auf diese Weise kam übrigens auch noch der junge Nervenarzt Sigmund Freud zu einem Aufsatz über Aphasie, später fügten die Linguisten ihre Erkenntnisse dazu, das Ganze wurde noch ein paar Mal kräftig durchgeschüttelt und so sind wir da, wo wir heute stehen."

Tanner nahm das Messer vom Tisch und zeigte mit ihm auf Keller: „Für Sie, Herr Keller, war der wichtigste Fortschritt, dass man vor noch nicht allzu langer Zeit die Meinung aufgab, Gehirndefekte seien unheilbar, und damit die Vorstellung eines statischen Gehirns verwarf. Diese Erkenntnis führte zur Entwicklung von Therapien."

Tanner schaute Keller direkt in die Augen und nahm einen genüsslichen Schluck Wein. „Somit ist der Weg frei für Ihre Genesung, Herr Keller. Sie wäre – was für eine Beruhigung – also geschichtlich wie theoretisch begründet."

Keller verstand den Wink. Trotzdem überkam ihn ein ungutes Gefühl. Er, Keller, hatte etwas verloren. Ein Stück seiner Persönlichkeit hatte er wahrscheinlich unwiederbringlich irgendwo eingebüßt. Die Vorstellung, mit einem Gehirn herumzulaufen, das vorne, auf der linken Seite, beim Frontallappen, für immer und ewig beschädigt war, bereitete ihm zusehends Angst, je bildlicher er sich das vorstellte. Das war einst eine blühende Sprachmetropole, die nun der Vernarbung entgegenwucherte. Was begann damals, als ich einzelne Wörter verlor?

Damals, nach dem von mir unbemerkten Hirnschlag. Muss man sich das vorstellen wie eine Stadt, die über einen langen Zeitraum entvölkert wird?

Er erinnerte sich an seinen Besuch in Ephesos vor zwei Jahren. Da hatte einmal ein Weltwunder, der Artemistempel, gestanden, in einer der größten Bibliotheken der Weltgeschichte zogen Gymnasiasten unter anderem die Papyrusrollen der berühmtesten Söhne der Stadt aus den Regalen, von Homer, von dem eh keiner weiß, woher er wirklich kommt, und Heraklit. Und unter den Römern wurde es eine der wichtigsten Stätten der frühen Christenheit. Paulus hatte hier einen Aufstand der Devotionalienhändler ausgelöst, Johannes soll hier begraben sein und der Legende nach hatte Maria ihre letzten Jahre in Ephesos verbracht. Die Stadt hatte weit über tausend Jahre hinweg die wichtigsten Herrscher ihrer Zeit beherbergt, ihre Huren hatten an Soldaten, Händlern, Seefahrern, ersten Ketzern und frühen Kirchenmännern, die hier eines der wichtigsten Konzile der Spätantike abhielten, gutes Geld verdient. Aber die Stadt hatte ein Problem, das sich schleichend und unheilvoll durch die Jahrhunderte gefressen hatte: Der natürliche Hafen versandete.

Damit war mit zunehmendem Alter der Metropole eine der wichtigsten Lebensgrundlagen verlandet. Den Rest hatten dann die Seldschuken besorgt. Heute fließen tagsüber Touristenströme durch die Stadt und nachts verlieren sich ein paar verwilderte Ziegen in den Ruinen.

Ist dies das Schicksal meines Sprachzentrums?, fragte sich Keller. Schlimmer noch, in meiner Ruinenlandschaft kommen weder kurzberockte Nordländerinnen noch

Seldschuken vorbei, und es gibt auch keine zotteligen Geißböcke, die nach trockenen Disteln suchen. Dieser Teil von mir ist nicht mehr besuchenswert.

Er trank das Glas in einem Zug leer.

Tanner erschrak ob der brüsken Geste und den wässrigen Augen Kellers.

„Woran denken Sie?", versuchte er ihn so behutsam wie möglich zu fragen.

Denken? Denken?, ging es Keller durch den Kopf. Aber was nützt denken, wenn die Gedanken in einem mit Untiefen durchfurchten Hafen umgeschlagen werden müssen, den kein Schiff mehr anlaufen und keine Barke mehr verlassen kann. Keller musste sich schnäuzen.

Tanner schenkte Keller Wein nach, ließ ihm Zeit.

Keller zog ein Taschentuch hervor, putzte sich die Nase, rieb das gestaute Wasser aus den Augen und klopfte sich an den Kopf, links, dort wo er das Sprachzentrum vermutete.

„Ja", holte Tanner Luft, „damit müssen Sie leben. Ich weiß, keine angenehme Vorstellung, mit einem beschädigten Hirn durch die Welt zu gehen. Aber", er machte eine kurze Pause, „sehen Sie, es ist noch genügend Kapazität da. Vergessen Sie die Delle, konzentrieren Sie sich auf das, was kommt, und erinnern Sie sich täglich daran: Je schneller und konsequenter Sie nach vorne schauen, je mehr Sie wieder erlernen, desto mehr ist das Hirn gefordert und desto stärker wächst dessen Leistung. Sie können sich wirklich auf dieses Organ verlassen", versuchte er ihn zu ermutigen.

Keller war in sich gesunken.

„Versuchen Sie so schnell wie möglich wieder zu sprechen. Egal, ob es unverständlich ist, ob Sie Worte verwechseln oder ob es Sätze mit tausend Lücken sind, reden Sie unbeirrt weiter, quasseln Sie den Leuten die Hucke voll, völlig egal. Denn Sie haben das Problem, nicht die anderen. Ein paar werden sich in Mitleid üben, anderen wird Ihr Gestammel zu anstrengend sein, aber die guten Freunde werden sich geduldig zeigen und sich über die Fortschritte freuen. Halten Sie sich an die, die anderen können Sie getrost vergessen. Machen Sie sich einen Plan vom Glück."

Tanner machte eine längere Pause, trank einen Schluck, schaute Keller direkt in die Augen und sagte dann: „Ich glaube, Sie haben auch bereits wieder ein vernünftiges Wort hervorgebracht."

Tanner machte nochmals eine Pause und fuhr dann mit Schalk in den Augen fort: „Kommen Sie, Silvia Nott hat Ihnen sicher ein Wort entlockt. Wenn nicht mehrere. Aber sicher ein einziges richtiges Wort. Korrekt ausgesprochen. Kommen Sie, geben Sie es zu, Herr Keller." Tanner zwinkerte.

Keller musste schmunzeln.

„Wusst' ich's doch", lachte Tanner, „bei ihr kommt keiner raus, ohne den Mund aufgemacht zu haben. Sagt' ich's doch: Sie ist die Beste!"

Keller nickte.

„Und, was war es für ein Wort?"

Keller schwieg.

„Kommen Sie, sagen Sie es schon!"

Keller schüttelte den Kopf. Wollte er sich jetzt wirklich lächerlich machen vor diesem Tobias Tanner? Eine weitere Demütigung einfahren. Eine Demütigung hat etwas Intimes. Man demütigt sich nicht vor jedermann. Und zudem: War Tobias Tanner, außer Silvia Nott, wirklich die richtige Person, um sein erstes wiedergewonnenes Wort mit ihr zu teilen? Sein „Löffel“, der bislang nur ihm und Silvia Nott gehörte? Dazu war Tanner auch jemand aus der Medizinerkaste. Sollte er zukünftig seine ersten Wörter nur noch an Menschen aus der medizinischen Abteilung richten können?

Keller musste plötzlich über sich selber lachen. Jetzt hör auf, du Trottel, sagte er sich, fasse Mut, deine Wörter müssen auch nach diesem, übrigens exzellenten Kalbskopf für alle da sein. Schließlich zeigte er auf den Löffel vor Tanners Teller und sagte leise: „Wöffen.“

„Löffel?“ Tanner sah Keller erstaunt an.

Ja, Löffel, verdammt noch mal, auch wenn es nicht danach tönt, dachte Keller und nickte.

„Wissen Sie, ich staune immer wieder über diese Silvia Nott, wie sie die Patienten bereits in den ersten Stunden wieder zum Sprechen bringt. Ich meine, das sind ja irgendwelche Trümmerteile, die da irgendwo, wie nach einem Meteoriten-Einschlag, im Gehirn herumliegen. Da muss man die Patienten, besser gesagt deren Gehirn, zuerst mal dazu bringen, diese zu suchen, wieder zusammenzusetzen, damit etwas anklingt, was wiederum zu einem einstmals besessenen Wort wird. Unglaublich, finden Sie nicht?“

Nun, dachte Keller, was soll ich dazu sagen, wenn ich könnte?

Er nickte.

„Sehen Sie", fuhr Tanner fort, „es geht. Und es wird immer besser gehen. Ich denke, das wäre doch noch eine Flasche wert, finden Sie nicht?"

Keller zögerte.

„Keine Angst, ein bisschen Alkohol schadet nicht, im Gegenteil, das regt die Zellen ein wenig an, bringt sie zum Zirkulieren. Gut?"

Keller nickte schließlich.

Tanner winkte den Kellner heran und bestellte noch eine Flasche Riscal. Dann wandte er sich an Keller und fragte: „Und, wie geht es mit Ihrem Sohn?"

Keller hört Musik.

„Machen Sie sich einen Plan vom Glück." Der Satz von Tobias Tanner hallte seit Tagen in den gesunden Teilen von Kellers Gehirn nach. Keller kannte den Satz aus Grönemeyers Lied für seine an Krebs verstorbene Frau bereits, hatte ihn aber nie richtig wahrgenommen.

Er fühlte sich nicht mehr ganz so unbewohnt. Die zweite Stunde mit Silvia Nott hatte ihm Mut gemacht und ihm tatsächlich ein paar weitere Wörter entlockt. Genüsslich drehte er „Löffel", „Wagen", „Nein", „Hose" und „Rose" immer wieder im Mund herum. Ließ sie vom Gehirn in den Mund wandern, auf der Zunge zergehen und von dort zum Stimmapparat hüpfen, wo er sie noch ein wenig zwischen den Stimmlippen hin und her schaukelte, ehe er, wenn er sich sicher war, dass sie auch phonetisch das waren, was er sich dachte, in die Freiheit entließ. Wobei für Kellers Sprachversuche Freiheit nicht viel mehr als der Versuch bedeutete, sich bei ein paar immergrünen Zimmerpflanzen in seiner Wohnung Gehör zu verschaffen. Ein Ohr, das sie wahrgenommen hätte, gab es nicht. Außer jeweils mittwochs das von Silvia Nott. Aber Silvia Notts Ohren registrierten nur Signale, die sofort schubladisiert, kategorisiert, auf ihre Herkunft und Verwandtschaftsbeziehungen abgeklopft sowie auf ihren Nutzen für den Fortlauf der Therapie geprüft wurden. Diese Sprachversuche fühlten sich für Keller fremd an. Ein Geruch von strengen Sterilisationsmitteln hing den Wörtern an, wenn sie von

Silvia Notts Mund als Zielquittung zurückgesprochen wurden.

Zu Hause hörte er viel Musik. Pink Floyd, immer wieder Pink Floyd. Schwendi hatte ihn vor ein paar Tagen angerufen und ihm mitgeteilt, dass finnische Forscher herausgefunden hätten, Musikhören könnte die Wiederherstellung der geschädigten Hirnregionen direkt stimulieren oder aber ein generelles Reparaturprogramm starten, das dann diese Aufgabe übernahm. Zudem, hatte Schwendi einen Artikel aus einer Fachzeitschrift zitiert, aktiviere Musik in beiden Hirnhälften ein weit verzweigtes Netzwerk an Arealen, die unter anderem für die Steuerung der Aufmerksamkeit, die Sprache, das Gedächtnis, die Kontrolle von Bewegungen und die Verarbeitung von Gefühlen zuständig seien. Und alternativ könne auch das Belohnungszentrum eine Schlüsselrolle bei der Verbesserung der kognitiven Fähigkeiten spielen.

„Das ist keine Therapie, sondern eine Ergänzung zur Therapie“, fügte er noch an.

Egal, es gefiel Keller. Leider war die Ergänzung noch nicht kassenzulässig, sonst hätte er seine CD-Sammlung gleich um ein weiteres Tausend erweitert. Schließlich musste, soweit er das verstanden hatte, auch das Belohnungszentrum zünftig aktiviert werden.

Was er auch tat, mit „Dark Side of the Moon“ – dorthin fühlte er sich mit der über ihn hereingebrochenen Stummheit verfrachtet. Mittlerweile kannte er jeden Akkord, jede Basslinie auswendig, konnte die Abfolge, in der Nick Mason die verschiedenen Trommeln in den schleppenden Rhythmus von „Time“ zwang, präzise vorhersagen, kannte jeden Ton dieser himmeltraurigschönen Sirene aus „The great Gig in the Sky“, wusste, wie viel Geld in den Registrierkassen von „Money“ lag und kannte den ganzen Text von Brain Damage auswendig:

The lunatic is in my head.
The lunatic is in my head.
You raise the blade, you make the change.
You re-arrange me ’till I’m sane.

Keller war sich im Klaren, dass dieser Text wahrscheinlich nicht unbedingt dem Belohnungszentrum in die Hände spielte. Doch trotz der selbstironischen Note, die sich Keller immer wieder zumutete, um nicht ganz durchzudrehen, und über die er in Abständen auch lachen musste, fragte er sich manchmal, ob er ein Irrer war. Ist jemand, der fotografisch festgehaltene Schäden in seinem Hirn hat, überhaupt noch ein voller Mensch? Oder wird er langsam an den Rand des Wahnsinns und darüber hinaus getrieben, ohne dass er es merken würde? Was für Dämonen, Missgeburten, Ungeziefer und andere Vogelscheuchen würden sich wohl in dem vernarbten Teil seines Hirns einnisten? Werden die Fanatiker unter ihnen Überhand gewinnen? Sind sie es, die nachts mit entsicherten Gewehren durch Kellers Träume patrouillieren, auf der Suche nach Abweichlern? Die Verbindungen kappen, Neutronenströme unterbrechen, unvorhersehbare Anschläge auf eine durch die Evolution fest gefügte Infrastruktur des Denkens verüben? Mit welcher Motivation? Vielleicht, weil sie eine Chance wittern, Keller zu destabilisieren? Wer lässt sie los? Warum bekämpfen sie den eigenen Wirt? Wie wären sie zu bezwingen? Welches wären die Waffen, um ihnen wirksam und Erfolg versprechend entgegenzutreten? Wäre der Krieg wirklich zu gewinnen oder würden die Fanatiker auf die noch intakten Teile des Gehirns übergreifen, Stück für Stück, bis der ganze Denkapparat ganz unter ihrer Kontrolle stünde?

Pink Floyd hatten Antworten. Düstere zwar. Aber immerhin stellten sie eine Fahrt zur dunklen Seite des Mondes in Aussicht. Nur, er hatte den Fahrschein dafür nicht freiwillig gelöst.

Sein Handy klingelte. Schwendi: „Guten Tag, Herr Keller, wie geht's?"

Keller klopfte einmal auf sein Handy.

„Herr Keller, ich habe einen Artikel in einer Fachzeitschrift gelesen. Da schreiben finnische Hirnforscher, dass die Kombination von Farben, Denkaufgaben und Sport sehr anregend sei und den Prozess der Selbstreparatur des Gehirns beschleunigen würde. Man müsse sich das etwa so vorstellen: Sie joggen und zählen gleichzeitig alles, was gelb oder grün ist. Überhaupt täten Farben gut. Joggen Sie eigentlich, Herr Keller?"

Keller klopfte zweimal aufs Gerät.

„Aber Sie spielen doch Fußball und Tennis?"

Keller klopfte einmal aufs Handy.

„Gut, dann zählen Sie die Leibchen der Spieler oder wie viel Mal der Ball übers Netz fliegt oder so."

Schwendi hatte weder von Tennis noch von Fußball die geringste Ahnung. Keller klopfte dreimal aufs Handy.

„Zugegeben, ich kenn mich da nicht so aus, aber Ihnen wird schon etwas einfallen. Einfach Farbe, Sport und Hirntraining. Übrigens, hat Ihnen die Silvia Nott schon ein Wort entlockt?“, wollte Schwendi wissen.

Keller klopfte einmal.

„Und welches?“

Keller überlegte einen Augenblick, ob er jetzt etwas stammeln oder ob er einfach hundert Mal aufs Handy klopfen sollte. Wie viele Buchstaben hat „Löffel“ eigentlich. Sechs oder sieben? Er könnte es nicht mit Sicherheit sagen. So entschloss er sich, einfach genügend Mal aufs Handy zu klopfen.

Schwendi meldete sich ins Klopfen: „Klar, Herr Keller, habe verstanden. Werde es dann schon noch zu hören bekommen. Also, Farbe, Sport, Hirntraining. Bis bald“, beendete Schwendi das Gespräch.

Habe ich ihn jetzt beleidigt?, fragte sich Keller und es tat ihm leid, dass er Schwendi nicht an seinem „Löffel“ hatte teilnehmen lassen. Zwei Artikel, zwei Anrufe mit kassenunzulässigen Tipps, zweimal Finnen. Scheinbar befasste man sich im hohen Norden angesichts der ewigen Winter und der stechmückenschwirrenden Sommer einfach mehr mit dem Gehirn. Vielleicht, weil es das Organ war, mit dem man am günstigsten die Reise in den Süden, auf den Mond oder zu einer schönen Frau antreten konnte. Vielleicht sollte er seine sportlichen Aktivitäten, Schnipsel zählend, auf die Finnenbahn verlegen. Oder in die Sauna, dazu Kopfrechnen und fortlaufend die durch den Schweiß sich verändernde Farbe der Badetücher und Holzlatten bestimmen. Oder Gedichte im Kopf rezitieren, dazu Langlaufen, durch die Einsamkeit der finnischen Seenlandschaft, Eisfischen, auf verlassene Hütten stoßen und nachts dem Geheul der Wölfe zuhören, die auf der Suche nach Nahrung auf die vernarbte, unbrauchbare Stelle in seinem Kopf stoßen und sie mangels Frischfleisch ausweiden würden. Mein Gott, was gibt es Langweiligeres als Langlaufen oder Joggen. Er würde sich an das Gelbe des Tennisballs oder an die Musterung des Fußballs halten. Trotzdem, die Finnen und die Tatsache, dass sich Schwendi so intensiv der Lektüre über die Heilungschancen von Hirnverletzten widmete, gaben ihm Zuversicht. So viel zumindest, dass er zum Handy griff, Schwendi anrief und sich mit einem ziemlich verständlichen „Lööfellll“ bedankte.

„Wenn Sie wollen, werde ich ein Stück des Weges mit Ihnen gehen, Keller“, sagte Sandra Kauer und nahm das letzte Röllchen Tête de Moine.

Zwei Kellner unterhielten sich in gebührendem Abstand vom letzten noch besetzten Tisch und warteten geduldig, bis das übrig gebliebene Gästepaar nach der Rechnung verlangte.

Keller zündete sich eine Zigarette an, trank einen Schluck Rotwein und lächelte Sandra Kauer an.

Dreizehn Stunden zuvor hatte er das schönste Museum der Stadt betreten. In seinem Kopf verschoben sich Wörter von links nach rechts. Dies wünschte er sich zumindest. Und dass es so schnell wie möglich gehen würde. Und dass sie ja vollständig in der rechten Hirnhälfte ankommen mögen. Und dass sie wüssten, wer zu wem gehöre, wie sie sich zusammenzusetzen hätten und dass die Grammatik um Himmels Willen nicht auf der Strecke bleibe.

Und dass all diese Gedanken verschwinden würden, sodass er sich in den nächsten Stunden gedankenlos der Hoffnung „Farbe“ hingeben könnte.

Musik hatte er ja bereits ausprobiert, doch mit dem Mondsüchtigen im Gras hatte er sich verwählt. Also nächster Versuch: Bilder anschauen. Keine nackten Weiber, keine Totenköpfe neben Birnen und Äpfeln, weder Kentauren noch Badende. Und vor allem keine Gläser, die so durchsichtig sind, dass sie nicht mehr gläsern sind.

Farbe, nur Farbe. Schicht um Schicht. Gepinselt, gestrichen, laviert in einem Zustand religiöser Ergriffenheit, der den Sprung vom Wissen zum Glauben zu einem Hüpfer macht.

Dies versprach er sich von seinem Museumsbesuch: zu hüpfen. Einfach zu hüpfen. Fröhlich, unbeschwert, leicht, mit Absicht, wie damals beim Gummitwist, dessen Figuren er den Mädchen zuliebe geübt hatte. Ein Hüpferl, ein kleiner Gump, vom Wissen über seine Behinderung zum Glauben an seine Genesung.

Schwendi hatte von Farbe gesprochen, also suchte Keller nach Farbe. Als Netz, das bei einem etwaigen Fall nicht den vorgängig gefassten Mut rauben, sondern die nötige Arglosigkeit verleihen würde.

Nach etwa einer Stunde kam Keller vor einem Bild bei der 67. Farbschicht an. Sie war braunrot. Keller empfand braunrot. Hätte er sie laut benennen müssen, wäre wohl „Raumnot“ oder „Baumbrot“ daraus entstanden.

Keller empfand nunmehr. Jetzt empfand er braunrot. Das Braunrot eines bestens gealterten Bordeaux, dessen Abgang der perfekten Farbe in nichts nachstand. Er nahm sich vor, abends so einen aus dem Keller zu holen, beim besten Käseladen der Region noch einen würzigen Comté, einen dieser unverschämten, in Marc gereiften burgundischen Epoisses, einen in Rosmarin-Asche erzogenen Ziegenkäse sowie ein Stück dieses cremig-milden Stilton – ein Privileg – einzukaufen und sich für „Baumbrot“ oder „Raumnot“, von denen er das Gefühl hatte, sehr nahe am richtigen Wort zu sein, zu belohnen. Doch zuerst wollte er seine Reise, die ihn zum Urknall aller Farben führen würde, fortsetzen.

Er war auf dem Weg. Es war kein Krieg mehr. Keine Fronten blieben übrig. Er war da falsch gelegen. Silvia Nott hatte es ihm gründlich ausgetrieben – besser gesagt, sie hatte ihm erklärt, dass sein Weg ein Wind und Wetter ausgesetzter Pilgerpfad über Berg und Tal sein werde. Am Schluss warteten weder Gebeine eines angeschwemmten Heiligen noch irgendeine schwarze Madonna auf ihn, sondern Sprache, Grammatik, Semantik. Und wie bei jedem Pilgerpfad gibt es Wegweiser, die von Herberge zu Herberge, von Pilgerstempel zu Pilgerstempel zeigen. Der einzige Unterschied sei, dass er sich die Wegweiser selbst erstellen müsse. In Form von Post-its, kleinen selbstklebenden gelben Zetteln, mit denen er zu Hause die Dinge anschreiben solle. Wenn er das Wort wieder wisse und es aussprechen könne, könne er den jeweiligen Zettel wieder wegnehmen. Es gäbe Patienten, die würden sie in ein Album kleben, ein Album voller gelber Post-its, ein Album zurückerkämpfter Wörter und Bedeutungen.

Und wie jeder Gang nach Santiago di Compostella oder Lourdes sei auch sein Weg ein Weg zu sich selbst. Hätte er gekonnt, hätte er sie gefragt, ob es auch ein Gang ins Camp-Nou-Stadion täte. Zum Abschied von der Therapiestunde gab sie ihm noch etwa hundert dieser gelben Selbstklebezettel mit, auf denen die Namen diverser Haushaltsgegenstände geschrieben waren. Bis auf das Wort „Tasse" konnte er alle zuweisen. So war seine Wohnung zum Pilgerpfad geworden. Zugeklebt mit den Heiligenbildchen der Aphasiker.

Farben und dazu Hirntraining. Das sagen die Finnen. Das sagt Schwendi. Keller hatte sich vorgenommen, in die Farbschichten dieses Bildes einzutauchen. Und zwar gründlich. Er hatte es sich bei einem vorherigen Besuch der Ausstellung ausgesucht. Damals hatte er sich einen Audioguide gemietet, um zu verstehen, wie der Flachmaler Mark Rothko in den Olymp der Kunst des 20. Jahrhunderts aufsteigen konnte. Nach dem vierten Bild brauchte er keine Erklärungen mehr. Er hatte begriffen. Nicht durch Hören, nur durch Sehen. Und als er in den Raum kam mit „Nr. 15", gemalt 1957, 261,5 x 296 cm, Öl auf Leinwand, Werkkatalog „Anfam" Nr. 589, Sammlung Christopher Rothko, war es um ihn geschehen. Die Magie dieser irreführend flachen Farbflächen aus Grün und Blau schlang verheißungsvolle Bänder aus tausendfarbigen Sprachfetzen um ihn. Er brach seinen Besuch kurzerhand ab, entschloss sich zu einem nächsten, frühmorgens, wenn die Bank vor dem Bild noch nicht besetzt sein würde, um sich genau von diesem Sitzplatz anzuhören, was ihm das Werk zu sagen hatte.

Klar kam er später, als er sich vorgenommen hatte, aber der Platz vor „Nr. 15" war noch frei. Und die Magie, die sich ja oft nach der Überwältigung der ersten Begegnung verflüchtigt, war ungebrochen.

Keller sprang mitten in das Bild hinein, furchtlos, arbeitete sich Farblage für Farblage vor. Definierte Farben – Wiesengrün, Tannengrün, Meerblau, Dienstaghimmelblau, Grünaugengrün, Sapperlotrosa, Sommer-1979paulahellgrünhellblau, Nachtbettviolett, Beerdigungsschwarzgrau, Mozartklavierkonzertrötlich, Zwanzigerjahrehausflurbraun. Jede Farbe bekam einen fiktiven gelben Selbstklebezettel. Bei Stummzungenbelaggelblich hielt er Rast, gönnte sich einen imaginären Cappuccino und ein verschollenes Brioche.

Dann ging es weiter. Er kontrollierte nochmals die Selbstklebezettel, korrigierte die eine oder andere Bezeichnung, das Sommer1979paulahellgrünhellblau beispielsweise war eigentlich ein Sommer1979paulatrübgrau, und fuhr mit GrosserSt.Bernhardalfaromeokobaltblau, Menstruationskrustenblutrot, Sturmwindwellenpestogrün und Zwiebelaufsalzbettcrèmighellbeige fort. Er spürte, wie sein Hirn arbeitete, wie um den Granatenkrater in seinem Kopf die Synapsen glühten, wie neue Leitungsbahnen für Botenstoffe angelegt wurden, wie Nervenzellen neue Verbindungen suchten, wie verdammt hart da an der Baustelle geschuftet wurde. Das machte ihm Mut, erschöpfte ihn aber zugleich. Er wollte um alles in der Welt durchhalten, wollte bis zur Grundierung, bis zum Leinenweiß der Leinwand vorstoßen, er wollte wissen, was er dort empfinden würde, was für ein Post-it-Zettelchen er anbringen müsste. Und – auf welchen seiner Aphasieheiligen er am Grunde der Farbe wohl stoßen würde: Imhotep? Broca? Hippokrates? Freud? Nott? Keller?

Inzwischen hatte sich eine Frau neben ihn gesetzt. Sogleich empfand Keller: eine attraktive Frau. Er empfand eine Art Uniform, einen Knierock, schwarze Strümpfe und flache Schuhe. Ihr Gesicht zu empfinden, hob er sich für später auf. Zuerst wollte er mit seiner neuen Nachbarin noch ein wenig empfinden, sich sein

Empfinden beim Empfinden einverleiben. Und sollte die Frau aufstehen, bevor er mit dem Empfinden fertig war, würde er einfach seine Hand auf die ihre legen und sie mit ganz sanftem Druck zum Bleiben auffordern. Ansprechen war eh sinnlos. Keller empfand sie so, dass sie nicht gleich aufspringen und ihm laut schreiend eine kleben würde. Und zudem, Herrgottsdonner, befand man sich ja schließlich in einem Kunsttempel.

„Was mögen Sie wohl von mir denken, dass ich mich von Ihnen einfach an der Hand nehmen, mich zum Kaffee und dann noch zum Nachtessen überreden ließ", sagte Sandra Kauer.

Keller lächelte.

„Zuerst dachte ich, ich müsste Sie retten. Ich hatte wirklich Angst, Sie würden in das Blaugrün springen. Was ich verstehen könnte, habe ich mir doch oft vorgestellt, dass dies das einzige Bild ist, in dem man schwimmen kann. Nachher wurde ich einfach neugierig, was Sie in dem Gemälde alles sehen würden. Und irgendwann, nach einer Stunde, als Sie aus dem Bild nicht mehr wegzudenken waren, musste ich mich neben Sie setzen, obwohl dies gegen die Vorschrift verstößt, um vielleicht so zu begreifen, was da seit einiger Zeit zwischen Ihnen und Nr. 15 so abgeht. Können Sie das verstehen?"

Keller nickte.

„Der Wunderfitz nahm einfach überhand – obwohl ich eigentlich nicht neugierig bin. Also fast nicht. Aber da war ich jetzt halt. Das war ja gut so, sonst würden wir ja nicht hier sitzen, oder?"

Nach einer Weile fuhr Sandra Kauer fort: „So was kommt ja nicht alle Tage vor, dass einer sich weit über eine Stunde in ein Bild vertieft. Eigentlich habe ich es noch nie gesehen. Da darf man schon neugierig werden, finden Sie nicht?“

Keller nickte und lächelte.

Mein Gott, dachte er, sie ist so direkt, so interessiert an mir und muss den Abend mit Selbstgesprächen bestreiten.

Ganz so war es natürlich nicht: Keller war erstaunt über den eigenen Mut, dass er die Hand der Frau nicht losließ, dass er sie sogar an der Hand bis zum Ausgang des Saales führte, den langen Weg bis dorthin nach Wörtern suchte und tatsächlich ein einigermaßen verständliches „Kaffee“ herausstammelte. Ihre Antwort hörte sich an, wie sich ihr Händedruck in seiner Hand anfühlte – bestimmt und warmherzig.

„Um fünf bin ich fertig. Warten Sie im Museumscafé auf mich. Bis dann“, sagte sie und Keller sah noch, wie sie sich mit einem schnellen Blick bei der anderen Aufseherin im Saal vergewisserte, dass sie keinerlei Folgen noch Getratsche zu befürchten hatte.

Im Café machte er ihr dann mit Händen und Füßen sowie dem Notizblock der Kellnerin klar, dass er nicht richtig reden könne, dass er zwei Hirnschläge gehabt hatte, dass er aber alles verstünde, allein lebe und einen Sohn mit einem Kreuz im Namen habe.

Sie lachten viel und Keller fühlte sich um dreißig Jahre zurückversetzt, auf die Piazza Annunziata in Florenz, als er eine Italienerin erobert hatte, ohne ein Wort Italienisch zu sprechen. Seither hatte er nie mehr eine Italienerin erobert, obwohl er mittlerweile ganz passabel Italienisch sprach. Und Keller verlor für den Augenblick alle Gedanken, die an seinem Krater im Gehirn hafteten. Die Wörter sollen doch ins Pfefferland oder sonstwohin wandern, für den Moment war es ihm vollkommen egal. Mit Sandra Kauer würde er es schaffen, auch sprachverstümmelt durchs Leben zu straucheln. Zumindest für die nächsten Minuten, die er um Stunden gewonnener Gedankenlosigkeit verlängerte, indem er Sandra Kauer zum Abendessen einlud und sie ihn mit der Zusage überraschte.

Die Gedankenlosigkeit setzte sich fort: Er dachte weder an Eroberung noch dass der Abend vielleicht in ihren Armen zu Ende gehen könnte, weder daran, ob er sich getraute, etwas zu sagen, noch ob sein Gesagtes auch wirklich von ihr verstanden würde. Er genoss das Strahlen der grünblauen Augen, genoss die immer weniger nervös werdende Geste der durch das dichte braunblonde Haar fahrenden Hand und den ganz eigenen Zauber einer nicht zu bändigenden Zurückhaltung, den ihre Erscheinung ausstrahlte. Nur an die gelben Zettelchen dachte er dann und wann, um nicht zu vergessen, sich von ihr ihre Telefonnummer aufschreiben zu lassen.

„Was haben Sie eigentlich alles gesehen in dem Bild?“, fragte sie Keller.

„Zeit“, antwortete er.

„Zeit?“

Keller nickte.

Sie warf den Kopf in den Nacken und schaute zur Decke: „Zeit.“

Keller warf auch den Kopf in den Nacken, schaute ebenfalls zur Decke und wiederholte: „Zeit."

„Erinnerungen? Romantische Erinnerungen? Böse Erinnerungen? Alles Farbe? Zeitfarbe?"

„Zeitkarte."

„Zeitkarte? Erinnerungen von da nach dort? Kartenfarbe?" Sie drehte den Kopf wieder zu Keller, der es nicht bemerkte und immer noch zur Decke starrte. Sie schlug mit der Gabel leise gegen das Glas. Keller löste sich und schaute ihr in die Augen.

„Das war ein Versprecher, nicht wahr, Keller?", sagte sie lächelnd.

Keller musste lachen und nickte.

„Also Zeitfarbe oder Zeitkarte? Zeitfarbe, wohl?"

Keller nickte.

„Und warum sage ich Ihnen eigentlich Keller? Ein Mann wie Sie hat sicher einen stämmigen Vornamen."

Jetzt lachte Keller laut. „Alle, Köller, immer Köller, kein Vor … Vor … Vorköller."

„Kommen Sie, jeder hat einen Vornamen. Ihre Eltern haben Sie sicherlich nicht seit der Geburt ‚Keller' genannt."

„Nein."

„Also, wie ist Ihr Vorname?"

„A … A … A … Alf."

Sandra Kauer lachte. „Sie sind doch kein außerirdisches Zotteltier!"

„Außerirdisches Zotteltier?" Keller musste nachdenken.

„Die Fernsehsendung, die mit dem Katzenfresser und dem Bohnenbeißerwilli", half sie ihm auf die Sprünge.

Keller grinste. „Rrrrrrr."

„Ralph?“

Keller nickte.

„Ja, gut“, sie nahm einen Schluck Wein, „da bleibe ich auch bei Keller – darf ich das?“

Keller stimmte zu.

Sie schwiegen eine Weile.

„Rothko soll ja religiös gewesen sein“, nahm sie das Gespräch wieder auf. „Und er sagte nichts zu seinem Werk. Stumm. Er ließ die Bilder sprechen. Was hat Ihnen Nr. 15 gesagt?“

Keller zuckte mit den Schultern. Dann dachte er nach. Was hat mir Nr. 15 eigentlich gesagt? Es hat mir eine schöne Frau zugeführt, kam ihm in den Sinn. Eine Aufseherin, eine Wärterin deiner Farben, Rothko. Eine Hüterin deiner, in kolorierten Schichten geführten Dialoge mit den Betrachtern deiner Bilder. Eine Mesnerin deiner farbgewordenen Glaubensbekenntnisse. Sandra Kauer, gebenedeit seiest du unter den Frauen. Er musste grinsen.

„Was grinsen Sie?“

Keller zeigte auf sie und dann auf sich.

„Nr. 15 hat mich zu Ihnen gebracht?“

Keller nickte.

„Ja, das stimmt. Ha – unglaublich, nicht, was ein gutes Bild so alles kann?“

Keller hob sein Glas und wollte ihr zuprosten, sie aber hob das ihre und forderte ihn auf anzustoßen. Keller beugte sich ein wenig nach vorn und kam der Aufforderung nach. Jetzt müsste ich sie eigentlich küssen, ging es ihm durch den Kopf. Er lehnte sich wieder zurück. Sandra Kauer tat es ihm nach.

„Gut, dass Sie nicht versuchten, mich zu küssen."

Keller wusste nicht, was er antworten sollte, also zuckte er mit den Schultern.

„Ich küsse nicht gerne über Teller, Salzstreuer und Pfeffermühlen hinweg. Schon gar nicht Männer, die ich erst seit ein paar Stunden kenne."

Keller zeigte auf sich und verneinte dann, indem er den Zeigefinger hin und her schwenkte.

Sie zog die Brauen hoch.

Keller machte eine ernste Miene, hob die Finger zum Schwur und legte sie dann auf seine Brust.

Sie lachte und sagte: „Na gut. Ich kann Ihnen, dir – haben wir uns schon geduzt? – nicht das Gegenteil beweisen. Schließlich versuchten Sie nicht mich zu küssen."

Keller nickte genüsslich und schenkte sich und ihr einen Schluck Wein nach. Die Flasche war leer. Er schaute zum Kellner und hob sie hoch. Der nickte.

„Wollen Sie mich abfüllen?"

Keller schüttelte den Kopf, suchte den Blick des Kellners, fand ihn und reduzierte mit einer umständlichen Geste die vorangehende Bestellung auf einen halben Liter.

„Ich erziehe Sie bereits, nicht?"

Keller schüttelte den Kopf.

„Doch, doch, lügen Sie nicht, Sie hätten gerne noch eine ganze Flasche bestellt. Vom gleichen. Vom gleich guten. Nicht?"

Keller druckste sich um die Antwort herum.

„Geben Sie es zu, Keller", hakte sie nach.

Er verzog keine Miene.

„So bin ich. Ich fange schnell an zu erziehen. War die Älteste von drei Mädchen. Das bekommt man schlecht weg. Aber ich habe mir geschworen, damit aufzuhören. Herr Ober – Herr Ober, bringen Sie doch noch eine Flasche von dem Wein, den wir vorher gehabt haben. Und – Herr Ober – die Flasche geht auf meine Rechnung."

Keller musste lachen.

„Ja, lachen Sie. Es ist zum Lachen. Und wissen Sie, was?"

Keller schüttelte den Kopf.

„Ich komme mir dann immer so schäbig vor. Im Nachhinein. Vor allem bei Männern. Also: Wir trinken jetzt die Flasche. Auf meine Besserung – auf Ihre Besserung."

Keller nickte und strich eine Falte im Tischtuch glatt. Mädchen, dachte er, gut so. Ich lasse mich weder falten noch glätten. Auch nicht von einer Hüterin der Kunst. Und die Aufsicht über mich bekommst du auch nicht. Auch nicht, wenn du die Nachtwächterin der Liebe wärst. Davon habe ich schon genug gehabt. Dass ich jetzt nur einen Dreier bestellen wollte, war eine kleine Konzession. Dafür, dass du meine Hand nicht zurückgewiesen, nicht aufgeschrien, keinen Alarm ausgelöst hast. Dafür, dass du dich in meiner Gesellschaft so wunderbar frei bewegst. Und dafür, dass du mich für eine Zeitfarbe vergessen lässt, dass ich dir nicht antworten kann. Aber ich würde meine Zahnpasta nicht dir zuliebe wechseln und schon gar nicht den Duft meines Rasierwassers.

Der Kellner kam mit der Flasche, zeigte Sandra Kauer das Etikett, sie nickte, er entkorkte sie und schenkte ein. Sie hob das Glas und sagte: „Auf unsere verschiedenen Besserungen."

Keller stieß mit ihr an und küsste in die Luft. Sie tat es ihm nach, senkte den Blick ins Glas und trank.

Keller brach ein Stückchen Brot, träufelte ein wenig von dem vorzüglichen Olivenöl, welches das Haus hier auf jeden Tisch stellte, darauf, streute ein wenig Salz nach und bot es ihr an. Sie nahm es und er wiederholte das Prozedere für sich. Als er das Brot gegessen hatte, fragte er sie: „Fäse?"

„Fäse? Käse? Ja, warum nicht?"

Keller winkte den Kellner herbei und wollte bestellen, doch sie kam ihm zuvor: „Einen kleinen Käseteller, bitte."

„Was schauen Sie so? Keller, Sie können nicht richtig reden, also bestelle ich. Dafür geben Sie mir Zeitfarbe auf ihrer Zeitkarte. Das ist viel. Das kann alles sein."

Tatsächlich fühlte sich Keller für einen Augenblick vor den Kopf gestoßen. Er hatte sich an seine Behinderung einfach noch nicht gewöhnt. Schon gar nicht in Gegenwart einer reizenden Frau. Da wollte er Zepter und Kadenz in der Hand halten, wollte sie verwöhnen, ihr für die Zeitspanne des Zusammenseins alles abnehmen, sie auf Händen tragen. Die Zeit, in der die Erosion oberste Schichten an Zutunlich- und Gefälligkeiten, kleinen Nachsichten und fortwährenden Zärtlichkeiten unmerklich abzutragen begann, würde früh genug einsetzen. In seiner vergangenen Ehe hatte er es versäumt, ab und an mal wieder fruchtbaren Humus nachzuschippen, ein wenig nachzudüngen, da und dort einen neuen Baum einzupflanzen und an diesem oder jenem einen verdorrten Ast abzuschneiden. So erlagen er wie Edna den durch alle Ritzen pfeifenden Winden der Gleichgültigkeit, den brütendheißen Sonnenstrahlen, welche die letzten Halme des Eros verdorrten, und den sintflutartigen Gewittern, die Schicht um Schicht gegenseitigen Respekts abtrugen. Und irgendwann trat der nackte Fels hervor und Keller wusste, sie waren auf der dunklen Seite der Intimität angekommen. Dort, wo jedes Wort als Forderung empfunden wird und sich jede Umarmung aus vorangegangenem Schmerz ableitet.

Natürlich ging er nicht sofort, er ging in Raten und Jahre danach. Sie überzogen, wie jedes Ehepaar, dem alle Sorge dem Wohl des Kindes galt und das sich in dieser Bangigkeit zu arrangieren wusste. Man gewann an Routine, sich nicht zu kreuzen, ging genügend weite Umwege, um nichtige Katastrophen zu vermeiden und fand geheime Schlupflöcher für die persönliche Libido. Doch alles steuerte auf das Ende hin und beide wussten es. Es kam der Tag, an dem die letzte Lüge aufgebraucht war und die Kraft fehlte, nach neuen zu suchen. Noch ein finales Aufbäumen, übrig gebliebene Tränen, die den nackten Fels nässten, ein paar Verwünschungen und ein paar Wünsche. Das war's.

Keller suchte sich eine Wohnung, zog aus und ließ die Natur walten. Und die Natur waltete und schlug ihm auf den Kopf und hinterließ einen Bombenkrater im Sprachzentrum. Und daran wollte er sich partout nicht gewöhnen.

„Schauen Sie nicht so betrübt, Keller. Es wird Ihnen sicherlich bald leichter fallen, in Sachen Reden das Heft aus der Hand zu geben. Zumindest was einfache Bestellungen in guten Restaurants angeht. Und vielleicht könnten Sie sich ja daran gewöhnen, wenn ich Ihnen dies bei einem nächsten Mal abnehmen würde. Nicht?“ Ihre blaugrünen Augen blitzten.

Kellers Gesicht hellte sich auf. Er warf ihr eine Kusshand zu.

„Wusst' ich's doch. Ich könnte mich nämlich auch daran gewöhnen, einem Mann Worte von seinen Lippen, Wünsche aus den Falten seines Gesichtes und Leiden aus den Verwerfungen seines Körpers abzulesen. Ha, ein schöner Satz, nicht?“

Keller nickte.

„Muss ich wohl irgendwo gelesen haben. Hat wahrscheinlich ein Mann geschrieben. So was wünschen sich doch Männer, nicht wahr?“

Keller musste lachen. Dann zeigte er auf sie.

„Ich? Was ich mir wünsche? Gute Frage.“

Sie trank einen Schluck Wein.

„Was soll ich jetzt sagen? Haus, Kinder, Familie? Alles schon gehabt. Meine Tochter ist zweiundzwanzig, arbeitet in Afrika als Lastwagenfahrerin für ein Hilfswerk. Mit meinem Ex-Mann kann ich noch reden, habe wenige, aber gute Freundinnen und einige gute Bekannte, lebe ansonsten allein, und dies auch nicht immer ungern. Ich entstamme keinem reichen Elternhaus, mein Vater war Arbeiter und Selbstmörder, meine Mutter hat mich und meine Schwester als Serviertochter und mit wechselnden Freunden durchgebracht. Das bisherige Leben ersparte mir weder Freuden noch Ungerechtigkeiten. Ein ganz normales Leben, nicht mehr, nicht weniger. Und wenn ich es mir jetzt so überlege, dann ist vielleicht das Wünschen auf der

Strecke geblieben. So quasi als Schutz vor Enttäuschungen, Unerfüllbarkeiten, wer weiß. Was ich aber weiß, ist, was ich von Freundschaft erwarte, egal welcher Art: Ehrlichkeit und sein können. Einfach sein können."

„Versprecher?", gab Keller wieder mal einen Laut von sich.

„Versprecher? Wie meinen Sie das?"

„Ver … unger … ungen."

„Versprechungen?"

Keller nickte.

„Was für Versprechungen?"

Keller zeigte auf sich.

„Von Ihnen?"

Keller breitete beide Arme weit aus.

„Von Männern?"

Keller nickte wiederum.

Sie lachte.

Keller streckte den Daumen in die Höhe.

„So ist gut", sagte sie, „ich glaube euch schon lange nichts mehr. Das gehört zum Thema: wünschen. Und ich nehme an, Sie glauben den Frauen auch nichts mehr. Was kommt, kommt, alles andere nehmen wir gerne mit, nicht wahr?"

Keller hob sein Glas und prostete ihr zu.

Der Kellner brachte den Käse: Appenzeller, Ziegenkäse, Münster, Gruyère und ein paar Röllchen Tête de Moine. Er schenkte beiden Wein nach.

„So, jetzt sind Sie mal dran, Keller. Ich frage, Sie nicken, schütteln den Kopf oder versuchen, was zu sagen. Bereit?"

Keller nickte.

„Sie sind so alt, wie Sie scheinen: 47?"

Keller machte mit seinen Händen eine vier und eine sechs.

„Gut, da war ich nicht mal so schlecht. Sie wissen etwa gleich viel von Frauen wie ich von Männern?"

Keller wiegte den Kopf hin und her.

„Also quasi, sagen wir mal. Hmm, Sie arbeiten mit dem Kopf?"

Keller nickte.

„Was aber jetzt nicht mehr geht, da Sie hauptsächlich schreiben müssen?"

Keller nickte ernst.

„Sie glauben aber fest daran, dass Sie dies bald wieder können?"

Keller nickte.

„Sie sind mit der Welt noch lange nicht fertig?"

Keller nickte.

„Und mit den Frauen?"

„Kummt an", entfuhr es ihm.

„Kommt drauf an?"

Keller nickte.

„Auf was?"

Keller zuckte mit den Schultern.

„Sie haben recht, unfaire Frage. Weiter: Ihre Lieblingsfarbe ist blau?"

Keller lächelte und nickte.

„Und Ihre Musik ist Rock?"

Keller nickte.

„Ende siebziger, achtziger Jahre. Da kommen Sie auch her, nicht?“

Keller nickte.

„Mein Gott, das tönt ja wie aus einem dieser Fragebogen in den Heftchen, die man beim Coiffeur liest. Also tiefer gehende Frage: Hmm, Ihr Sohn fehlt Ihnen?“

Keller machte einen tiefen Seufzer und nickte schwerfällig.

„Sehr?“

Keller schaute an sich herunter.

„Entschuldigung, ich wollte Sie nicht verletzen. Tut mir leid.“

Keller schüttelte den Kopf und sagte leise: „Nein, nicht schlumm. Weiß, muss diktat, Schtan. Nicht klar, unschlecht, nein nicht beste. Verfehlt, unschlecht diktat … sprachen … sag … sag vor … vor Nusskopf.“

„Nusskopf?“

Keller schlug sich mit der Faust auf den Kopf und verschloss dann mit Daumen und Zeigefinger seinen Mund. „Schule, zehnsechs. Nicht kennen wie suchen. Nicht kennen wie suchen. Lebt weg, immer meinen solo im All, lebt weg voran. Nicht suchen …“ Keller zeigte auf sich: „Nicht antreffen. Beide.“

„Sie haben den Zugang zueinander verloren“, versuchte Sandra Kauer Kellers Worte zu sortieren.

Keller nickte.

„Haben Sie mit ihm schon über Ihren Weggang geredet?“

Keller schüttelte den Kopf.

„Auch nicht, als Ihnen das Reden noch leicht fiel?“

Keller schüttelte den Kopf.

Sie schnitt sich ein Stück Käse ab, brach ein wenig Brot, legte den Käse darauf, aß es und trank einen Schluck Wein dazu. Sie legte den Kopf in den Nacken, sah zur Decke und sagte: „Ein weißer Fleck auf Ihrer Zeitkarte."

Keller nahm einen Schluck Wein und starrte ebenfalls zur Decke: „Nein, kein Nummer zehnfünf da."

Gleichzeitig lösten sie den Blick von der Decke.

„Herr Keller, Sie müssen da Farbe reinbringen. Und zwar schnell, so wie es jetzt halt ist. Auch wenn es Ihnen so noch schwerer fällt. Sonst kann das wuchern und dann kommt wohl gar nichts mehr."

Keller schaute zur Seite und sagte: „Wissen."

„Schauen Sie mich an!"

Keller sah in ihre Augen. Er fand kein Blaugrün mehr, Grüngrau stach ihm entgegen.

„Tun, Herr Keller. Sie müssen tun. Daran kommen Sie nicht vorbei. Und wissen Sie was: Sie werden die richtigen Worte finden, keine Angst."

Keller wandte seinen Blick von ihr ab und suchte in den dunklen Fenstern einen Anhaltspunkt da draußen. Doch die Scheiben spiegelten nur die abgeräumten Tische des Restaurants wider. So blieb ihm nichts anderes übrig, als ihr erneut in die Augen zu schauen und so ernsthaft wie möglich zu nicken.

„Und wissen Sie was? Wenn Sie wollen, werde ich ein Stück des Weges mit Ihnen gehen, Keller."

Keller zählt.

Der Nil schimmerte unter der gleißenden Mittagssonne. Da und dort blitzte die Oberfläche nervös, wenn ein Fisch nach einer Mücke schnappte, ansonsten trieben die Wasser ruhig und gelassen gegen das Mittelmeer. Ibisse wateten durchs seichte Uferwasser, suchten nach Fröschen und kleinen Fischen, immer nach den Augenkuppen der Krokodile linsend, um nicht selbst Beute zu werden. Die Steuermänner der Feluken hielten Ausschau nach einer leichten Brise, um der Strömung zu trotzen, während auf einer Böschung eine mächtige Prozession unter lautem Gejammer einen Pharao zu Grabe trug.

Zwischen Lastkähnen, deren Planken unter dem Gewicht riesiger Steinquader laut ächzten, schwammen weiße Tassen mit gelben Post-it-Zettelchen dran. Ein paar waren gefüllt mit Hieroglyphen, in einer stand ein Engländer, eine Klemme klimperte bei jeder Welle an den Tassenrand, ein Löffel rührte im Zucker, an einem Henkel war ein rotierendes Blaulicht angebracht, bei einer anderen trat Milchschaum über die Ränder und in einer saß eine aufrechte Kuh. Sie wogten ganz ruhig hin und her. Der Fluss ertrug sie stoisch und hatte sich damit abgefunden, sie bis zu seiner Mündung nicht mehr loszuwerden. Es wurden immer mehr. Bauern, die Bewässerungskanäle aushoben, unterbrachen ihre Arbeit, stützten Hände und Kopf auf die Stiele ihrer Schaufeln und schauten dem Schauspiel verwundert zu. Tasse um Tasse schwamm auf dem Nil an ihnen vorbei, und sie kamen aus einer Welt, die weder die Ibisse noch die Bauern verstanden. Einige Bauern gingen in die Knie, legten die Hände flach auf den Boden und unterwarfen sich mit dem Kopf zwischen den Armen, andere flehten zum Himmel, und einige wenige warfen ihre Werkzeuge fort und machten sich lautlos aus dem Staub. Es schwammen mehr und mehr Tassen den Nil herunter. Aber je mehr Tassen es wurden, desto weniger unterschiedlich waren die Gegenstände, die sie mit sich führten. Bis letztlich zwar unzählige Tassen mit gelben Zettelchen den Fluss überschwemmten, aber jede nur noch einen schwarzen Stein mit sich führte. Bei genauerem Hinsehen entpuppte sich der Stein aus schwarzem Basalt als Stele, auf der unzählige Zeichen eingekritzelt waren. Schön geordnet, drei Texte, drei Schriften, drei Sprachen.

Keller nahm sich nicht vor, im Bett liegen zu bleiben, bis er die Namen der Gegenstände, geschweige denn den Namen der dickwandigen, behenkelten weißen „German Bavaria" in sich gefunden hätte. Er verfolgte auch nicht die Absicht, den Traum zu deuten. Es war ihm klar: Er hatte vor ein paar Tagen einen Dokumentarfilm über den Entzifferer der Hieroglyphen, Jean-François Champollion, gesehen. Daher das Alte Ägypten, daher der Stein von Rosette. So einfach ist das mit meinen Träumen, dachte er.

Sein Problem war ein anderes. Er musste heute selbst etwas aufschreiben, was nicht in Hieroglyphen enden durfte und dadurch über viertausend Jahre seiner Entschlüsselung harren würde. So viel Zeit hatte er nicht. Und Silvia Nott musste ihm dabei helfen.

Er war eigentlich nicht unzufrieden mit sich, fand sich in seiner Lautlosigkeit immer besser zurecht. Silvia Nott holte Wort für Wort aus ihm heraus. Und die gelben Zettelchen halfen auch. Nur, Sprechen und Schreiben waren noch ein rechtes Stück entfernt und der Weg dahin mit Dativfallen, Genitivrankünen, Mehrzahlgruben und Orthografiehinterhalten übersät. Ein Minenfeld. Trotzdem, er musste da durch, hatte er sich doch vorgenommen, den Brief an Christian, den er vor seinem Zusammenbruch begonnen hatte, zu Ende zu schreiben. Christian drohte Keller vollends zu entgleiten.

Seit seinem zweiten Hirnschlag hatte er ihn noch zweimal gesehen. Einmal war er vorbeigekommen, um eine DVD zu holen, das zweite Mal hatte er Geld für Markenturnschuhe geholt. Beide Male verspürte Keller Christians Unsicherheit und seine im Zaum gehaltene Scham ihm gegenüber. Keller hatte Verständnis dafür. Es war bestimmt nicht leicht für einen Pubertierenden, seinem Vater unbefangen gegenüberzutreten, nachdem dieser sechs Monate zuvor ausgezogen war und wie aus heiterem Himmel nicht mehr reden konnte. Zumal Christian selbst nicht der Gesprächigste war. Nur, wer war das schon mit sechzehn? Keller jedenfalls war es in diesem Alter auch nicht gewesen.

So blieb ihm nicht viel mehr übrig, als sich über diverse Wasserstandsmeldungen seiner Ex-Frau ein Bild von Christians Lage zusammenzusetzen. Und das stimmte ihn düster, beängstigte ihn.

In der Schule hatte er den Dienst eingestellt, saß die meiste Zeit nur noch vor der Türe. Die Welt war scheiße.

Lehrer und Erwachsene schlossen mehr und mehr ihre Reihen. Er stand vor einer Wand, die Front schien undurchdringlich. Keller konnte es ihm gut nachfühlen.

Was hatte Keller mit sechzehn gewollt? In Ruhe gelassen zu werden.

Mit sich, seiner ewigen Latte, die dreimal täglich Wichsen eingefordert hatte, seinem Frust, dass die Mädchen, die er wollte, nach Schulschluss von irgendwelchen 18-Jährigen mit dem Töff oder sogar dem Auto abgeholt wurden, und die, die ihn wollten, zu jung oder blöde Kleekühe waren.

Mit sich und seiner Musik. Die, kaum hatte er sie auf eine vernünftige Lautstärke hochgedreht, die Eltern zum Hochspringen brachte, worauf er wieder leise drehen musste. Mein Gott, das war den Stones, Marley oder Police einfach nicht angemessen.

Mit sich und seinen Haaren. Auf deren Kürzung die Mutter bereits zwei Monate vor Weihnachten gepocht hatte, da sie sich vor dem Weihnachtsfest fürchtete und allen voran vor ihrem Vater und dessen Vorwürfen, was für eine unerzogene Brut sie habe, was das Dorf denke, es reiche schon, dass sie von ihrem Mann getrennt lebe. Einen Großvater, von dem Keller als erstem nahe stehenden Erwachsenen zu denken wagte, dass der ein wirklicher Bastard sei.

Das kam so: Keller hatte mit seinen Weihnachtsgeschenken für den Großvater, seines Zeichens Lehrer und Feuerwehrkommandant, Vorsteher des lokalen Kirchenrates, Präsident der dominierenden christlichen Ortspartei, Dirigent und Präsident des gemischten Chors „Frohsinn“, Vorsteher der kantonalen Schulleiterkonferenz, gegenüber seinen Cousinen und Cousins immer das Nachsehen. Diese stachen ihn mit hübsch und originell gebastelten Geschenken, die sie unter Anleitung ihrer Mutter, einer Handarbeitslehrerin, gebastelt hatten, regelmäßig aus. Dagegen hatte Keller mit dem Rasierwasser „Marc Aurel“, der Eigenmarke einer Supermarktkette, den Rösslistumpen aus dem kleinen Kolonialwarenladen oder – als einsamem Höhepunkt – einem Hammer aus der Do-it-yourself-Abteilung der Supermarktkette natürlich einen schweren Stand. Und da Keller den Großvater trotz allem mochte, besann er sich mit sechzehn auf das, was er gemäß Zeugnisnoten einigermaßen konnte: aufs Schreiben.

So schrieb er ihm zu Weihnachten eine Geschichte über Pfadfinder und darüber, dass sie das Holz für ihre Feuer selbst mitschleppen mussten, da der örtliche „Verein zur Erhaltung des schönsten europäischen Mischwaldes“ in seinem Übereifer das Unterholz derart gelichtet hatte, dass kein vernünftiger Ast, geschweige denn eine Rehspur mehr zu finden war. Keller hatte dem Großvater die vier Seiten überreicht und wartete gespannt auf dessen Urteil. Als dieser sie fertig gelesen hatte, faltete er die Doppelseite zusammen, legte sie auf den Tsch, fixierte Keller und sprach: „Dass du schreiben kannst, wissen wir ja. Aber Linien sind dazu da, dass man auf ihnen schreibt. Merk dir das.“

Das war’s. Von da weg nahm das gegenseitige Unverständnis täglich zu und von da weg hatte Keller sein erstes klares Feindbild in seinem noch jungen Leben.

Christian war wahrscheinlich auch auf der Suche nach Feindbildern, auf der Suche nach wirklichen Arschlöchern. Das gehörte zum Reifeprozess eines Pubertierenden, so viel war Keller klar. Und dass er, Keller, auch drankommen würde, war ihm auch klar. Das gehörte dazu. Nur doch nicht jetzt, obwohl Christian allen Grund dazu hatte, war es doch Keller, der ihn verlassen hatte, ohne je mit ihm über die Gründe zu reden.

Und jetzt war er stumm. So kam ihm der Brief wieder in den Sinn, den er angefangen hatte zu schreiben, bevor ihn der zweite Hirnschlag getroffen hatte. Er hoffte, damit die Dämme, die so ein Sechzehnjähriger um sich herum aufschüttete, zu unterspülen. Christian sollte spüren, dass sein Vater erstens noch da sei, ansprechbar und weiterhin in der Lage, sich auszudrücken, und zweitens sollte der Sohn erfahren, dass er, Keller, nachfühlen könne, was in Christian vorgehe, und auch, dass er ihm bei Problemen bedingungslos zur Seite stehen würde. Und Silvia Nott musste ihm dabei helfen. Und sie musste ihm noch bei etwas anderem helfen.

Die Stunde bei Silvia Nott ging gut voran. Sie nahm ihn an der Hand und geleitete ihn zur nächsten Pilgerstätte, holte neue alte Wörter aus Kellers Sprachrumpelkammer hervor, ließ ihn Gegenstände bestimmen, forderte ihn immer wieder auf nachzusprechen, und als er ein fast perfektes „Deckenfluter“ herausbrachte, klatschte sie spontan in die Hände.

Keller machte Fortschritte, merkte aber, dass sie ihm noch nicht ganz traute. Sie hatte recht: Er würde auch nach dieser Stunde noch nicht reden. Seine Scham war zu groß, sein Selbstvertrauen zu brüchig, als dass er zu spontanen Redeversuchen ansetzen würde. Weder ihr noch Bekannten oder Freunden gegenüber.

Keller hielt ihr sein Handy entgegen und gab ihr mit fiktivem Tastendrücken zu verstehen, dass er eine SMS formulieren wollte.

„An wen?“, fragte sie ihn.

Keller überlegte einen Moment, zeigte dann auf sie und brachte etwas heraus, das ungefähr „Frou“ heißen sollte.

„Mir? Wollen Sie mir eine SMS schicken?“, zeigte sie sich baff.

Keller schüttelte den Kopf, lachte und sagte nochmals „Frou“.

„Ihrer Frau?“

Keller schüttelte abermals den Kopf.

„Haben Sie eine Freundin?“, entfuhr es Silvia Nott und sie bereute im gleichen Augenblick ihre Indiskretion.

Keller bemerkte ihre leichte Beschämtheit, lachte und winkte ab. Er schüttelte den Kopf, sagte „Frou“ und stieß die beiden ausgestreckten Zeigefinger gegeneinander.

„Ah, Sie haben eine Frau kennengelernt?“

Keller nickte.

„Wo denn, wenn ich fragen darf?“, legte Silvia Nott ihre Scheu ab und entschloss sich, daraus gleich ein Therapiegespräch zu machen.

Keller nickte, überlegte und sagte dann „Mäserüm“.

„Mäserüm?“

Keller schüttelte den Kopf, schaute sich in der Praxis um und zeigte auf ein Plakat. Es war zwar von einem anderen Museum und zeigte einen dieser wunderbaren alten Rabbiner in Gelbgrün aus Marc Chagalls Frühwerk, das in der städtischen Kunstsammlung hing.

„Ah, im Kunstmuseum?"

Keller nickte, schüttelte danach den Kopf. Er nahm ein Blatt Papier und zeichnete einen Rahmen und da drin zwei große Flächen, die er mit gekreuzten Strichen unterschiedlicher Schwärze ausfüllte.

„In der Rothko-Ausstellung?"

Keller strahlte. Und nickte. Auf Silvia Notts Kombinationsgabe war Verlass.

„Gut, und was wollen Sie der Dame schreiben?"

Die Frage traf Keller auf dem falschen Fuß. Ja, was wollte er ihr eigentlich schreiben? Dass er sie treffen wollte? Dass sie durch seine Träume spazierte? Dass er ihr Worte nachrief, sie sich aber nicht nach ihm umdrehte? Dass er sie nackt tanzen sehen möchte? Dass er für sie kochen würde? Dass er in ihr seine Stimme zu finden hoffte? Dass er nicht wusste, was er ihr schreiben wollte?

Silvia Nott spürte Kellers Unentschlossenheit und fragte: „Wollen Sie sie treffen?"

Keller nickte erleichtert.

„Wo?"

Keller entschloss sich, für Sandra Kauer zu kochen. Bei sich zu Hause. Ein leichter Frühlingssalat mit ein wenig Kaninchenleber an einer Portweinsauce, dazu einen Wachauer Riesling, gefolgt von Tournedos, nicht ganz Rossini, aber mit einem Hauch von Sommertrüffeln, als Beilage

Risotto – Keller war berühmt für seinen Risotto – und ein Ratatouille, dazu einen Barolo Gran Bussia 1990 und als krönenden Abschluss einen Waldmeisterschaum, begleitet von einem Sauternes. Keller lief das Wasser im Mund zusammen – die Worte dazu allerdings nicht.

Keller zeigte auf sich.

„Sagen Sie mir Zeit und Ort?“, forderte Silvia Nott ihn auf.

Zeit?, fragte sich Keller. Was war die richtige Zeit? Und vor allem, welcher war der richtige Tag für so eine Einladung? Samstag? Irgendwie zu bedeutungsvoll. Freitag könnte sie als frivol auslegen. Dienstag und Mittwoch war Champions-League – heilige Abende. Und montags wollte er wieder mal Tennis spielen gehen. So blieb nur noch Donnerstag übrig. Ein neutraler Tag, wie Keller fand. Zudem hatte er lange genug gewartet. Zehn Tage hatte er den Gedanken mit sich herumgetragen, ihr eine SMS zu schicken. Er konnte den richtigen Abstand vom ersten zum zweiten Treffen aus Ängstlichkeit, Übermut, Unsicherheit und aufschwappender Euphorie einfach nicht finden. So durchlebte er mit seiner nicht mehr für möglich gehaltenen und hinterrücks angeworfenen Verliebtheit mindestens vier abendfüllende Opern pro Tag. Diesem, zumindest temporär, unentrinnbaren Zustand versuchte Keller mit dem noch als Restbestand verfügbaren Verstand beizukommen. So legte er sich zurecht, dass er die SMS sowieso nicht am ersten Tag hätte schreiben können, weil dies als zu aufdringlich hätte aufgefasst werden können. Das galt halbwegs auch für den zweiten Tag und der dritte war Keller zu symbolisch. Vier war ihm eine Unzahl und fünf galt ihm zu sehr als Mitte, weder Fisch noch Fleisch. Der sechste Tag dünkte ihm nicht schlecht, doch bis dahin wäre noch nicht mal eine Woche vorbei, was er doch als überstürzt einschätzte, und am siebten ist eh Ruhe angesagt.

Blieben noch der achte, der neunte und der zehnte Tag. Am achten hafteten die Makel des ersten und vierten und der neunte trug an der potenzierten Symbolik zu schwer. Er musste den zehnten nehmen, sonst war's vorbei. Und der zehnte war heute.

Um Gottes Willen, Keller, schoss es ihm durch die rechte Gehirnhälfte, mach vorwärts, sonst schieben sie dich auf die Warteliste, zu denen, von denen man weiß, dass sie bald einmal sterben werden. Zu denen, die man schon lange einmal hätte besuchen sollen. Einen Besuch, den man immer wieder vor sich her schiebt, weil er den säuerlichen Geruch des Abschieds an sich trägt. Und von dem man hofft, hat man ihn einmal hinter sich gebracht, dass er das Sterben beschleunige, damit man endlich die hemmende Gegenwart des Todgeweihten in die Verklärung der Erinnerung umschichten kann.

Nimm es, wie es ist, Keller, du bist daran, in die Erinnerung abgeschoben zu werden. Was will man mit einem Sprachlosen? Warum soll man einen, von dem keine Antwort zu erwarten ist, überhaupt anreden? Der einzige Grund, warum sie nicht in Babysprache mit dir sprechen, ist, weil du ein Meter achtzig groß bist und hundertzwanzig Kilo wiegst.

Und überhaupt, was soll diese Sandra Kauer mit so einem? Soll sie dich aus dem Hades der toten Wörter herausholen? Warum gerade dich, Keller?

Gut, sie ist vor deiner Hand nicht zurückgewichen, sie hat nicht aufgeschrien und andere Aufseher zu Hilfe gerufen. Sie blieb einfach sitzen, ließ deine Hand auf ihrer, bis du deine zurückzogst. Und sie kam gleich auf dich zu, als sie sah, dass du auf sie gewartet hattest, nahm die Einladung zu einem Kaffee – aus dem dann ein Abendessen wurde – an, amüsierte sich über deine Gebärdensprache, sah wohl über das eine oder andere Missverständnis großzügig hinweg und ließ sich auch noch ein Stück begleiten. Das ist doch eine Basis, Keller, sie wird schon antworten, hab Vertrauen in dein neues Leben, es ist ein Leben. Immerhin.

„Wann und wo, Herr Keller?“, hörte er Silvia Notts fordernde Stimme.

„Düberstag, ba nir“, kam es ohne zu überlegen aus ihm heraus.

„Donnerstag bei Ihnen?“, fragte Silvia Nott zurück.

Keller nickte.

„Und um wie viel Uhr?“

„Rieben.“

„Sehr gut, Herr Keller, sieben Uhr?“

Keller nickte.

Silvia Nott schwieg.

Als Keller Silvia Notts Schweigen als Schweigen erkannte, rutschte er mal von der einen Hinterbacke auf die andere.

Silvia Nott schwieg weiter.

Was soll jetzt das?, dachte Keller und schaute demonstrativ zum Fenster hinaus, wo das Sonnenlicht, fein gesiebt durch ein paar Schleierwolken, nur halbherzige Schatten zu werfen vermochte.

Schweigen. Ja, schweigen. Das erwarten jetzt alle von mir, sagte sich Keller, schweigen, darin sehen sie meine Zukunft. Ein auf halbem Weg ersticktes Echo meiner selbst.

Er schaute zu Silvia Nott. Sie schwieg noch immer.

Keller verlor sich in sich selbst. Tassen tanzten vor seinem inneren Auge auf und ab, „Mein erstes ABC"-Buch schlug willkürlich seine Seiten auf und wieder zu, eine trächtige Kuh hüpfte durch eine mit Pharaonen gefüllte Straßenbahn und stieß gegen eine Teekanne, sein Sohn nannte ihn zum ersten Mal „Alter" und ein Bahnhofsvorsteher gab aus einem Fahrplan Auskunft, der nur aus unterschiedlichen Farbfeldern bestand. Erinnerungsfetzen entwarfen das Stückelbild seines Kaleidoskops: der verschossene Elfmeter im Derby, das entscheidende Tor gegen den Abstieg, die tief liegenden Nebelfetzen zwischen den Hügeln des Belbotales, die zarte Brust seiner ersten Liebe, das Erwachen nach seiner Blinddarmoperation, der Weg aus der Türe des Spitals nach der Geburt seines Sohns, der Geruch frischen Zopfes, das Gefühl, dass die Beine selbstständig zu tanzen begannen, als er das erste Mal Bob Marley hörte, wie er erschrak, als der Spatz tot vom Dach fiel, weil er mit einem Luftgewehr auf ihn geschossen hatte, die Sirene des Ambulanzwagens, von dem er wusste, dass er für seinen Vater bestimmt war, das Fleur de Sel auf der Zunge, welches das erste Mädchen hinterließ, das er zwischen den Beinen leckte, das Kauderwelsch, das seine Stimmbänder erschufen, als er der schwangeren Buchhändlerin für den Tee danken wollte.

Allen diesen Erinnerungen konnte und würde er neue hinzufügen. Kommentarlose halt, vielleicht mit inneren Untertiteln versehene, aber zumindest lebendige.

Aber die anderen? Die Freunde, Bekannten, Verwandten? Hatten sie die Erinnerungen an Keller sterilisiert, gefriergetrocknet, konserviert, in Blechdosen eingeschlossen und in den Vorratskammern ihrer gesunden Gehirnmasse links hinten verstaut? Oder werden sie nur noch sein Schweigen sammeln, das nicht mehr der Mühe wert ist, aufbewahrt zu werden? Und das alles würde sich still und leise in Mitleid, in barmherzige Zuneigung wandeln.

Heilandsack, Keller, rede, egal wie; radebreche, stottere, schwafle, stammle, schreie, sprich!

„Mochte einleden zu Gessen, bitt", sprach Keller.

Silvia Nott seufzte. „Na, also. Herr Keller, ich kann es nur immer wieder wiederholen: Sie müssen sprechen. Und nicht einfach nicken, kopfschütteln und gestikulieren. Reden. Alles klar?"

Keller sagte: „Ja."

Und dann nochmals: „Ja ... ja!"

Er klopfte auf den Tisch und sagte im Rhythmus: „Ja, ja, ja, ja ...!"

Silvia Nott fiel ein, klopfte auch auf den Tisch und sagte laut: „Ja, ja, ja, ja ..."

Keller stand auf, klopfte weiter, begann zu schreien: „Ja, ja, ja, ja, ja ...!"

Auch Silvia Nott stand auf und schrie: „Ja, ja, ja, ja ...!"

So standen sie da, schauten sich in die Augen, klopften auf das Pult und schrien „Ja, ja, ja, ja, ja ...", bis Keller stoppte und laut „Nein" rief.

Silvia Nott hielt inne, klopfte auf den Tisch und sagte leise: „Doch."

Keller lachte, klopfte ebenfalls und sagte ein wenig lauter: „Nein."

„Doch!"

„Nein!"

„Doch!"

„Nein!"

„Doch!"

„Nein!"

„Doch!"

Sie schaukelten sich gegenseitig hoch, immer schneller, immer lauter, bis Keller schließlich Silvia Notts Kopf packte und ihr einen Kuss auf die Wange drückte und laut „doch!" schrie.

Ein Engel ging durchs Zimmer.

Dann ließen sie sich beinahe gleichzeitig in ihre Sessel fallen und prusteten los, lachten und lachten.

Silvia Nott erholte sich zuerst. Sie schaute zu Keller, wollte etwas sagen, doch der kam ihr zuvor und sagte: „Doch!"

„Gut", sagte Silvia Nott und wischte sich eine Träne aus dem Augenwinkel, „geben Sie mir Ihr Handy, ich schreibe Ihnen die SMS."

Keller gab ihr das Handy und sagte: „Denke!"

Sandra Kauer war höchst erfreut über die SMS, die sie zehn Tage nach dem Treffen mit dem Mann, der einfach ihre Hand genommen hatte, erhielt. Sie hätte sie ein paar Tage später erwartet.

Keller schreibt.

„Lieber Christian,

ich glaube, es ist wieder mal an der Zeit, dir zu sagen, dass ich dich ganz fest lieb habe und dass du ein ganz toller junger Mann bist.

Dass das zwischen mir und Mami so gekommen ist, tut mir speziell für dich leid, wurde dir dadurch doch deine gewohnte und feste Lebensgrundlage entzogen. Aber ich konnte nicht anders und stehe heute noch ganz zu meinem Entscheid. Ich habe auch deine Mami noch lieb und bin nach wie vor der festen Überzeugung, dass sie die richtige Frau war, um mit ihr ein Kind, also dich, auf die Welt zu stellen, und dass sie die beste Mutter für dich ist. Aber zwischen ihr und mir ging es einfach nicht mehr. Damit hast du gar nichts zu tun, und weißt du: Letztlich hat man eben doch nur ein Leben.

Du übrigens auch, auch wenn man in deinem Alter denkt, man habe zehn. Das habe ich in deinem Alter auch gedacht. Und es ist auch richtig, wenn man das in diesen Jahren denkt. Nur, je länger das Leben geht, desto mehr merkt man, dass man halt wirklich nur eines hat. Darum muss man sorgfältig damit umgehen. So sorgfältig, dass man, wie du jetzt, Entscheidungen trifft, von denen man überzeugt ist, dass sie die besten für einen selber sind. Manchmal gelingt es und manchmal nicht. Wir Menschen machen Fehler, sonst wären wir ja keine Menschen.“

Sandra Kauer legte die erste Seite des Briefes neben den Teller. Der Risotto war hervorragend, der Ossobuco zart, das Fleisch löste sich leicht vom Knochen, der Wein eine Wucht. Doch, doch, der Mann wusste zu kochen und sein Keller war anscheinend auch nicht schlecht bestückt. Nur, es war einfach zu heiß für solch ein üppiges Mahl, einen derart schweren Wein. Da wollte der stumme Mann wohl ein bisschen zu viel des Guten.

Ein dünnes Lüftchen strich über die Terrasse, doch auch das linderte die schwüle Hitze keineswegs. Sie legte den noch sauberen Löffel auf den Brief, damit er vom Wind nicht erfasst und auf die Straße hinuntergetragen würde.

Der Brief schien ihr zu gefallen, bemerkte Keller an ihrem Gesichtsausdruck. Vielleicht hätte sie es geschätzt, hätte sie von ihrem Vater auch mal solch einen Brief bekommen, dachte er. Im gleichen Augenblick war er sich aber nicht mehr ganz so sicher, ob ihr mit sechzehn ein Brief ihres Vaters wirklich gefallen hätte. Und ob damals ein Brief seines Vaters bei ihm wirklich auf viel Zustimmung gestoßen wäre oder ob er mittlerweile nicht einfach der Verklärung der Vergangenheit auf den Leim gekrochen war.

Was hatte sie ihm erzählt? Mit sechzehn war sie nicht mehr Jungfrau, sprach – dadurch legitimiert – mit ebenfalls bereits entjungferten Freundinnen von Männern, obwohl es eigentlich nicht mehr als Buben mit Flaum ums Kinn waren, entwischte nächtens übers Schopfdach, das sich unter dem Fenster ihres mit Deep Purple, Suzi Quatro und T. Rex-Starschnitten verzierten Jungmädchenzimmers befand, um sich in fahrenden Discos als Dancing Queen feiern zu lassen. Ein solcher Brief hätte sie wohl nur gestört.

Doch mit zwanzig, vielleicht auch ein paar Jahre später, hätte sie es möglicherweise geschätzt. Ihr Vater wäre dadurch in ein anderes Licht gerückt, sie hätte sich von ihm umsorgt, ernst genommen gefühlt. Wenigstens im Nachhinein.

So aber blickte sie auf einen Vater zurück, der ihr schöne, ruhige Augenblicke bescherte, sie jedoch im Handumdrehen mit Jähzorn und Prügel in Angst und Schrecken versetzte. Als sie zwölf war, verließ er die Familie. Und als sie sich wieder für ihn zu interessieren begann, waren seine Depressionen schon so weit fortgeschritten, dass man ihn ein halbes Jahr später beim Rechen des Flusskraftwerks herauszog.

„Du wichtig Tat, heute: Schule nicht obben, mittel, dann in Wirtschufft und wenn gut Reifen-Diploms. Strasse lanng, aber ich nicht erschüttern in dich.

Für deine Strasse ein, zwei Schilder.

Ein Schild: Streck Fingger in Schule hocch.

So Schaffen milder, Geschrei nicht so viel. Aber du gierrig in All werden. Viel sehhen können. Dan besser.

Zwei Schild: Unterrichter mehrr für dich statt Freunnde. Unterrichter redden gutt und schlecht für dich. Unterrichter machen Wegweiseren, ob Strasse für dich da oder da. Wichtig.

Drei Schild: Freunnde mehr für dich statt Unterrichter. Ja, ja, kennne, teil von gegen.

Aber so sein. Du nehmen gutt Freunnde, wo wissen was Strasse ist, auch wissen wo Planken leiten, so Schulenn schaffen, diese dann gut für schmal und breit durchwammern. So freunnde für gannze Strasse. Aber Aufsichter: Du nicht Trottel machen für diese, denn sonst sie nehmsmen aus Nutzen dich. Dann du die raushauen aus Kurve, nicht deine Strasse. Die sein Hansschiblig.

Jetzt noch schlag vorr am Ennde.

Offenne Seher, Augen, für Strassse von Leben du dich schicken bis Ennde. Für andere, für rundum aber haupt für dich.

Du niccht solo im All.

Viele Leute Kreuzung dich, auch andrenn Tag noch. Kreuzen offen, du. Sehen in Seher, Augenn, wenn Worte an sie. Sso du verstehen, Leute gut schlecht oder. So wissen du, lassen links schlafen oder rechts tragenn mit ob.

Wie sagen ich: Du niccht solo im All. Dir einn parr Leute mitgehen Strasse. Ich, Edna, deinn Mami. Die Eltern lieben Dich amm gewaltigsten Herzen darum böse oft mit dich. Aber gerade weil du amm gewaltigsten Herzen bist ihnnen.

Aberr du wissenn: Du an allem schuld selber was kommen auf deiner Strassse. Nicht schuld andere. Du selber packen. Nur so kommen biss Ende Strassse dein Leben gut.

Viel gute Ferien dir
du amm gewaltigsten Herzen mir

pappi“

Sandra Kauer hatte gerade noch gesehen, wie in Kellers Augen das Wasser hochstieg, als er ihr den zweiten Teil des Briefes übergab und in die Küche verschwand. Und als sie ihn ganz gelesen hatte, vergrub sie sich noch einen Augenblick hinter dem Blatt, da nun ihre Augen wässrig wurden. Vier Seiten Papier, geschrieben im Abstand von wahrscheinlich wenigen Wochen, spiegelten die ganze Zerstörung wider: Worte, Sätze, Grammatik – ein zerbombtes Land. Durchzogen von umgeschichteten Schützengräben, in denen tote Wörter neben abgetrennten Satzgliedern lagen, aus denen noch im Stocken begriffene Buchstaben tropften. Ein Land, zerwühlt von Geschosskratern, an deren Rändern Konjunktionen verzweifelt um Hilfe schrien, in der Hoffnung, jemand möge ihrem unerträglichen Phantomschmerz ein schnelles Ende setzen. Und in all dem Chaos irrten Substantive blind und orientierungslos auf der Suche nach ihren verwaisten Artikeln umher.

Keller stand in der Küche, versorgte Teller und Besteck im Geschirrspüler. Was wird sie jetzt denken?, fragte er sich. Hoffentlich nicht Mitleid. Oder noch schlimmer, dass ich Mitleid erheischen möchte. Nein, dann hätte ich sie vollkommen falsch eingeschätzt. Ich bin nicht der Mann, der nach Mitleid verlangt, dies muss sie spüren, zumal ich weder meinen Humor noch mein selbstbewusstes Auftreten verloren habe. Ich gebe mich ihr gegenüber auch so. Ich bin so, das muss sie wissen, schließlich hat sie mich lange genug vor Mark Rothkos „Nr. 15“, beobachtet. Und ich bin auch nicht erst seit meinem Zusammenbruch so, ich bin schon vorher so gewesen. Ich bin sicher, dass du dies so empfindest, liebe Sandra, machte sich Keller Mut. Er richtete die Desserts an. Aber, die Frage wird sie sich schon stellen, wie mich das alles verändert hat. Was macht der Krater in deinem Gehirn?, wird sie sich vielleicht fragen. Was ist mit der Sprache von dir selbst auf der Strecke geblieben? Und was von dem Keller davor? Selbstbewusstsein? Mitteilungssucht? Arroganz? Oder Scheu, die ich jetzt ablegen müsste? Glauben, den ich zwar nur beschränkt besaß, aber ihn mit einem Schlag verloren haben könnte? Oder Lügen, die ich nicht mehr auftischen kann?, grübelte Keller weiter.

Er klaubte Kaffeelöffel aus der Schublade, überprüfte sie auf ihre Sauberkeit und legte sie auf ein Tablett. Daneben stellte er die Teller mit der Nachspeise.

Falsch, sagte er zu sich selbst, sie wird sich die Frage stellen, was noch kommen möge, was ich noch aus mir herausholen kann, was ich aus dem Vorher noch sinnvoll zusammensetzen kann. Aber überhaupt ist das alles wurscht, wird sie hoffentlich denken. Denn mit dem Brief habe ich ihr gezeigt, dass ich ihr vertraue, machte sich Keller Mut. Er nahm das Tablett, ging auf die Terrasse und servierte einen ganz frischen sardischen Joghurtpudding, garniert mit einem Kiwi-Coulis. Als er es Sandra Kauer servierte, fiel ihm auf, dass das Dessert bisher das Einzige war, was zu der jetzigen Temperatur passte. Er ging darüber hinweg, setzte sich und forderte Sandra Kauer auf zu essen.

Sie kostete und es schien ihr zu schmecken, nahm sie doch gleich noch einen zweiten Löffel davon und fragte Keller:

„Warum haben Sie mir den Brief gegeben?"

Keller war einen Moment überrascht über die direkte Frage. Dann riss er all seinen Mut zusammen und sagte: „Reiben, helfen mir, bis Ende."

Sandra Kauer wollte gerade ein Stück Pudding abstechen und in den Mund schieben, doch sie stoppte auf halbem Weg zwischen Teller und Mund.

„Meinen Sie schreiben? Den Brief fertig schreiben?", vergewisserte sie sich.

Keller nickte.

Sie setzte den Löffel ab, wischte sich mit der Serviette den Mund ab, nahm einen Schluck des herrlich kalten Sauternes und lehnte sich zurück.

Keller schaute sie an. Sie waren am Ende der Dämmerung angelangt. Das Fledermauspärchen würde jetzt dann gleich auftauchen und die Mücken vom Himmel holen. Er zündete die Kerze an, schaute in ihr Gesicht, in ihre Augen, versuchte in ihnen zu lesen, fand aber weder Sätze noch Wörter, noch Buchstaben.

„Beobachten Sie mich nicht so! Ich muss überlegen."

Keller wandte seinen Blick von ihr ab, versuchte seine Ungeduld zu verbergen.

Sie tat einen tiefen Seufzer, rückte näher an den Tisch heran, nahm einen Löffel des Puddings und hob an: „Lieber Keller, hm – jetzt müssen wir uns aber zuerst einmal offiziell duzen. Komm!" Sie hob ihr Glas, er seines, sie stießen miteinander an, sie rückte noch einmal leicht vor und küsste ihn auf den Mund. Dann stellte sie das Glas ab, legte ihre Arme um seinen Hals und küsste in nochmals.

Als sie sich voneinander gelöst hatten, wusste Keller nicht, wohin mit seinen Gefühlen. Verstohlen zeigte er auf den vollen Tisch.

Sandra Kauer musste lachen. „Gläser und Teller sind noch halb voll, so geht es."

Keller fiel in ihr Lachen ein und suchte mit seinen Füßen die ihren.

„Also noch ein Versuch. Mein liebster Keller, schau, wenn ich dir helfe, den Brief fertig zu schreiben, müsste ich mich auf deine Geschichte einlassen. Will ich das?"

Keller zuckte mit den Schultern.

„Natürlich will ich das, das musst du ja spüren. Die Frage ist nur: Wie weit und auf welche Flecken deiner Zeitkarte will ich mich einlassen? Diese Geschichte mit deinem Sohn ist noch ein ziemlich weißer Fleck. Den musst du mit ihm besetzen. Du kannst nicht durch mich sprechen. Meine Worte können nicht die deinen werden. Das wäre gelogen."

Keller seufzte. „Aber, wie papa, halb papa, nicht finden was … was … diktatieren. Halb – nur halb."

Die Fledermäuse waren jetzt da, jagten in nervösen Flugbewegungen ihren unhörbaren Schreien nach und schlugen so Beute um Beute.

„Du bist nicht halb."

„Viertel drei."

„Nein. Hör auf damit."

Keller nickte, sagte etwas wie „Ja", versuchte Zeit zu gewinnen, zeigte auf die Fledermäuse, breitete die Arme aus, fasste sich mit beiden Händen an den Kopf, zog kurz an seinen Haaren, nahm das Glas, trank einen Schluck und sagte: „Vier drei, weil Worte sie weit weg mir von. Ist so doch?“

„Jetzt stopp. Du bist ganz. Und wenn du ihm den Brief so schickst, wie er ist, wirst du noch um einiges ganzer für ihn sein. Er wird das so empfinden, vielleicht nicht bewusst, aber er wird auf dich zukommen. Ganz sicher, Keller.“

Ein Windstoß löschte die Kerze. Keller nickte, versuchte die Kerze wieder anzuzünden.

„Ich fühlte mich auch halb, als ich nach einem Zusammenbruch mit einer Depression durchs Leben ging. Dieses Gefühl, dass alle in mich hineinsehen können, dass ich stinke wie ein vergammelnder Fisch, dass alle dies riechen können und dass ihr Gegengeruch Mitleid ist. Ich musste Vertrauen in mich finden und nicht nach Vertrautheit suchen. Fünfmal habe ich mich von meinem Mann getrennt und mich wieder vereint. Alles nur wegen einer Vertrautheit, die längst nur noch dunkle Seiten hatte. Ich spürte, dass ich bei jeder Versöhnung ein Stück meines Selbstvertrauens opferte, und all dies nur für eine zwei, drei Wochen andauernde Fata Morgana der Geborgenheit. Ich wusste auch, dass diese durchscheinende Geborgenheit nach kurzer Zeit bleiern und immer mehr Falltüren in den Boden hämmern würde. Diesen ständig auszuweichen, reduziert dich aufs Funktionieren, macht dich halb, viertel, achtel, sechzehntel. Und eines Tages fehlt die Kraft, die Falltüren zu umgehen, du fällst und landest, wenn es gut geht, bei dir selbst. Aber man war nie halb, viertel, achtel, sechzehntel, Keller. Es ist vielleicht ganz einfach der übliche Preis, den jeder für sich selbst zu bezahlen hat. Die Depressionen verfolgen mich noch manchmal. Aber ich bin ganz, war immer ganz. Und du bist auch ganz."

Keller schaute misstrauisch.

„Tu nicht so, du weißt es ganz genau. Deine Sprachlosigkeit hat auch gute Seiten. Hättest du einfach deine Hand auf meine gelegt, wenn du richtig hättest sprechen können? Hast du nie damit spekuliert, dass gerade dein Rumstottern mit Händen und Füßen mir gefallen könnte? Komm, sei ehrlich, Keller!"

Keller zuckte mit den Schultern.

„Wahrscheinlich nicht. Du hast mich ja nicht einmal angeschaut."

Keller grinste.

„Oder hast du mich schon begutachtet, als du zur Türe hereinkamst? Eingeschätzt, von oben bis unten, und gedacht ‚Wenn ich genug lang vor dem Bild hocke, wird die ihre Neugier kaum zügeln können und sich neben mich setzen'?"

Keller grinste breiter. „Mann."

„Ganzer Mann. Aber erzähl doch keinen Mist. Du hattest keine Ahnung, wer sich da neben dich gesetzt hat. An den Strümpfen konntest du sehen, dass es eine Frau sein musste, und vielleicht erahnen, dass es eine Aufseherin sein könnte. Aber mehr nicht. Du hast großen Mut bewiesen, ganzer Keller!"

Keller schaute beschämt auf seine Schuhe.

Nach einer Weile hob er den Kopf, zeigte auf seine Augen und versuchte mit seinen Fingern Strahlen nachzuahmen, die den Salzstreuer auf dem Tisch anvisierten.

Sandra Kauer folgte seinen Bewegungen konzentriert, konnte aber nicht verstehen, was er genau meinte.

Keller blickte sie hoffnungsvoll an.

„Was meinst du?“, fragte sie.

Keller beugte sich nach vorne, bis seine Augen senkrecht über dem Salzstreuer waren. Dann führte er den Zeigefinger seiner rechten Hand von seinem Auge zum Salzstreuer und zeigte danach auf Sandra Kauer.

„Von oben nach unten?“

Keller nickte. Und schüttelte gleich wieder den Kopf.

„Sicht? Von oben?“

Er nickte heftig.

„Ah, Aufsicht, ich?“

Keller setzte sich wieder, lehnte sich zurück und nickte auffordernd.

„Gute Frage.“ Sie stemmte ihre Ellenbogen auf dem Tisch ab, legte den Kopf in ihre Hände und wiegte ihn von Satz zu Satz hin und her.

„Glück – nach viel selbst verschuldetem Unglück? Vielleicht. Besser als putzen oder sonst was. Weil nichts anderes übrig blieb? Weil ich es nicht gesucht habe? Letzte Ausfahrt, bevor man ausgesteuert wird? Wo soll ich weitermachen, Keller?“

Keller senkte den Blick.

„Du brauchst nicht den Betroffenen spielen. Es ist das Beste, was mir passieren konnte. Sieh, mit der heutigen Diplom- und Weiterbildungswut musste ich froh sein, überhaupt noch irgendeine würdige Arbeit zu bekommen. In meinem gelernten Beruf kann ich ja nicht mehr arbeiten. Ich schneide dir zwar schon einmal die Haare, aber laut Versicherung dürfte ich dies nicht, obwohl sie mir keinen Ersatz, geschweige denn eine Alternativausbildung dafür bezahlen. Aber darum geht es nicht. Mir gefällt mein Job. Hauptsächlich am Morgen, wenn noch keine Besucher da sind. Da bist du ganz allein mit den Bildern. Mit ihrer Magie, ihrer Tiefe. Du kommst nicht um sie herum. Sie stellen sich dir mit ihrer Kraft, ihrer, wie sagt man, Präsenz in den Weg. Sie rufen nach dir."

Sie schwieg. Keller sah den Bilderreigen, der vor ihrem inneren Auge defilierte, ganz plastisch vor sich.

„Manchmal frage ich mich, was sie sich wohl nachts zuflüstern? ‚Madame Cézanne, haben sie den Dicken mit dem Seidenfoulard gesehen? Er hatte den Hosenschlitz offen, haben Sie das bemerkt, Madame Cézanne?', ‚Und Sie, Homme qui marche, ist Ihnen seine Begleiterin mit den Bleistiftabsätzen aufgefallen? Das wäre doch endlich mal ein passendes Schuhwerk für ihre Klumpfüße, haha.'

Sind sie vielleicht eifersüchtig aufeinander? Versuchen sie aktiv die Gunst der Besucher auf sich zu lenken. ‚Hey, Sie, ich bin das erste abstrakte Bild, obwohl ich Nummer 10 heiße.' ‚Lassen Sie sich nichts aufbinden, ich bin das erste abstrakte Gemälde. Von Mondrian. Der Kandinsky da, der wurde von seinem Schöpfer im Nachhinein vordatiert. Sehen Sie sich ihn nur an: ein Lügner.'

Und dann die Menschen. Wer sind sie? Was treibt sie hierher? Wie verschieden sie sind? Was denken sie? Warum halten manche so eine innige Zwiesprache mit Bildern? So wie du das getan hast. Keller, es ist eine wunderbare Arbeit.

Wer redet wie lange mit welchem Werk? Wer kommt regelmäßig? Wer besucht das gleiche Werk immer und immer wieder? Wer kommt, weil man das sehen muss, um mitreden zu können? Hastet wie auf der Flucht an den Bildern vorbei? Welches Schicksal trägt die armselig gekleidete Mutter mit dem Kleinkind mit sich herum? Und was treibt sie gerade hierher? Und wieso geht sie nicht auf einen Spielplatz mit dem Bengel? Die armlose Frau im Rollstuhl – was für einen Aufwand hat sie wohl betrieben, um in unser Museum zu kommen. Sie ist sogar beim Frisör gewesen. Alles vielleicht nur, um die zersplitterten Weiber von Picasso schreien zu hören: ‚Wir sind Frauen; attraktive, gescheite Weiber!'

Keller, es hört nie auf. Darum möchte ich auch nie mehr zurück. Das ist jetzt. Mein Jetzt, Keller."

Keller blieb regungslos.

„Da bin ich jetzt. Da musst du hin, Keller. Sprich mit dir."

Keller schaute in den Himmel. Von den wenigen Sternzeichen, die er kannte, war nur der Skorpion zu sehen. Falls der Sternhaufen auch wirklich der Skorpion war. „Da musst du hin, Keller." Der Satz hallte in ihm nach, sein Echo bildete Schicht um Schicht. Schließlich wusste er nichts Gescheiteres zu tun, als sich zu räuspern und beiden Wein nachzuschenken.

Sie strich eine Haarsträhne nach hinten, schlug die Beine übereinander, drehte den Kopf weg und suchte über den Giebeln der Nachbarhäuser irgendeinen Fixpunkt in der Dunkelheit. Als sie den Kopf wieder Keller zuwandte, bemerkte sie seine Verlegenheit, nahm das volle Glas und sagte: „Was soll's: Ich bin für das stille Beobachten angestellt. Mit Sicht auf das Menschliche. Stumm zuschauen, wie du. Nur – freiwillig und bezahlt. Wunderbar, nicht?"

Keller schwieg. Er hätte sie jetzt gerne an ihren Ohren zu sich herangezogen und sie einfach umarmt. Lange, still, mit seinen Händen hilflos auf ihrem Rücken hinauf- und hinunterfahrend.

Sandra Kauer stellte das Glas auf den Tisch, stand auf, ging zu ihm, hob sanft seinen Kopf, setzte sich auf seinen Schoß, schlang ihre Arme um ihn, sagte leise: „Schick den Brief so ab" und küsste ihn. Ihre Zunge fühlte sich wunderbar an. Besser als je zuvor, als Keller so einen Abend vielleicht noch zerredet hätte.

Keller schlägt.

Als Kellers Handy klingelte, war er gerade damit beschäftigt, Worte von der CD „Deutsch lernen für Alltag und Beruf“ nachzusprechen. Die CD war ein Geschenk von Sandra Kauer, sie lag eines Tages in seinem Briefkasten. Und da er sie am nächsten Abend erneut treffen würde, war er fleißig am Üben, damit er auch brav etwas vorzuweisen hatte. Gegenüber seiner Schulzeit hatte er sich stark verbessert, machte er sich doch bereits einen Tag früher hinter den Prüfungsstoff.

Keller war so damit beschäftigt, die Stereoanlage mit der Fernbedienung, die man zuerst zweimal gegen den Handballen klopfen musste, bis sie funktionierte, leiser zu stellen, dass er ganz vergaß, auf dem Display nachzuschauen, wer ihn da anrief.

„Papa, kannst du wieder reden?“, fragte die Stimme am anderen Ende der Verbindung.

„Schtan“, stammelte Keller komplett überrascht.

„Papa, ja, kannst du wieder reden? Du hast mir so einigermaßen geschrieben“, wiederholte Christian.

„Schtan,“ wiederholte Keller seinerseits, „freude mein. Kommst du?“

Keller hätte sich am liebsten den Mund zugehalten. Denn seit seiner Trennung reagierte Christian meist mit einem „Nein“ auf diese Frage. Zu seiner Verwunderung sagte Christian: „Ja, bist du in einer halben Stunde noch zu Hause?“

Keller sagte „gut“ und Christian „bis nachher“ und legte auf. Keller starrte ungläubig aufs Handy, spürte seine Gedärme, die sich innert Sekunden in donnerndem Durchfall zu entleeren drohten, wollte aufs Klo rennen, entschloss sich dagegenzuhalten und ließ sich aufs Sofa fallen.

Irgendwie hatte er ja gehofft, dass er mit dem Brief eine Reaktion auslösen würde. Die kam jetzt prompt. Unerwartet schnell. Zu schnell für Keller.

Was wollte er ihm sagen, jetzt, da er viel zu sagen hätte, aber nichts mehr so sagen konnte, wie er es sagen wollte?

Er nahm die Sprach-CD aus dem Player, legte stattdessen die 3. CD der Bootleg-Series von Bob Dylan ein und entschloss sich zu „Blind Willie McTell“ seinen Kopf zu sortieren.

In all der Zeit, in der Keller mit Therapie und Übungen seine Gedanken mit den entsprechenden Ausdrücken in verständliche, lautliche Formen zu bringen versuchte, ging ihm die Völkerwanderung seiner Wörter mit ihrem großen Ziel „Rechte Gehirnhälfte“ nicht mehr aus dem Kopf. Wahrscheinlich ist es kein geordneter Zug mit einem Anführer, der seine Gefolgschaft mit der Verheißung eines gelobten Landes, das irgendwo hinter oder vor dem rechten Ohr liegen sollte, bei Laune hält. Es braucht keine Teilung gigantischer Hirnströme, um den Weg frei zu machen, weder Gebote noch Drohungen sind nötig und auch kein Feind rennt ihnen hinterher oder der Hunger treibt sie weiter und weiter.

Es ist vielmehr, war Keller mittlerweile überzeugt, ein loser Verbund, der sich durch die Hirnwindungen vorarbeitet, oft gemeinsam, mal in Gruppen, manchmal als verstreute Einzelgänger, aber alle einem inneren Kompass folgend, der ihnen die Richtung weist.

Es ist wahrscheinlich kein gerader Weg von A nach B, von „Sprachzentrum links“ nach „Sprachzentrum rechts“, denn es gibt laut Wissenschaft gar kein „Sprachzentrum rechts“. Es muss aus all den peu à peu eintreffenden Wörtern neu zusammengesetzt und würde nie so wie das ehemalige „Sprachzentrum links“ werden. Alte Seilschaften müssen wieder aufgebaut, lebenslange Gewohnheiten abgelegt werden und neuen weichen. Bedeutungen, Metaphern, Satzaufbau müssen sich wieder finden, damit überhaupt eine neue Ordnung hergestellt werden kann.

Keller malte sich aus, dass der den Wörtern zugewiesene Platz zurzeit mehr einem improvisierten Auffanglager glich denn einer schlagkräftigen Organisation zur Sinnerzeugung. Viele Wörter suchen nach anderen, warten am Eingang des Lagers, ob Neueintreffende darunter sind, mit denen sie eine Bedeutung bilden könnten. An einem notdürftigen Schwarzen Brett hängen wohl Zettel mit Suchannoncen wie „Suche ‚Leben‘, bin für jeden Hinweis dankbar, Gewohnheit“, „Weiß jemand, wo ‚gewaltig‘ steckt? Durst“ oder „Suche ‚Dich‘, Liebe“. In der Ecke, unten rechts, wird wahrscheinlich ein schon leicht angegilbter, schmaler Streifen kleben, dessen Botschaft „Suche ‚Tasse‘, Engländer“ eigentlich niemand so recht versteht.

Keller lachte. Und eines Tages wird jemand mit unsicherer Handschrift dazu kritzeln: „Ich auch, Henkel“, was sie verstehen würden.

Was auf keinem Zettel steht, dachte Keller, aber am verzweifeltsten gesucht wird, sind die Artikel. Bestimmte wie unbestimmte. Viele Wörter fühlen sich wahrscheinlich ohne sie wie eine halbe Portion. Mit verkümmertem Selbstvertrauen werden sie sich in den abgelegenen Regionen des Lagers der Melancholie hingeben.

Durch die lange Reise, die jedem Wort sein eigenes Marschtempo diktierte, lösten sich die natürlichen Hierarchien auf, stellte sich Keller vor. Die alten aristokratischen Wortfamilien, die über Jahrhunderte allen Laut- und Umlautverschiebungen getrotzt und so manche Rechtschreibreform geduldig ausgesessen hatten, sehen sich ihrer angestammten Privilegien beraubt und müssen sich zuerst einmal untereinander finden, um wieder in ihre vormaligen Positionen zurückkehren zu können. Dass dies nötig ist, werden die anderen zum Wohle einer funktionierenden Sprache hoffentlich einsehen. Ob sie es begrüßen, ist eine andere Frage. Aber die Altvorderen halten nun mal die Schlüssel zur Grammatik, zu all den ordnenden Systemen, die aus Gedanken Sätze machen, in ihren Händen. Dazu sind die Wörter bestimmt, das ist ihre Aufgabe, ein Wort ohne Aufgabe ist letztlich so viel wie kein Wort.

So bleibt ihnen nichts anderes übrig, als nach der Pfeife der Alten zu tanzen. „Ein bisschen Anarchie habt ihr ja noch,“ sprach Keller zu ihnen, „denn es fehlen doch noch viele Wörter. Das erschwert die Aufgabe der Altvorderen und erzeugt manch verdrehten Sinn und viele schwarze Löcher in meinem Sprechfluss. Also liebe Wörter: macht Vorwärts, kein Aufstand, keine Freiheit. Funktioniert."

Keller wurde ungeduldig. Er hatte bereits zwei weitere CDs eingelegt, das Geschirr gespült, überlegte sich sogar, den Staubsauger hervorzuholen, verwarf den Gedanken aber wieder, schließlich war es keine Frau, die er erwartete. Je länger er wartete, desto nervöser machte ihn der Gedanke, mit Christian über den Brief reden zu müssen. Einen Brief, dessen zweite Hälfte eine Ruinenlandschaft war.

Wie immer, wenn man inständig auf jemanden wartet, im Geiste wieder und wieder die Türklingel hört, war auch Keller überrascht, als es dann wirklich klingelte. Als Keller die Wohnungstüre öffnete, hatte Christian bereits den Treppenboden erreicht, begrüßte Keller mit einem flüchtigen Händedruck, der aus einer Mischung von Unsicherheit und Zwiespalt bestand, ging an ihm vorbei in die Wohnung und fragte: „Hast du Eistee?"

Keller ging zu ihm, drehte ihn an der Schulter um, nahm seinen Kopf und drückte ihm einen Kuss auf die Wange. Christian lächelte verlegen und fragte nochmals: „Hast du Eistee? Ich habe Durst."

Keller nickte, er hatte immer Eistee für Christian im Kühlschrank vorrätig, ging in die Küche und schenkte ihm ein großes Glas ein. Christian trank das Glas in einem Zug leer, hielt es Keller zum Nachschenken hin, schaute sich in der Küche um, bemerkte all die gelben Zettel, auf denen die Namen all der sich in einer Küche befindenden Alltagsgegenstände standen, und sagte: „Lernt man so reden?“

Keller musste schlucken und nickte.

„Kannst du jetzt wieder reden?“, fragte Christian weiter.

Keller hielt Daumen und Zeigefinger ein wenig auseinander und sagte: „Fast, beisschen.“

„Und du verstehst alles?“

Keller nickte.

„Wie kann man verstehen und nicht mehr reden können, wenn man eigentlich gar nicht stumm ist?“, wollte Christian weiter wissen.

Keller bedeutete Christian, ihm ins Wohnzimmer zu folgen. Als sie sich setzten, versuchte Keller es ihm zu erklären.

„Du weiß“, hob Keller an und zeigte auf sich, „Hauer auf Hirn.“ Keller schlug sich mit dem Handballen gegen den Kopf. „Worte tot“, fuhr er fort, „nicht gut, Worte nicht tot, verkruppelt, versetzt, versprungen, weißt du?“

Christian drehte das Glas in seinen Händen. „Und jetzt?“

Keller seufzte: „Zeit. Haben Zeit, einiges.“

Christian stand auf, er wusste nicht, was er tun sollte, so ging er zum Fenster und schaute hinaus, ohne hinauszusehen. „Und wie hast du den Brief geschrieben?“

„Vor Schlag ging wie es und nach Schlag, geshen“, antwortete Keller.

„So viel?“ Christian drehte sich um.

Keller nickte.

„Und was soll ich damit?“, fragte Christian.

Keller wurde wütend, haute auf den Clubtisch vor dem Sofa und sagte laut: „Schule, Finger aus Arsch!“

Christian zuckte zusammen. Schlagartig wurde er sich bewusst, dass sein Vater noch lebte. Seit er die Sprache verloren hatte, war er für ihn wie nicht mehr da gewesen. Er hatte viele Bilder von ihm, hatte ihn schon vor Augen, aber nicht präsent. Wenn seine Mutter seinem Vater während der ersten Tage nach dessen Zusammenbruch Einkäufe brachte, blieb er stets im Auto und wartete. Er hatte Angst davor, seinen Vater zu sehen, mit ihm, dem gegenüber er ein undefinierbares, andauerndes schlechtes Gewissen hatte, zu reden, wenn dieser selbst nicht mehr reden konnte. Er hätte schlicht und einfach nicht gewusst, was er seinem Vater hätte sagen sollen. So drückte er sich davor. Es gab seinen Vater zwar noch, aber er war nicht mehr ansprechbar – für ihn nicht mehr ansprechbar. Und jetzt war er plötzlich da, mit einem lauten Knall und seinem Lieblingsthema: der Schule. Das verwirrte und verärgerte ihn gleichzeitig.

„Schule, Schule, immer Schule. Weißt du nichts anderes als Schule. Zuerst haust du ab, dann kann man nicht mehr mit dir reden und wenn, dann Schule, Schule, Schule, sie kotzt mich an, die Schule!“, schrie er seinen Vater an.

Keller wäre am liebsten aufgestanden und hätte ihm eine links und rechts geknallt. Da war sein Vater schwerst behindert, er scheute sich seit Wochen ihn zu sehen, geschweige denn mit ihm zu sprechen, musste repetieren, hatte sich, um es sich leicht zu machen, ein Schulniveau hinunterstufen lassen und besaß nun die Frechheit, seinen Vater derart anzuschnauzen. Dabei hatte dieser Herumpubertierende nichts anderes im Kopf, als tagelang im Computer rumzuballern. Kein Fußball, kein Basketball oder sonst irgendeine Sportart. Nur verdammte Computerspiele. Ballern, ballern, ballern. Und Fernsehen. Diese hirnlosen, menschenverachtenden Datingshows, diese Superstar- und Supermodelsuchshows, diese geistlosen Sendungen, die ihre Zuschauer mithilfe bemitleidenswerter Schießbudenfiguren amüsierten und von der reinen Lust an der Schadenfreude lebten. Mein Gott, redete sich Keller stumm in Rage, mit was für einem Bild des Lebens füllen die ihre Festplatte? Irgendwelche Schmierenkomödianten auf MTV, die angehalten sind, sich aus vier aufgedonnerten Backfischen, die aufs Niederträchtigste über ihre gegenseitigen körperlichen Nachteile herziehen, die Härteste auszusuchen. Dabei wird jeder Kraftausdruck mit einem „Beep" übertönt – was für eine verlogene Welt! Das, was die Kids täglich tausendmal in den Mund nehmen, wird in einem Anfall von pädagogischer Korrektheit mit einem „Beep" überspielt. Oder ihre Lehrer und Lehrerinnen: Stunde für Stunde müssen sie ihre Vorbildfunktion wahrnehmen, werden angehalten, die öffentlichen Verkehrsmittel zu benutzen, nur helmbewehrt Fahrrad zu fahren und im Umkreis von 500 Metern rund ums Schulhaus nicht zu rauchen, geschweige denn zu fluchen. Das Dorf ist zwar groß, aber doch viel zu klein, als dass die Schüler ihre Lehrer nicht erwischen würden, wenn sie sich hinter einem Mauerwerk verstohlen eine Zigarette anzünden, den Fahrradhelm daheim liegen lassen oder laut fluchend und angetrunken aus der Kneipe torkeln. Für wie blöd verkauft müssen sich die Jugendlichen vorkommen? Oder spielen sie einfach nur mit, weil es der Weg des geringsten Widerstands ist?

Was bleibt ihnen anderes übrig, wenn das Leben zusehends aus ihrem Kosmos ausgeschlossen wird? Zumal ihre Suche danach ja gerade erst begonnen hat.

Die Wut war fürs Erste draußen. Und doch musste Keller dem ihn an Körpergröße bald überragenden Lulatsch klarmachen, dass die Schule sein Job sei, dass, wenn er sich weiter derart unangepasst dumm verhielt, sowohl die Lehrerschaft als auch die Zeit gegen ihn spielen würden.

„Du Ganzdepp, Schule wichtigst für dich!", schnauzte er ihn an. Christian schwieg lange, schaute seinem Vater giftig in die Augen und sagte leise: „Ich habe es gehört, du musst dich nicht immer wiederholen. Wir könnten auch mal über andere Dinge sprechen. Musik zum Beispiel."

Keller war perplex. Da hatte er sich alle Mühe gegeben, sich Christian verständlich zu machen, hatte sich stundenlang gequält, den Brief sprachlos fertig zu schreiben, und der Junge wollte mit ihm über Musik reden. Musik? Umz, umz, umz, 144 Schläge in der Minute und irgendwelches elektronisches Geheul darüber: War das Musik? Darüber sollte er mit ihm sprechen, da es doch um sein Leben ging? Um seinem Sohn das klarzumachen, hatte sich Keller Wort für Wort hilflos stammelnd abgemüht?

„Schule, dein Leben, verdampf mal", schrie Keller.

Christian wurde wütend und schrie zurück: „Bist du eigentlich nur beim Reden kaputt oder auch im Hirn? Kapierst du es eigentlich nie? Ich hab's begriffen, ich hab's begriffen, ich hab's begriffen! Du brauchst es mir nicht tausendmal zu sagen!“

Der Satz traf Keller in seinem Innersten. Ja, sein Gehirn war kaputt. Darin klaffte eine Wunde über seinem linken Ohr, eine vernarbte Geschwulst, die sich sein Sprachvermögen einverleibt, ihn zum Krüppel geschlagen hatte. Keller sank in sich zusammen, wusste nicht, was sagen, und sagte leise: „Gut.“

„Gut“, wiederholte Christian nach einer Pause. „Weißt, du, ich habe Hardcore gar nicht so gerne, ich höre lieber Minimal, House oder Techno.“

Keller verstand nur Bahnhof. „Was anders scheidet?“, fragte Keller scheu.

„Wie unterscheidet sich das, wolltest du das sagen?“, fragte Christian nach.

Keller nickte.

„Nun, Minimal sind mehr einzelne Töne, die die Musik machen, House hat mehr Melodien und Stimmen, wogegen Techno einfach ein bisschen schneller und melodiöser als Minimal ist.“

Keller konnte mit dieser Information nur wenig anfangen, spürte aber Christians Gesprächsbereitschaft.

„Was besser?“, fragte er unbeholfen.

„Das muss man hören. Hast du einen Analog-Eingang an deiner Anlage?“

Keller schüttelte den Kopf.

Christian nahm seinen MP3-Player hervor, gab Keller die Ohrstöpsel, suchte nach einem Minimal-Stück und ließ es laufen.

Was Keller hörte, erinnerte ihn an die Musik mit den Casio-Minikeyboards der achtziger Jahre. Er nickte. Christian spielte die ersten Takte eines House-Stückes an. Keller erkannte die Melodie eines Discoheulers aus den späten Siebzigern sofort, störte sich aber an dem elektronischen, geradlinigen Rhythmus. Er nickte. Christian wählte nun ein Techno-Stück, die Schlagzahl erhöhte sich, das Schema blieb aber für Kellers Ohren dasselbe.

Keller konnte beim besten Willen nichts hören, was er seinem Verständnis nach der Kunstsparte Musik hätte zuordnen können. Doch er ließ sich nichts anmerken, wollte keinen weiteren Ausbruch Christians provozieren. So nickte er gegenüber Christian als Zeichen der Anerkennung des Gehörten. Der nahm ihm die Stöpsel aus den Ohren und sagte: „Gut, nicht?!"

Keller nickte abermals.

„Siehst du, es ist nicht alles bullshit, was wir hören", forderte Christian eine Bestätigung .

Keller nickte und sagte: „Gut. Und?"

„Was und?", antwortete Christian.

Ja, was und?, dachte Keller. „Alles und, du und", sagte er erregt.

„Was, alles und?"

„Schule, Leben, weiter haben, und alles", wurde Keller lauter.

Christian ging wieder zum Fenster, schaute hinaus und sagte ganz leise, aber doch klar hörbar: „Fick dich, Alter."

Keller sprang hoch, lief zu Christian, packte ihn an der Schulter und drehte ihn um: „Du, du, dudududu gesagt?"

„Nichts, gar nichts“, entwand sich Christian dem Griff. „Ich geh jetzt.“ Christian versuchte an Keller vorbeizukommen, der stellte sich ihm in den Weg, packte ihn nun an beiden Schultern und schrie: „Nein, bleib.“

Christian stemmte sich gegen ihn, versuchte ihn wegzuschieben. Keller war stärker. Er drückte ihn Richtung Fensterscheibe, Christian versuchte seitlich auszuweichen, Keller ließ nicht los, schließlich stieß Christian am Esstisch an und Keller drückte ihn rücklings auf den Tisch. Dabei fiel Kellers Kaffeetasse auf den Boden und zerscherbelte. Christian versuchte sich zu wehren, konnte sich nicht losreißen und probierte in Kellers Handgelenk zu beißen, was nicht gelang, letztlich schrie er einfach so laut er konnte: „Spinnst du? Bist du jetzt total durchgeknallt?“

Keller verpasste ihm eine Ohrfeige.

Christian stiegen die Tränen hoch, er entwand sich Keller, der nun keine Gegenwehr mehr bot und stürzte zur Tür und zur Wohnung hinaus.

Keller blieb aufgestützt am Tisch stehen. Eine Weile. Dann ging er in die Knie. Schrie „reden, reden, melden – nennen … gackern“, und weinte.

Keller haut ab.

Seit Tagen schon biss und juckte Kellers Hinterteil. Nun machte sich um seinen After die Hölle breit. Mit Blut und Wundwasser gefüllte Geschwüre wuchsen Richtung Rücken. Keller wusste nicht mehr, wie er sitzen sollte. Das Honigbrot schmeckte nicht, die Zeitung las sich, als wäre sie von vorgestern, und der Duft des frischen Kaffees hatte seinen morgendlichen Zauber verloren. Er schob ein zweites Kissen unter seinen Hintern, was vorübergehend die Situation verbesserte. Doch bereits nach einer kurzen Weile war das Ziehen dem Steißbein entlang wieder da, wurde das Aufstehen peinvoller und das Sitzen auf einem harten Stuhl zur Qual. Als er sich schließlich aufmachte, die Ursache des Pfahls im Fleisch genauer zu untersuchen, fand er bestätigt, was er längst vermutete: Hämorrhoiden.

Heilandsack, wie schreibt man das korrekt?, war sein zweiter Gedanke. Der erste war: Schwendi muss helfen. So schnell wie möglich. Ich habe Therapie bei Silvia Nott, bei der ich sprechen lernen muss, ich habe ein Rendezvous mit Sandra Kauer, mit der ich schlafen will, und ich habe einen verknoteten Hintern. Ich muss sitzen können. Ich kann in der Therapie nicht stehen. Wer steht, hat das Wort. Und das habe ich nicht. Noch weniger bei Sandra Kauer. Nein, nein, so geht das nicht!

Hämorrhoiden gab das Spracherkennungsprogramm seines Handys natürlich nicht her; „hämmern", „Homo" und „Humor" war alles, was das Programm auf Kellers

Versuche, das Wortbild der Geschwülste zu erhaschen, vorschlug.

„Arsch Geschwader, Gruß Keller", leuchtete schließlich auf Schwendis Handydisplay auf.

„Aha", hob Schwendi eine Augenbraue, als er Kellers Nachricht las, „er lebt noch." Schwendi hatte schon lange nichts mehr von Keller gehört. „No news, good news", da war er ganz Arzt. Obwohl, der Termin zum Aderlass überfällig war. Dass Keller aber immer noch so unverständliches Zeugs in der Gegend rumschickte, beunruhigte ihn dann doch. Er hätte ihm schnellere und größere Fortschritte zugetraut, verstand er doch alles, war noch jung und der Schlaganfall, der leichte Schlaganfall, bereits vier Monate her. Keller hinkte den Statistiken eindeutig hinterher.

„Guten Morgen, Herr Keller, wie geht es?", meldete sich Schwendis vertraute Stimme in Kellers Handy.

„Schwer", antwortete Keller. „Kindern Geschwubber."

„Was meinen Sie? Geschwulste?"

Keller klopfte einmal.

„Herrschaft, reden Sie", sagte Schwendi zu Keller. „Ihnen läuft die Zeit davon."

Die Antwort war Schweigen.

„Keller, sind Sie noch dran? Entschuldigung, aber Sie müssen wirklich reden. Also, was fehlt Ihnen?"

„Bollen, Knuppel, Homo."

„Geschwülste, wo?"

„Homo, homä, Rinder."

„Hämorrhoiden?"

Keller klopfte einmal.

„Gut, ich schicke Ihrer Apotheke ein Rezept, Zäpfchen und Salbe. Je dreimal täglich. Und kaufen Sie sich ein Paket Damenbinden, die dicken, falls die Hämorrhoiden platzen“, riet ihm Schwendi.

„Dank“, sagte Keller und „Wonn?“

„Sofort, aber es wird zwei, drei Tage dauern, bis sie verschwunden sind.“

Schwendi hörte ein tiefes Seufzen.

„Und noch was, Herr Keller, Sie sollten unbedingt wieder mal ‚Blut zapfen‘ kommen.“

Keller klopfte einmal.

„Und reden auch“, konnte es Schwendi nicht unterlassen, hinten nach zu schicken.

Keller klopfte siebenmal, Schwendi legte auf.

Damenbinden, ging es Keller durch den Kopf. Ja, ich will eine Dame binden, musste er lachen, was sein Hintern prompt mit einem stechenden Schmerz quittierte.

Er hatte sich verliebt, er hatte jemanden gefunden, mit dem er sich vorstellen konnte, älter zu werden. Er hatte sie geküsst. Mehrmals, heftig. Aber er hatte noch nicht mit ihr geschlafen. Es hatte sich nicht ergeben. Noch nicht. Oder sie wollte nicht. Sie hätte es ja in der Hand gehabt. Vielleicht hat sie ja noch andere Optionen. Solche, die sprechen können, die schnell antworten, die geistreich und schlagfertig Wörter zusammensetzen. Die sie damit beeindrucken, ihr ein Gefühl dafür geben können, was sie zu erwarten habe.

Du bist eifersüchtig, Keller, nahm er sich am Wickel. Die Dämonen sind wieder da. Die, die du vor zwanzig Jahren, nach Paula, eingesperrt hast und hofftest, nie wieder was mit ihnen zu tun zu haben, fanden die Schlüssel, laufen wieder frei herum, sitzen dir im Nacken, schlimmer noch, hocken dir auf der Zunge und halten Rat, wie sie dich weiter piesacken könnten.

Keller stand ganz vorsichtig auf und trug das Morgengeschirr in die Küche. Die Bollen, Knuppels und Homos zwangen ihn in eine gebückte Haltung. So war eh kein Staat zu machen. Keller musste erst wieder den aufrechten Gang üben, bevor er erkunden konnte, ob sich eine Frau sprachlos gleich anfühlen würde wie mit Sprache, ob es ohne Sprache dasselbe Erschauern wäre, wenn er das erste Mal ihre Brust in seine Hände nehmen würde, als wenn er reden könnte? Wäre es wohl die gleiche Wärme, die ihr Körper ihm geben würde, wie wenn er korrekte Sätze formulieren könnte? Und würde seine Hand mit der gleichen absichtlichen Zärtlichkeit vom Bauchnabel zur Scham gleiten, obwohl sein Sprachzentrum einer zerbombten Landschaft glich? Und wäre es ihr egal, wenn er dabei stumm bliebe?

Es wäre ihr sogar recht, Keller, wies er sich zurecht. Keller, du hast nur Angst, dass du ihn nicht hochkriegen würdest. Gib es doch zu, du hast Angst davor, ohne sprechen zu können, zu vögeln, genauso wie dir alles Neue seither Angst macht. Darum wirfst du ihr einen Brief hin, der sie nichts angeht, versuchst über deinen Sohn eine Frau ins Bett zu kriegen. Schäbig, schäbig.

Sie hat den Braten gerochen, Keller. Darum hat sie nicht mit dir geschlafen, ist aufgestanden, hat dich nochmals fest geküsst und umarmt, hat leise gesagt, ‚sprich dich frei, mach Ordnung, ich hab dich lieb‘, hat ihre

Tasche genommen und ihr Foulard liegen lassen und ist gegangen. Deinen Versuch, sie zum Dableiben zu überreden, hat sie mit einem auf die Lippen gelegten Zeigefinger und einer zugeworfenen Kusshand beantwortet.

Keller empfand sich in seine späte Jugend zurückversetzt, als ein Mädchen einen Abend lang mit ihm geschmust hatte, dann aber, aus Gründen, an die er sich nicht mehr erinnern konnte, doch nicht mit ihm nach Hause wollte. Aber mit über vierzig? Noch dazu bei ihm zu Hause?

Mein Gott, Sandra Kauer, wir haben doch keine Zeit mehr für Spielchen. Wir sind keine achtzehn mehr. Unsere Körper sind bald reif für den Okkasionshändler. Die Eroberung ist doch gemacht. Ich will dich lieben, schmecken, lecken. Stumm, nur mit meinen Sinnen.

Vielleicht war da gar kein Unterschied zwischen dem Empfinden mit oder eben ohne Sprache. Manchmal fragte er sich, ob er anders hörte, ob Farben anders auf ihn wirkten. Ob sie sich wegen der anderen Worte, die er noch für sie hervorzukramen vermochte, verfärbten und so aus blau grün, aus rot weiß, aus orange schwarz oder aus violett braun würde. Oft traute er auch den Gerüchen nicht mehr: schmeckte der Sud des Ossobuco ohne Sprache anders, war der Duft des Rasierwassers, in den eingehüllt er sich so sicher fühlte, noch derselbe? Und wenn er Sandra Kauers Nacken küssen würde, wird der Ge-schmack aus Haut, Haar, Anziehung und Parfüm zweifelsfrei der Wahre sein?

Es waren immer wieder diese Fragen, seine neuen Gespenster, die darüber entschieden, ob er einen weiteren

Schritt ins unfreiwillig neue Leben machte oder sich mit Musik, sinnlosem Internetsurfen oder Fernsehen in seiner Wohnung verschanzte, den Anrufbeantworter für sich sprechen ließ oder gleich tagelang unter der Decke blieb.

War er doch eine halbe Person geworden, weil sich sein Leben so unerwartet wie ungewollt in zwei Hälften geschieden hatte? War er deshalb nur noch die Hälfte wert? Ein halber Keller, ein halber Vater, ein Vorher- und Nachher-Liebhaber? Falls er überhaupt noch die Chance zum Nachher-Liebhaber bekäme.

Als er seine Stammapotheke betrat, kam ihm die Apothekerin, zwei Arzneischachteln schwenkend, mit den Worten „einmal trifft's alle“ entgegen. Keller lächelte gequält. Sein Lächeln gefror, als sie ein Pack Inkontinenz-Windeln nachschob. Und als sie ihm beim Bezahlen keine Tüte anbot, verlor er die Geduld endgültig. „Tute“, schnauzte er die Apothekerin dermaßen an, dass sie gleich einen Schritt zurücktrat. Verdattert reichte sie Keller eine Plastiktüte, die er ihr beinahe entriss. Er machte auf dem Absatz kehrt und verließ die Apotheke schnaubend.

Keller stand am Fenster von Silvia Notts Praxis, unkonzentriert, nicht ansprechbar.

„Setzen Sie sich doch“, vernahm er Silvia Notts Stimme in seinem Rücken.

Er dachte nicht daran. Dass es ihn nun auch noch hinten erwischt hatte, nachdem schon vorne nichts mehr ging, kostete ihn den letzten Nerv. Klar, er war hier, damit man ihm helfe. Doch das war im Augenblick ein anderer Ort auf seiner Zeitkarte.

Er hatte seinen Sohn geschlagen. Wäre ihm das auch passiert, hätte er sprechen können? Er war sich sicher, dass es nicht geschehen wäre. Er hätte kontern können. Er hätte geredet. Er hätte argumentiert. Er hätte es nie so weit kommen lassen. Er hätte sich daran erinnert, wie entwürdigt und zuordnungslos wütend er sich fühlte, als ihm sein Vater mit sechzehn noch eine Ohrfeige verpasst hatte. Die Zeit für Schläge war entschieden vorbei.

Hätte er reden können, wäre er nicht so verdammt weit weg gewesen, so orientierungs- und wortlos. Er hätte sich verständlich machen können. Doch so war er abgeschnitten, die Leitung gefüllt mit Störgeräuschen. Ein reziproker Tinnitus, quasi.

„Gut, dann bleiben Sie halt stehen, aber hierher bewegen sollten Sie sich schon. Wir müssen noch den Test machen für die Invalidenversicherung“, forderte sie ihn auf, zu ihr zu kommen.

Keller drehte sich um und sagte grob: „Ich nicht infantil.“

„Nein“, lächelte Silvia Nott, „auch nicht invalid, aber die Versicherung heißt nun mal so, die für Sie bezahlt. Also hopp.“

„Hundertmal brulle oder Zahnbeißer, Ohrgerät und Mann auf Radfahr, aber wo Tunnel und Autobus, nenne Tiere, zeig hier, schrift dort … ich nicht debil“, kam es in Keller hoch.

„Nein“, sagte Silvia Nott sanft, „aber Sie können nicht mehr richtig reden. Und mit einem richtigen Sprachgebrauch könnten Sie viel mehr aus sich herausholen. Sie wären zufriedener, mit sich selbst und Ihrer Umgebung, Ihrem persönlichen Umfeld. Damit das schnell vorwärtsgeht, dafür sind Sie da. Und wenn es tausendmal die gleichen stupiden Fragen sind, sie zeigen ihre Fortschritte auf. Und die haben Sie gemacht, aber Sie könnten viel mehr, wenn Sie wollten. Sie stehen sich selber auf der Leitung, Herr Keller. Machen Sie einen Schritt, treten Sie raus“, herrschte ihn Silvia Nott an.

Keller zitterte, holte tief Luft und sah zur Decke. Sie war niedriger als vorher, die Fenster kleiner, Silvia Nott wurde größer und größer, das Büchergestell rückte näher und die Türe drohte sich zu einem unpassierbaren Spalt zu verengen. Keller hechtete zur Türe, riss sie auf, stürzte das Treppenhaus hinunter auf die Straße. Und da wusste er nicht mehr weiter. Außer, dass er auf keinen Fall nach Hause wollte. Und zum Kaffeehaus am Rhein, entlang der brüchigen Klostermauern, würde er auch nicht spazieren. Das Blätterdach der alten Kastanienbäume würde für ihn so tief hängen, dass er nicht unten durch käme. Er könnte sich in den Rhein legen, sich von der Strömung nach Rotterdam tragen lassen, durch Tausende von Piers hindurch das Meer suchen, einigen Container-Schiffen zuwinken und Ausschau halten nach einem Ozeandampfer des letzten Jahrhunderts, auf dem noch eine Stelle am Morseapparat frei wäre.

Keller springt.

Er holte sein Auto. Als er nach zwei Stunden Autofahrt über die Jurahöhen, vorbei an Wiesen, deren Gras immer sattgrün, immer kurz war und das nahtlos in den weichen Boden der angrenzenden Tannenwälder überging, vorbei an Pferdekoppeln, über das Hochplateau der Freiberge, deren Bewohner das Spätmittelalter frei von Zehnten und Zinsen durchlebten, auf dem Chasseral ankam, lagen die Seen unter der Nebeldecke.

Der Bielersee war schon immer Kellers Lieblingssee gewesen. Als Kind hatte er regelmäßig ein paar Tage in einem sehr niedrigen, flachen rotweißen Ferienhaus verbracht. Das Wasser musste von Hand aus einer Zisterne heraufgepumpt werden, die Toilette wurde mit zwei Eimern nachgespült, die Dusche war sommers wie winters draußen, wer ein Bad nehmen wollte, musste das Wasser in großen Pfannen aufkochen und in den Zuber gießen, und im Winter lag der Schnee so hoch, dass der kleine Keller nicht darüber hinweg sah. Dann holte er mit Onkel Jacques riesengroße Blechteller aus dem übel nach Maschinenöl riechenden Schuppen hinter dem Haus, hielt sich an den links und rechts befestigten Lederschlaufen fest und ritt über den Schnee ins Tal hinunter. War noch kein Weg freigeschaufelt, dauerte der Aufstieg zwei Stunden und Onkel Jacques stand mit der Pfeife im Mund am Fenster und lachte sich den Buckel voll.

Keller war Onkel Jacques nie böse, schließlich kam er für ihn aus einem anderen Jahrhundert, als es wahrscheinlich noch Drachen gab, viele Menschen zahnlos herumliefen und jeder Schweizer eine Hellebarde neben der Haustüre stehen hatte. Onkel Jacques hatte sicher einmal einen Drachen getötet. Und vorher diesen heißen Zaubertee getrunken, den er dem erschöpften Buben Keller als Belohnung für den erfolgreichen Aufstieg reichte, von dem ihm dann immer ein wenig schwindlig im Kopf wurde.

Im Sommer fuhr man die steilste Straße der Welt hinunter zum Bielersee und ging gegenüber der St. Petersinsel baden. Auch Onkel Jacques badete und Keller freute sich immer auf den kleinen Schauder, der ihn beim Anblick der großen, wüsten Narbe auf Onkel Jacques' Rücken erfasste. Sie stammte sicher vom Kampf mit dem Drachen oder vom Schwerthieb eines Burgunderkriegers, den aber Onkel Jacques sofort mit seiner Hellebarde um einen Kopf gekürzt hatte. Gegen Abend, wenn das Feuer brannte, wies Onkel Jacques Keller an, das Ufer der St. Petersinsel genau zu beobachten, denn es könnte sein, dass man Jean-Jacques Rousseau spazieren gehen sehe. Der sei ein ganz gescheiter Mann gewesen, der uns von vielem befreit habe – nein, nicht mit Schwert und Hellebarde, sondern mit seinen Gedanken, die in unsere Gedanken eingeflossen seien und in unseren Köpfen viel alten Mist weggespült hätten. Und tatsächlich, manchmal sah man durch das hoch stehende Schilf hindurch eine merkwürdige, gebückte Gestalt in einem schäbigen Gehrock.

Vielleicht war der Bielersee aber auch darum sein Lieblingssee, weil Kellers Vater an einem langweiligen Sonntag zu ihm sagte: „Komm, lass uns in den Bielersee pinkeln“, und sie sich aufmachten, in den Bielersee pinkelten, ein großes Eis auf der Terrasse eines Seerestaurants aßen und wieder nach Hause fuhren. Diese Tat hatte Keller ein Gefühl für etwas gegeben, das Freiheit sein könnte.

Jetzt stand er da, am Rande eines Parkplatzes, auf über 1600 Metern über dem Meer, und zeichnete in seiner Vorstellung die Uferläufe des unter der Nebeldecke versteckten Bielersees nach. Über dem Nebel thronten am Horizont die Alpen, aber mit deren Stattlichkeit konnte er nicht viel anfangen. Das war schon als Kind so gewesen, obwohl ihm immer wieder versichert worden war, wie großartig, wie einzigartig dieser Anblick sei und dass man diesen unbedingt genießen müsse. Für Keller war da nie etwas, das er hätte genießen können. Es waren einfach Berge, hoch und weniger hoch, manchmal ganz in Weiß, manchmal nur mit weißen Mützen.

Sie verstellten die Sicht. Wären sie nicht da, könnte man noch weiter sehen. So weit man sehen konnte. Dafür gab es kein Maß. Das hat Keller immer gefallen. Als Kind hatte er sich oft gefragt, was das Weiteste sei, was man sehen könne. Der Blick vom Hartmannsweilerkopf über die Rheinebene? Vom Niesen Richtung Genfersee? Von der Münsterpfalz nach Rotterdam, wenn man um die Ecke schauen könnte? Was der kleine Keller auch gleich versuchte, indem er sich verrenkte, bis Mutter ihn gerade stehen hieß. Oder im Flugzeug, am Ende des Steigflugs, über den Wolken bis nach Amerika? Und was war mit dem Mond? Und den Sternen? Da konnte man ja Millionen und Milliarden

Lichtjahre weit sehen. Als Keller dies begriffen hatte, war die Frage erledigt, dafür war er der Unendlichkeit einen kleinen Schritt nähergekommen.

Keller stieg die wenigen Meter zum Kamm hoch. Die außergewöhnliche Juralandschaft, die weit nach Frankreich hineinreichte, gefiel ihm da schon besser. Kein Schnee, grün in allen Schattierungen, dazwischen dunkle Löcher, Schluchten, die der Doubs mit seinem eigentümlichen Flusslauf durch die Hochebenen gefressen hatte, Dinosaurierland. Würde er jetzt einfach nach rechts abbiegen, den Kamm entlangwandern und zu der Bauernwirtschaft, aus deren Jukebox er zum ersten Mal „Jumpin' Jack Flash" der Stones gehört hatte, dann den Weg ins Tal nehmen, käme er zum Haus von Onkel Jacques. Ein Fußmarsch von drei, vielleicht vier Stunden, und er wäre zurück in seiner Kindheit. Bei heißem Kakao, trockenen Militärbiskuits – die der Vater immer Ziegelsteine genannt hatte – und Himbeersirup.

Keller blickte an sich hinunter. Er war mit den geflochtenen Sommerschuhen mit Ledersohle unterwegs. Nicht das geeignete Schuhwerk für eine Wanderung über Jurakalk, Waldböden und kuhfladengesäumte Weiden. Keller war auch nicht der Typ, der im Auto Wanderschuhe sowie ein Paar rote Socken für alle Fälle mit sich führte. Ja, es war überhaupt das erste Mal, dass der Wunsch nach einer längeren, richtigen Wanderung in ihm hochstieg. Zudem schmerzte ihn sein Hintern, die Hämorrhoiden waren noch nicht geplatzt und der weiche, lederne Autositz immer noch die beste Wahl. Also fuhr er hin.

Er parkte sein Auto etwas unterhalb des Hauses. Er hatte Onkel Jacques' Haus seit weit über 20 Jahren nicht mehr gesehen. Mit Christian war er einst hinaufgefahren, aber sie konnten den Schlüssel nicht finden oder er wurde von Jacques' Töchtern schon lange nicht mehr unter den Aschenbecher beim Toilettenfenster gelegt. Keller schaute trotzdem nach. Der Aschenbecher war zwar noch da, aber wie erwartet fehlte der Schlüssel. Das Haus, die Feuerstelle, der Schuppen und der Sitzplatz machten einen unbenutzten Eindruck, kurz vor der Verwahrlosung.

Sein vor 15 Jahren verstorbener Vater schlief in einem blauen Leinen-Liegestuhl. Keller kam es als das Selbstverständlichste der Welt vor.

Keller wischte abgeblätterte Farbfetzen, die schwach daran erinnerten, dass sie einmal bordeauxrot gewesen waren, von der verwitterten Bank, setzte sich und betrachtete die auf der Waldlichtung verstreuten Ferienhäuser. Einige waren Schandtaten der 1960er- und 1970er-Jahre. Halbe Einfamilienhäuser, die meisten ohne Rücksicht auf den traditionellen Baustil an den Hang geklebt. Andere waren Chalets, auch typisch für die damalige Zeit. Ganz aus Holz oder mit einem natursteingetarnten Betonsockel. Sie hießen „Erika", „Heimetli" oder „s'Höckli". Deutschschweizer Namen auf Holz- oder Eisenschildern von Deutschschweizer Hausbesitzern auf dem ersten Quadratkilometer der französischen Schweiz mit festen Deutschschweizer Nägeln eingeschlagen. Doch keines duckte sich so in den Hang hinein wie Onkel Jacques' Haus. Es hatte auch keinen Namen. Es brauchte keinen. Geliebte und Liebhaber des Hauses gaben die Namen. Das dürfte der Absicht Onkel Jacques' wohl am nächsten gekommen sein.

Keller drehte sich um. Der Schlafmohn war immer noch da. Er brach eine Kapsel vom Stängel, nahm seinen Schlüsselbund hervor, an dem ein kleines Taschenmesser hing und ritzte die Kapsel auf. Sie war zu reif, die Milch vertrocknet.

Seit Keller als knapp Zwanzigjähriger sich mit seiner damaligen Freundin Paula für eine Woche in diesem Haus unter der Bettdecke verkrochen hatte, hatte er Onkel Jacques im Verdacht, dass er ab und zu ein Opiumpfeifchen geraucht hatte. Zumal sie ein solches gefunden hatten und Keller in Sachen Drogen auch nicht der Unbedarfteste gewesen war.

Onkel Jacques, der seit mehr als vierzig Jahren tot war, nahm neben ihm Platz und bestätigte ihm, dass er sich schon ab und zu für ein paar Stündchen dem Opiumrausch hingegeben habe. Es sei aber ein *Sauchrampf* gewesen, das Zeug herzustellen und sorgfältig zu verstecken. Aber der Rausch und die Vorstellung, was sich die lieben Nachbarn zugeraunt hätten, hätten sie gewusst, dass der Jacques seine Hütte ab und an in eine Opiumhöhle verwandelte, hätten den Aufwand allemal entschädigt. „Aber die hier", Onkel Jacques riss eine Kapsel von einem Stängel, „sind hinüber, die hätte man vor gut sechs Wochen ernten sollen." Er erhob sich und sagte zu Keller, er würde jetzt ein Feuer machen, einen Tee kochen, er müsse im Schnapsgestell auch noch einen Absinth haben, aber natürlich nur, wenn er wolle. Und das mit dem Reden, das sei nicht immer so wichtig, er solle sich keinen Kopf machen. Dann nahm er seinen Gehstock, der an der Bank angelehnt war, schlurfte bis zur Hausecke und bog zur Feuerstelle ab.

Keller wollte ihm noch hintennach rufen, von wem er das mit der Sprache wisse, doch das Knirschen von Onkel Jacques' schweren Schuhen auf dem weißen Jurakalkkiesel war bereits verstummt.

Als er sich umdrehte, lag Kellers Vater wieder in dem blauen Leinen-Liegestuhl. Er setzte sich auf und warf ihm mit den Worten „Wer einen Brief schreibt, bekommt einen Brief" einen handschriftlich adressierten Umschlag zu. Keller fing ihn auf, zögerte aber, ihn zu öffnen. „Du kannst ihn auch später lesen", sagte sein Vater, zündete sich eine Zigarette an und lehnte sich zurück. Nachdem er den Rauch ausgeblasen hatte, meinte er: „Ich bin ja nur zu Gast hier, aber für dein Gastrecht bin ich dankbar, das ist schließlich nicht selbstverständlich, nach dem, was geschehen ist. Dies rechne ich dir hoch an. Aber", er nahm noch einen Zug von der Zigarette, „du bist ja mein Sohn und ich bin froh, dass ich dir ein Gefühl für Menschlichkeit, für Schuld und Verzeihen mitgegeben habe. Mehr habe ich nicht für dich tun können. Und mach dir keine Sorgen wegen dem Sprechen, das wird sich schon wieder geben."

Kellers Vater stand auf, streckte seinen Rücken durch und fügte an, er gehe jetzt zu Jacques, am Feuer sei es wärmer. Beim Vorbeigehen warf er Keller noch eine Zigarette zu, drehte sich an der Hausecke nochmals um, wiederholte, dass Keller das mit der Sprache nicht allzu ernst nehmen solle, lachte und verschwand hinter der weiß verputzten Wand.

Vorher, nachher, Schlag auf Schlag, ging es Keller durch den Kopf. Vorher war sein Vater weit weg, meldete sich hin und wieder in Träumen, meist in diesen auch als mächtiger Abwesender. Irgendwo, unerreichbar, saß er hinter einem Schreibtisch und seine Angestellten überbrachten Keller Anweisungen. Zu Gesicht bekam er ihn in diesen Träumen selten. Dabei war sein Vater in seinen Jugendjahren nicht abwesend gewesen, obwohl er von zu Hause ausgezogen war, als Keller zehn Jahre alt war.

Er hatte immer Zugang zu ihm und das Wochenende verbrachte er für gewöhnlich zu Hause. Üblicherweise brachte er Milchbrot, Semmeln und Croissants mit und pflegte mit Keller zu frühstücken. Wortreich wurde diskutiert, die neuesten politischen Entwicklungen kommentiert und geklagt: gegen Atomkraftwerke, gegen den Kapitalismus, für den Sozialismus, gegen den Hunger in der Welt; Gleichheit und Brüderlichkeit wurden gefordert sowie die Macht der Studenten- und Arbeiterschaft beschworen. Kellers Vater, seit jungen Jahren Kleinunternehmer, durch und durch liberal mit einem ausgeprägten Sinn für Menschenwürde, ließ jeden Disput zu, argumentierte, überzeugte und rannte nimmermüde gegen die ideologischen Mauern seines hochmütigen Sohnes an.

An jenem Samstagmorgen kam Keller von der Schule nach Hause, setzte sich an den Tisch, trank eine Tasse

Kaffee und verfolgte einen giftigen Dialog zwischen Vater und Mutter. Er hatte ihn schon tausendmal gehört, er hatte ihn bis über beide Ohren hin satt.

„Das Geld reicht nicht, du musst mir mehr bezahlen."

„Dem Geschäft geht es nicht gut, die Wirtschaftslage ist schwierig, die Kunden sparen."

„Aber für deinen Golfclub reicht es."

„Das ist Akquisition."

„Und für die anderen Weiber hast du auch Geld. Und an Weihnachten gehst du wieder in die Bonzenklinik, um abzunehmen. Und wir sitzen da."

„Soll ich gleich gehen?"

„Typisch, du machst es dir immer einfach. Immer davonrennen."

„Wollen wir jetzt das Wochenende in Ruhe und Frieden verbringen?"

„Dann mach mal was mit deinem Bub. Der hat nichts von seinem Vater?"

„Bin kein Bub mehr."

„Willst du was mit mir machen?"

„Gehe zu Paula."

„Siehst du."

„Gerade in diesem Alter hätte er seinen Vater am nötigsten. Du machst nichts, aber auch gar nichts mit ihm. Du kümmerst dich überhaupt nicht um ihn. Du hast keine Ahnung was er in der Schule macht. Alles hängt an mir. Ich habe es satt."

„Was läuft in der Schule?"

„Das geht euch nichts an. Alles im Fahrplan."

„Siehst du."

„So geht es auch nicht. Alle vierzehn Tage mal nachfragen."

„Er kommt mindestens einmal pro Woche ins Geschäft. Dann reden wir."

„Ach was, dann hängt er zwei Stunden am Flipperkasten und geht wieder. Von dir hat er nichts gehabt."

„Gottverdammi, ich muss Geld verdienen, Löhne bezahlen, AHV bezahlen, Miete bezahlen, Miete hier bezahlen. Ich bekomme nicht wie du einfach am Ende des Monats Geld aufs Konto."

„Das hast du so gewählt. Aber es kann nicht auf unsere Kosten gehen. Ich bin immer noch deine Ehefrau. Das ist dein Kind."

„Ich bin kein Kind mehr. Ich bin bald zwanzig."

„Du bist neunzehn."

„Ihr habt mir nichts mehr zu sagen."

„So geht es den ganzen Tag. „Du hast mir nichts mehr zu sagen. Sei still, lass mich in Ruhe, das geht dich nichts an." Er braucht seinen Vater. Hier. Jeden Tag."

„Brauch ich nicht."

„Bürschchen, solange deine Mutter und ich dein Leben bezahlen, geht uns das wohl was an."

„Geht euch nicht. Das ist eure verdammte Pflicht, verdammt!"

Zornesröte stieg in Vaters Gesicht und ehe sich Keller versah, bekam er links und rechts eine saftige Ohrfeige verpasst.

Keller flüchtete, schloss von außen die Haustüre ab, warf Vaters Schlüsselbund auf die Terrasse und ging zu seiner Freundin Paula, setzte sich an ihr Pult und schrieb

Vater eine erbitterte Anklage unter dem Titel „Du hast mir nie eine Seifenkiste gebaut".

Anderntags packte er seinen Rucksack und fuhr mit Paula zu Jacques' Haus hoch, wo sie sich liebten, kifften, gegenseitig Treue schworen und ewige Gespräche über ihr noch junges Leben und dessen Sinn und Zukunft führten.

Über den kleinen Lebensmittelladen in einer Seitengarage des einzigen Hotels am Ort ließ sein Vater ihm ausrichten, er solle ihn anrufen. Was Keller nach drei Tagen auch tat. Er wolle für eine Nacht vorbeikommen, würde für sie kochen, falls sie das wünschten, er würde sie aber sicher nicht stören, war Vaters Begehr. Keller sagte nach Rücksprache mit Paula zu.

Sein Vater kam, brachte Wein und Esswaren mit, kochte seine unwiderstehliche Carbonara, erwähnte weder den Vorfall am Frühstückstisch noch Kellers Klageschrift, hütete sich davor, Kellers schulische Situation anzusprechen, und unterhielt sich überhaupt mehr mit Paula als mit Keller. Als er am anderen Morgen früh abreiste, warf er dem noch schlaftrunkenen Keller mit den Worten „Wer einen Brief schreibt, erhält einen Brief" einen Umschlag hin und ging. „Warum ich dir nie eine Seifenkiste baute" lautete der Titel. Kellers Vater zählte darin auf, was er Keller gegeben hatte und was er nicht geben konnte.

Als Kellers Vater neun Jahre später verstarb, fand Keller bei der Wohnungsräumung wieder seinen eigenen Brief. Er heftete ihn an Vaters Brief, schob die Blätter in einen Umschlag, versiegelte ihn mit dem Familienwappen und wies das Bestattungsinstitut an, den Umschlag dem Sarg beizulegen.

Das Vorher war also da, stellte Keller trocken fest. Und es wusste Bescheid über das Nachher. Und das Nachher wusste Bescheid über das Vorher. Nur, was war zu tun?

Er hätte gerne mit Vater noch eine Weile gesprochen. Ihn um seinen Rat gefragt. Ihm seine zurückgelegten Wege erläutert, die damals oft im Unverständnis für die Eltern endeten, das sich aber später da und dort in Verständnis wandelte.

Er hätte ihm gesagt, wie wichtig die unzähligen Diskussionen für seine weitere Entwicklung gewesen seien. Nicht in erster Linie deren Inhalt, vielmehr dass überhaupt diskutiert worden sei und dies in einer angstfreien Atmosphäre, die keine Tabus gekannt hatte. Dass er mit den Jahren den unschätzbaren Wert dieses offenen Dialogs mehr und mehr erkannt und zunehmende Dankbarkeit dafür – sowohl Vater wie Mutter gegenüber – empfunden habe. Eine Kultur, mit der seine jetzigen Freunde und Bekannten während ihrer Jugendjahre nur vereinzelt vertraut gewesen waren. In ihren Familien hatte Ruhe geherrscht.

Keller saß noch eine Weile da, versuchte die Bahn der Sonne über den Alpen vorzuzeichnen, hoffte, einen Hasen zu sehen, rauchte eine Zigarette und bemerkte erstaunt, dass gar kein Wind wehte. Er hatte diesen Ort windig in Erinnerung. Nach der zweiten Zigarette war er versucht, zur Feuerstelle hinter dem Haus zu gehen und sich zu den Verstorbenen zu setzen. Die mögliche Enttäuschung, sie nicht vorzufinden, hielt ihn davon ab. Er wollte nicht nach Hause, er wollte seine Sprache wiederfinden. Er wollte durch große Türen gehen. Er wollte, dass Christian hierher käme, damit er ihm erzählen könnte, was er hier alles erlebt hatte: wie er und drei Schulkollegen sich hier oben auf die mündliche Matura vorbereitet hatten, wie sie innert fünf Tagen jeder sieben Bücher auf Deutsch, Französisch und Englisch gelesen hatten, wie sie nachts auf dem Hügel vis-à-vis unter Flutlicht Ski gefahren waren, wie er auf dem Schopfdach stundenlang mit einem Mädchen geschmust hatte, an deren Namen er sich aber nicht mehr erinnern konnte, nicht mal mehr an ihr Gesicht, und dass Onkel Jacques, wie vermutet, hier wirklich Schlafmohn angepflanzt hatte. Und auf Christians mögliche Nachfrage hätte er ihm Nutzen und Gefährlichkeit der verschiedensten Drogen erläutert.

Er wollte, dass Sandra Kauer eine Nacht mit ihm auf den feuchten Laken verbringen würde. Er hätte zwei Tage und drei Nächte für sie geheizt, hätte gewaschen, die Leintücher und Bettdecken in der Sonne trocknen lassen, hätte beim Bauern frische Milch, Butter, Käse, Honig und Schnaps geholt, hätte drei Flaschen des besten Weins, den der kleine Laden unter dem Hotel hergab, gekauft, dazu Kaffee und Wurst, er hätte Wasser aufgekocht und das Geschirr dreimal für sie gewaschen, die Granitböden feucht aufgezogen, die Wände von allen Spinnennetzen befreit, zwei Kessel Wasser in die Toilette gestellt und den Tisch für sie gedeckt, wie er noch nie für jemanden einen Tisch gedeckt hatte.

Was tun, Keller?, fragte er sich erneut. Er stand auf, trat nach vorne zur Trockenmauer, welche Haus und Sitzplatz gegen die Steilheit des Hanges stützte, erinnerte sich an die Mutprobe, die den kleinen Keller tagelang umgetrieben hatte, von der Mauer hinunter in den Abhang zu springen, zumal die Mauer, je näher sie zum Eingang des Hauses kam, höher und höher wurde und damit die Herausforderung wuchs und wuchs. So konnte man sich Tage vertreiben, sammelte wagemutige Sprünge mit halsbrecherischen Landungen, die man am Abend den Erwachsenen aufgeregt kundtat und die diese nur mit dem interessierten Anstand, den man einem Kind gegenüber aufbrachte, quittierten.

Er ging die Mauer entlang, wählte sich eine Höhe aus, die ein 46-jähriger, von Hämorrhoiden geplagter, sprachloser Mann noch bewältigen sollte, sprang, unterschätzte die Steilheit des Hanges, torkelte ein Stück, stürzte und blieb im Gras liegen.

Sein Hintern schmerzte. Er schloss die Augen. Kleine grüne Leuchtpunkte und dünne fluoreszierendblaue Fäden schwammen in dickflüssigem Dunkel. Er versank in sich, folgte den Punkten und Fäden bis an die Ränder des Universums. Und darüber hinaus; riskierte einen Blick in die Tiefe anderer Zeiträume, kehrte zurück, sah das Nachleuchten des Urknalls, fand den Boden von Rothkos Nr. 15 und war erfreut, dass der Kellers Vorstellung vom Nichts glich, tauchte zum Grunde des Meeres, legte die Stille zwischen Wissen und Wünschen frei, glitt den Hang hinunter, stieß sich wieder hinauf, drehte sich auf den Bauch, schaute zur Trockenmauer, auf der Jacques und sein Vater standen, und schätzte die Distanz seines Sprunges ab. Es war nicht viel, aber es war alles.

Keller rappelte sich auf, wischte behelfsmäßig Gras und Erde von seinen Kleidern, ging zum Auto und fuhr zum Hotel gegenüber der Talstation des Skiliftes.

Keller setzte sich auf die Terrasse, die seit geraumer Zeit im Schatten lag, bestellte ein „Tieeer“, was die Kellnerin mit „Pression“ bestätigte, worauf Keller nickte und anschließend seine Hände faltete, gegen seinen abgeschrägten Kopf hielt und dazu die Augen schloss.

Die Kellnerin schaute zuerst verwundert, entschlüsselte die Geste und fragte „Chambre?“, worauf Keller mit einem Nicken antwortete. Das Bier kam sofort. Hingegen schien der Wunsch nach einem Zimmer das anwesende Personal vor etliche Probleme zu stellen.

Nach einer Weile trat ein großer, schnauzbärtiger Jurassier an Kellers Tisch und setzte sich zu ihm. „Das mit dem Zimmer ist so“, hob der Schnauzbart an, „dass eigentlich keines in dieser Zwischensaison frei ist, und schon gar nicht für eine Nacht, aber für drei Nächte – darüber ließe sich reden. Ach, und zu Abend essen können Sie hier auch.“

Keller ging ohne zu zögern auf das Angebot ein. Der Preis war moderat und die Wettervorhersage auch nicht schlecht. So deutete er auf sein Bierglas und hob den Zeigefinger und beschloss, den Rest des Freitagabends auf sich zukommen zu lassen.

„Komme Ddich murgen holen, 11, paepi.“
„Okay.“

„Jurawanderung? sinntag, holen, 11, kallur."
„Ja, gerne. Und was ist mit heute Abend? LG Sandra."

Merde, dachte Keller, das habe ich völlig vergessen. In diesem Moment spürte er, dass er die Hosen voll hatte. Und der Schmerz oberhalb seines Afters hatte deutlich nachgelassen. Mit zusammengepressten Läufen stand er auf, ging ins Restaurant, die Bedienung wies ihm den Weg, ohne dass er danach hätte fragen müssen, und als er endlich auf der Schüssel saß, sich den Hintern abwischte, war das Papier voll Blut. Nachdem er sich, so gut es ging, gesäubert hatte, suchte er den kleinen Laden auf. Zum Glück gab es ihn noch, und er führte auch tatsächlich Damenbinden im Sortiment. Keller nahm eine Packung aus dem Gestell, dazu eine kleine Flasche Waadtländer Rotwein, legte beides auf die Theke und wartete, ob sich irgendjemand aus dem Hinterraum in den Laden bemühen würde. Aber da war niemand. Erst jetzt bemerkte er das Pappkärtchen, auf dem stand, dass man, falls niemand da sei, doch bitte die Waren oben im Restaurant bezahlen sollte.

Keller gab sich tapfer, ging nach oben, stellte die Binden und den Rotwein auf die Bar, die Bedienung kam, rechnete die Preise von Binden und Wein zusammen, kassierte und zuckte weder mit der Wimper noch lächelte sie verschämt. Während sie die Schublade der Registrierkasse schloss, fragte sie Keller, ob er heute Abend hier essen würde. Es gäbe Fondue mit Käse aus lokaler Produktion, 25 Franken pro Person, à discretion, bien sûr.

„Sûr, sûr", antwortete Keller recht verständlich und nickte sicherheitshalber dazu.

„Wir beginnen um acht. Ihr Zimmer ist übrigens fertig", sagte die kleine Rothaarige, gab ihm den Schlüssel und verschwand mit einem kecken Hüftschwung in die Küche.

Keller nahm Binden und Rotwein, drehte sich unter den fragenden Blicken der Stammgäste Richtung Tür und suchte den 2. Stock, 2. Türe rechts.

Es war ein liebloses Zimmer, typisches Siebziger-Jahre-Ambiente, der einzige Wandschmuck war ein verblasstes Alpenpanorama. Wenigstens schien es sauber, die Bettwäsche mit der braunbeigen Wolldecke machte einen frisch gewaschenen Eindruck, und im orange gekachelten Badezimmer gab es sogar Shampoo und Seife. Und einen Hygienebeutel für Damenbinden.

Keller ließ die Hosen runter, schaute sich die Bescherung an, war froh, dass nur die Unterhose voll Blut und Brandwasser war, wusch diese aus und legte sie über den gilbgelben Heizkörper. Dann bastelte er sich eine Windel aus Toilettenpapier und Damenbinde, legte sich aufs Bett und genoss die Befreiung vom Schmerz, die der schleichende Ausfluss der Hämorrhoiden hervorrief.

So scheußlich das Zimmer auch war, so unangenehm sich sein Hintern auch anfühlte, Keller spürte erstmals seit seinem zweiten Hirnschlag so etwas wie Entlastung. Die Dinge in seinem Kopf schienen sich wieder zu ordnen: Gefühl zu Gefühl, Verstand zu Verstand. Vater zu Vater, Mutter zu Mutter, Liebe zu Liebe, Hass zu Hass, Kindheit zu Kindheit, Alter zu Alter, Leben zu Leben, Tod zu Tod.

Mit der Ordnung kam Entspannung, mit der Entspannung Kraft für das Kommende. Ausreichende Stärke, um das, was er sich auf dem Chasseral vorgenommen hatte, auch wirklich umzusetzen. Rasch und doch zeitlich weder an Stunden noch an Tage, noch an Jahre gebunden. Und – in diesem Augenblick – auch nicht gebunden an Sprache und Rede.

Eine Leichtigkeit, wie er sie schon lange nicht mehr in sich gespürt hatte, machte sich in Keller breit, wärmte ihm den Bauch, ließ sein Herz unbelasteter schlagen. Er fühlte sich gut. Er roch sich selbst nicht mehr als stinkenden Fisch, um den sogar Katzen einen Bogen machten. Ja, so war er vielleicht für Sandra Kauer annehmbar. Als Fisch. Stumm. Sie musste sich nur noch darauf einlassen, als Meerjungfrau mit ihm leben zu wollen.

Er musste eingeschlafen sein, rüttelte doch der Klingelton seines Handys an seinem Traum von seltsamen keltischen Druiden, die einander tote Hasen in Kaffeetassen reichten. Er schrak hoch, suchte nach seinem Handy, bekam es zu fassen, aber es war bereits verstummt. Die Nummer gehörte Sandra Kauer. Und ihr war er noch eine Antwort schuldig, Heilandsack.

„Nein, verlaufen habe mich. Excuser, Koller", antwortete er und war mit sich zufrieden, da das Geschriebene schon recht richtig aussah. Für ihn zumindest.

„Schlimm?" Die Antwort von Sandra Kauer folgte auf dem Fuß.

„Nein, gut", antwortete er.

„Wirklich gut. Sonntag, 11 Uhr?", fragte sie nach.

„Ja, gut. Wirklich gut", war seine Replik. Das „Wirklich gut" hatte er von ihrer SMS kopiert.

Keller verschränkte seine Arme hinter dem Kopf und legte das Handy auf seinen Bauch. Die unverhofft gewonnene Zufriedenheit führte ihn erneut an den Rand des Schlafes. Seinem Hintern entfloss stetig Flüssigkeit. Dies war nicht unangenehm, zumal es ihm vorkam, als würde die Schwerkraft in ihm nachlassen. Er hatte das Gefühl, dass keine Buchstaben, Wörter, grammatikalischen Regeln oder semantischen Gesetzmäßigkeiten vor ihm flüchteten, im Gegenteil, es war, als würden Schwermut, Ziel- und Orientierungslosigkeit Reißaus nehmen und Platz schaffen für einen neuen, anders gestalteten Plan.

„Vielleicht einen Plan vom Glück“, drang der Chor seines Vaters und Onkel Jacques’ in seinen Sekundentraum, ohne dass es Keller bemerkt hätte. Was er aber registrierte, war das leichte Vibrieren des Handys auf seinem Bauch.

„Hey, Keller, ich freue mich auf dich, Sandra“, leuchtete das Display.

Erleichtert schrieb er zurück: „Ich auch mich, Koller.“

Am Tisch saß eine unerwartet junge Runde, dazu zwei alte Berggeister, die ihn freudig aufforderten Platz zu nehmen. Auf dem fein säuberlich gedeckten Tisch bildeten zwei Rechauds und drei Körbe mit gewürfelten Brotbrocken die Mitte, darum herum gruppierten sich acht Tischsets, bedruckt mit dem Bild der hiesigen Nachtskistation und den etwas eigenwilligen Anzeigen heimischen Kleingewerbes. Die dicken, klassischen Fondueteller mit rotgelbem Rand wurden von der Rothaarigen verteilt.

Neben jedem Weißweinglas standen ein Schnapsglas sowie ein kleines, dickwandiges Kelchglas. Und neben dem üblichen Kirschwasser befand sich hier noch eine Flasche Absinth. Dies vermutete Keller zumindest, klebte doch auf der grünen Flasche ein Etikett mit Blümchenrand, das mit „Fée Verte, 1997" beschriftet war. In einer Schrift, die einer alten Hand gehören musste, welche wahrscheinlich über Jahrzehnte schwarz gebrannt hatte.

Das kann ja heiter werden, freute sich Keller, aber viel mehr freute er sich darauf, einfach herumstottern zu dürfen, hinter dem Schutzwall des Französischen, das ihm, wie vielen Deutschschweizern, in der Schule verleidet worden war und seither ein Mauerblümchendasein in seinem ehemaligen gesunden Sprachzentrum fristete. Normalerweise war Keller froh, wenn er nicht Französisch sprechen musste, doch heute war er neugierig darauf, wie viel Schaden es durch seinen Hirnschlag wohl genommen hatte. Und er freute sich darauf, einfach radebrechen zu können, weder auf Worte noch auf Grammatik Rücksicht nehmen zu müssen.

Kaum hatte er Platz genommen, griff der alte Bauer rechts neben ihm zur Absinthflasche, nahm einen Speziallöffel mit Löchern und ein Stück Würfelzucker aus der Tasche seines abgewetzten braunen Kittels, legte den Löffel auf die Glasränder, auf den Löffel das Stück Würfelzucker, goss Absinth darüber und zündete den Würfel an. Der Zucker träufelte langsam ins Glas. Als der Zucker starke Blasen bildete, löschte er die Flammen mit Wasser, tunkte den Löffel mit dem restlichen Zucker in den Schnaps und rührte diesen um. Nachdem er das Ritual beendet hatte, nahm er Kellers Kelchglas und wiederholte es. Danach lächelte der Alte direkt in Kellers Gesicht, hob sein Glas und sagte: „Santé, bienvenu chez les vrais Jurassiens."

Keller stieß mit ihm an, bedankte sich für die Gastfreundschaft und nahm einen kräftigen Schluck. Es schüttelte ihn, ein Teufelsgebräu, ein Absinth der derbsten Sorte. Die Runde amüsierte sich köstlich über den „Schtobirn", den Deutschschweizer.

„Ischt gut für den Ranzen", sagte der Alte in einem Deutsch mit herrlichem französischen Akzent.

Das werden wir ja noch sehen, dachte Keller und griff nach der Wasserflasche, um den Absinth weiter zu verdünnen.

„Die grüne Fee, die beste Freundin des Fondues. Aber immer vorher nehmen", flüsterte der Alte Keller ins Ohr und freute sich dabei diebisch über seinen Scherz.

„Was machst du hier oben?", wollte der blauäugige Jüngling mit wirrem, dunkelblondem Haar links von ihm wissen, während er sich über den Tisch lehnte und die Rechauds anzündete. Ah, dachte Keller, der ist wohl ein Skilehrer, der jeweils am Wochenende den Bieler Mädchen den Kopf verdreht.

„Frage gut", antwortete Keller auf Französisch, „suchen meine Jugend verloren."

„Ah", meldete sich der Alte wieder, „warst du als Kind hier oben, in den Chalets?"

Diese Wachheit hatte Keller dem Alten nicht zugetraut. Der blinzelte listig aus seinen kleinen braunen Äuglein.

„Zu und ab, manchmal", antwortete Keller.

„In welchem Haus?", wollte der schnauzbärtige Tischherr am unteren Ende der Tafel wissen.

„Oh, kraus, in Franz", antworte Keller über die Flammen der Rechauds.

„Dann in Deutsch", ließ der Schnauzbart nicht locker.

Zu Kellers Glück war die rothaarige Bedienung gerade im Begriff, ein dampfendes Caquelon auf ein brennendes Rechaud zu stellen. Hinter ihr folgte eine dunkelhaarige Frau, die er bisher noch nie gesehen hatte, die ein weiteres Caquelon brachte. Eines war mit schwarz-weiß gefleckten Kühen, das andere mit Schweizerkreuzen verziert. Der Schnauzer stand auf, griff zur Kirschflasche und schenkte ungefragt jedem ein Glas ein. Als er bei Keller angelangt war, fragte er ihn nochmals nach dem Haus. „Gehörte es Solthurnern oder Bielern?"

„Soleure", antwortete Keller.

„Und wo? Gleich hier oberhalb der Skistation oder mehr Richtung Orvin?", wollte der Zeremonienmeister wissen.

„Orvin, Richtung, aber hoch", stakste Keller.

Der Alte neben ihm hakte jetzt ein: „Weißt du noch den Namen des Hauses?"

„Non, kein Name, weiß und Brot, Fels", antwortete Keller.

„Weiß, Brot, Fels?", fragte der Alte erstaunt.

„Weiß, Brot, Fels, ja!"

Die Tischrunde wurde still. Die Blicke richteten sich auf Keller. Keller wurde unsicher.

„Weiß, Brot, Fels?", wiederholte der Alte.

„Oui: weiß, Brot, Fels!"

„Also blanc, pain, rocher?"

„Nein, pain nicht", schüttelte Keller den Kopf.

„Pain?“ Der Alte zeigte auf den Brotkorb.

Keller schüttelte vehement den Kopf.

„Also kein Brot?“

Keller war verwirrt. Die Blicke der anderen trieben Brandpfeile durch seine Augen in den Krater auf der linken Gehirnhälfte, die die verbliebenen Worte in Flammen aufgehen ließen. Keller brannte nieder.

„Also weiß, Fels, hmmm, rot, meintest du vielleicht rot?“, versuchte ihm der Alte zu helfen.

„Brouge?“

„Ja, rouge“, nickte der Alte, legte Keller seine Hand auf dessen Arm und schaute in die Tischrunde, so lange, bis auch der Skilehrer den Blick von Keller abwandte.

„Wie heißt du?“, wandte er sich wieder an Keller.

„Keller.“

„Köllör? Einfach Köllör?“

„Ja. Einfach.“

„Joseph.“

„Gilbert“, schloss sich der Schnauzbart an.

„Ginette“, prostete ihm die Rothaarige zu.

„Roger, Skilehrer.“

„Und ich bin Pierre“, sagte der Alte mit dem verschmutzten Brillengläsern neben Joseph.

„Marie“, schloss die Dunkelhaarige die Vorstellungsrunde.

Alle langten nach den Brotwürfeln, stachen jeweils ein Brotstück mit der Gabel auf und tunkten es in die Käsesuppe.

Die Runde wurde still, aß, tauchte Brotbrocken um Brotbrocken in das Fondue, trank Glas um Glas, und der

Geruch nach Käse, Weißwein und Schnaps durchdrang zunehmend die ganze Kneipe. Keller nahm ihn nicht wahr. Keiner im Raum nahm ihn wahr. Sie befanden sich eingehüllt in einer wabernden Wolke, die vom Käsedampf der blubbernden Fondues unaufhörlich genährt wurde.

Nach einer Weile fragte Joseph Keller: „War es das Haus von Jacques Blaier? Blanc, rot, Fels?"

Keller nickte.

Joseph lächelte vielsagend.

„Er hat uns immer gut unterhalten", warf er ein.

„Sehr eigenartig, aber lustig. Waren auch immer spezielle Leute bei ihm dort oben im ‚Seelenloch'", fuhr Joseph fort.

„‚Lochherz'?", fragte Keller.

„‚Seelenloch'", korrigierte Joseph und legte wieder seine Hand auf Kellers Arm. „Köllör, du musst doch das Wasser hochpumpen, nicht?"

Köllör nickte.

„Das ist keine normale Zisterne, auch kein angelegtes Quellwasser-Reservoir oder eine Regenwasser-Zisterne, Köllör", sagte Joseph zwinkernd.

„Aha, sind wir bei den Räubergeschichten, Joseph? Komm, nimm noch einen Schluck, dann beginnen die Feen zu tanzen", rief Gilbert ihnen über den Tisch zu und schwenkte die Kirschwasserflasche.

„Hör nicht auf ihn", zupfte Joseph Köllör am Ärmel, „er weiß nichts, gar nichts. Er glaubt Gerüchten, aus Langeweile geborenen Gerüchten, die ganzen Wälder sind voll davon, sie echoen von Hang zu Hang, von Berg zu

Berg, seit Jahrtausenden gefangen. Man sollte sie alle mal in den Bielersee kehren. Aber es gibt auch wahre Geschichten. Die Seelenlöcher beispielsweise, die sind wahr. Es gibt eine ganze Menge davon im Jura. Dolmengräber, Köllör, Dolmengräber der Rauriker", schloss Joseph.

Keller nickte. Diesmal, weil er nicht wusste, was er sonst hätte tun sollen.

„Nun, wie auch immer, ich glaube es war Frühling, ich war siebzehn, Schnee lag auf alle Fälle keiner mehr, weil mein Vater saß wie immer vor dem Haus auf der Bank, mein Haus ist das im Rank, bevor es zu den Chalets hochgeht, mein Vater war trübselig geworden, seit meine Mutter gestorben war, das war damals noch nicht lange her, so saß er immer auf der Bank und schaute dem Gemüse beim Wachsen zu. Jedenfalls, Jacques kam zu mir herunter Milch, Käse und Butter holen. Übrigens, ich mache immer noch Käse, wenn du willst, Gilbert." jetzt richtete er sich an den Schnauzbart, „hol Köllör ein Stück. Also, er kam zu mir, und als ich ihm Milch in die Kanne schenkte, fragte er, ob es hier einen guten Platz gäbe, auf dem man ein Haus bauen könne. Was er denn unter einem guten Platz verstehe, fragte ich ihn. Ein Platz, der ein Ort sei. Eigentlich mehr als ein Ort, meinte er.

Dann winkte mein Vater mich zu sich. Es war einer seiner letzten Momente der Klarheit und vielleicht der letzte, an den ich mich erinnern kann, in dem er mit mir sprach. Darum kann ich mich so gut an die erste Begegnung mit Jacques erinnern. Zudem, wer fragt denn schon einen siebzehnjährigen Jungen, ob er ein gutes Stück Land, das zum Verkauf sei, kenne, n'est-ce pas?"

Keller nickte wiederum.

„Ich ging also zu meinem Vater und trug ihm das Anliegen von Jacques vor. Vater schaute mich lange an, griff nach meinem Arm und sagte: ‚Junge, mach es besser als ich. Verkaufe das Seelenloch. Schließe es. Es bringt nur Unglück. Es ist unser Fluch. Befreie dich davon. Mach einen Preis, den er nicht ablehnen kann. Mach. Ich kann es nicht mehr.'"

Also ging ich zu Jacques zurück und sagte ihm, ich hätte einen speziellen Ort. Mit Quelle. Ob ich ihn da hinführen solle? Jacques gefiel der Ort und er schlug auf den Handel ein. So wurden wir das Seelenloch los, obwohl ich keine Angst davor hatte, im Gegenteil."

Joseph tunkte sein Brot ins Fondue. Keller tat es ihm nach, schob das Stück in den Mund und klopfte mit der leeren Gabel auf den Rand des Absinth-Kelchs.

„Und, mit Geld?"

„Am Doubs Wald gekauft. Viele von uns, die den reichen Solothurnern und Bielern Land für ihre Chalets hier verkauft haben, haben am Doubs Wald fürs Holz gekauft. Dort war es am billigsten, nicht wahr, Pierre?"

Pierre nickte und „Köllör" wehte eine satte Kirsch- und Knoblauchfahne ins Gesicht. „Am steilsten", antwortete Pierre, als er Knoblauch und Brot endgültig hinuntergeschluckt hatte. „Es ist zwar ein schönes Stück Weg bis dorthin, Berg hinauf, Berg hinunter, Berg hinauf, an den Doubs noch weiter hinunter, aber wir hatten ja Zeit und man kam immer mit ein paar fetten

Forellen und ein paar Geschichten zurück, nicht war, Joseph?“

Der grinste in sich hinein. „Fette Forellen“, wiederholte Pierre und Joseph musste jetzt laut lachen. „Fette Forellen“, wiederholte Pierre nochmals ganz laut, und das alte Männchen Joseph schüttelte es jetzt derart vor Lachen, dass Keller befürchtete, er würde nicht nur sein mit Käse getränktes Brot, sondern sein ganzes Gebiss gleich über den Tisch verteilen. Über Josephs Lachen mussten nach und nach alle lachen, sogar der griesgrämige Gilbert konnte es nicht mehr zurückhalten, bis die ganze Runde inklusive Köllör grölte und Pierre immer wieder „Fette Forelle, fette Forelle“ wiederholte, um das Gelächter am Leben zu erhalten.

Gilbert hob mitten in die Ausgelassenheit sein Schnapsglas, rief „Auf die fetten Forellen, salut Köllör“ und prostete Keller zu, was dieser mit dem Hochheben des Weinglases und einem feuchtfröhlichen „Merci“ quittierte.

Plötzlich rief der Skilehrer: „Marie, Marie, zahlen, zahlen oder ausziehen, ausziehen!“

„Die Schönere ist Marie“, stellte Köllör fest. Marie stand auf, rührte mit der Gabel im Caquelon herum und protestierte laut, das sei nicht ihr Brotstückchen. Der Skilehrer wieherte, hieß Ginette eine Runde Kirschwasser ausschenken und legte eine Zwanzigfranken-Note auf den Tisch. Marie boxte ihn an die Schulter und nannte ihn einen Schweinehund.

Köllör griff zum Weißweinglas. Wenn es so weitergeht, dachte er, gehe ich nicht nur mit zwei Ös hier raus, sondern verliere auch noch die beiden Ls in der Mitte.

Nun nahm ihn Pierre zur Seite. „Hast du verstanden, Köllör? Die Seelenlöcher sind von den Raurikern. Gräber der Rauriker, verstehst du, Köllör? Unsere Vorfahren, Jurassier, Köllör!“

Köllör verstand gar nichts mehr.

„Kelten“, beantwortete Joseph Köllörs Fragezeichen im Gesicht.

„Die Gräber sind groß, man kann in sie hineingehen, es sind die Ein- und Ausgänge zur Anderswelt, verstehst du?“, fuhr Pierre fort.

Köllör dämmerte es langsam: Jacques‘ Haus war auf so einem Dolmengrab errichtet worden. Eine perfekte natürliche Zisterne und Quellfassung in einem; nicht unklug.

„Meine Mutter hat mich als Kind immer wieder dorthin geführt. Sie glaubte nicht an ein Unheil, das diesen Höhlen entsteigen sollte. Im Gegenteil. Ich musste in das Seelenloch hineinkraxeln, einen uralten, von Hand geschnitzten Zollstock in die Erde stecken, mit der Schnur, die am Ende des Stocks festgebunden war, einen Kreis zeichnen und dann genau so viel Erde abtragen und ihr bringen. Mutter behauptete, die Erde habe Heilkräfte, machte uns Kindern manchmal Umschläge damit, wenn wir krank waren. Sie strich sie mir auch um den Mund, was ich gar nicht mochte, weil ich stotterte. Das Stottern verlor ich dann, als meine Mutter starb und mein Vater diesen Dolmengräbern die Schuld an ihrem Tod gab und trübselig wurde“, erzählte Joseph, schob seinen Teller von sich und sagte: „Voilà, jetzt kann ich nicht mehr. Wenn ihr mir aber noch ein Stückchen vom Boden lasst, wäre das schön. Wie auch immer.“

Eigentlich hat der Alte recht, dachte Köllör und schob seinen Teller auch von sich. „Genug, suffit", sagte er zu Joseph und Pierre und nahm einen Schluck Weißwein.

„Es ist, wie es ist", sagte Pierre vor sich hin.

„Und auch da ist, was eigentlich nicht ist", fügte Joseph an.

„Eine Kuh macht Muh, die Hühner gackern, das Gras wird zu Heu, und der Schnee kommt und schmilzt."

„Weißt du, Köllör," wendete sich Joseph an Keller, du kommst doch aus der Stadt, du bist da sicher im Rennen um Positionen, Geld und Macht mitgerannt, bist gestürzt, aufgestanden und weiter gerannt, so wie alle dort unten, nicht? Und jetzt kommst du hierher weil dich irgendetwas getrieben hat und dich auf die Suche schickt, stimmt's?"

Keller war baff ob der Wendung, die das Gespräch plötzlich nahm.

„Weißt du, Köllör, man sagt nicht einfach so Brot, wenn man rot meint, und man sucht nicht nach seiner Kindheit, wenn man nichts verloren hätte. Zumal in einem ‚Seelenloch'. C'est vrai?"

Keller wollte etwas sagen, doch Joseph winkte ab.

„Du musst nicht sagen, was du nicht sagen kannst. Ich könnte das auch nicht sagen. Ich weiß nur, dass ist, was ist. Und was sich davon wegbewegt, sich wieder zurückbewegen muss. Irgendwann einmal, nicht?"

Keller schwieg.

„Siehst du, darum versuchte ich mich gar nicht zu bewegen. Einfach da bleiben und die Dinge, die da sind, zu nehmen, wie sie sind. Und verändert sich etwas oder kommt Neues dazu, versuche ich es zu ergründen, bis ich es verstehe und weiß, was es ist, und es schließlich wieder so lassen kann, wie es ist."

Keller schaute Joseph lange in die Augen und sagte dann: „Aber verändern, Fluss?"

„Verändern? Ja, Köllör, verändern tun sich die Dinge nicht, nur wie du sie betrachtest und annimmst, das verändert sich. Richtig, sie schwimmen im Fluss, sie sind aber, was sie sind. Man kann in den Fluss springen und mitschwimmen und das Gefühl bekommen, sie werden anders, und ich werde mit ihnen anders, aber das Einzige, was sich ändert, ist, dass man dabei nass wird, Köllör."

Joseph blinzelte ihn verschmitzt an.

Keller musste lachen. So einfach kann die Welt sein.

„Ich weiß, was du denkst, Köllör, aber es ist so. Mir geht es gut dabei. Ich mache meinen Käse, habe meine Kühe, das Land, das Gras, die Kälte und die Wärme. Das alles und noch viel mehr erzählt mir genug. Die Spuren eines Hasen, die hinterlassenen Kadaver der Füchse, der nervös scheue Blick eines Rehs auf der Waldlichtung oder die Stummheit eines Menschen vor dem Weinglas. Das kommt alles zu mir. Und was nicht zu mir kommt, kommt halt nicht. Du kamst ja auch zu mir, mit Münz im Hosensack und einem Milchkessel in der Hand. Der Käse und die Milch müssen dir geschmeckt haben, sonst würdest du nicht hier suchen, n'est-ce pas, Köllör?"

Joseph langte nach der Schnapsflasche, goss Keller, sich und Pierre ein und sagte: „Santé."

Keller wusste nicht mehr, wohin mit seinen Gedanken. Verloren hob er das Glas und nickte Joseph zu. Der Kirsch war noch rauer als zuvor.

Der Kirsch kommt zu mir, der Absinth kommt zu mir, das Fondue kommt zu mir, Joseph kommt zu mir, Sandra kommt zu mir, Stummheit kommt zu mir, dachte Keller und schaute leer in die Runde, die sich wie hinter einem unsichtbaren Vorhang aus Schall schluckendem Dunst befand.

Ich bringe mich zu Joseph, ich bringe mich zum Fondue, ich bringe mich zu Kindheitserinnerungen, ich bringe mich zum Kirsch, zum Absinth … ja was jetzt?

Bringen und holen?

Kommen und gehen?

Nehmen und geben?

Suchen und finden?

Verlorene und wiedergewonnene Worte?

Gelbe Post-it-Zettel?

Poesiealben für Aphasiker?

Vielleicht ist das ja alles schon vorbei.

Vielleicht bin ich an allem vorbeigerannt.

Als ich ruhte, kam Sandra Kauer. Seit ich mich leichter fühle, ist Joseph da.

Aber … mein Lieber … es ist nicht so, dass die Dinge nur nass werden. Irgendetwas hat mir einen Krater ins Gehirn geschossen. Und seither hat sich einiges verändert. Seither geht es nicht mehr ums Mitschwimmen, Joseph, seither geht es schlicht darum, den Kopf über dem Wasser zu halten.

Keller nahm einen Schluck Kirsch, drehte das Glas in den Fingern und stellte es neben den klassischen gelbroten Fondue-Teller.

Er drehte sich zu Joseph und sagte: „So sein nirgends, Joseph."

„Non, tu as schon raison, eh, wie sagt man – richtig? Grund? Egal, mais für mich es ist, es ändert, es ist. C'est ça."

„Oui, non, nein, nein, nein, du nicht changer rot und Brot, du nicht brouge et rouge wechseln. Du gerade, du ganz, gerade ganz, Verständnis?", redete sich Keller in Rage.

Joseph legte ihm die Hand auf den Arm und schaute ihn durch seine winzigen Augenschlitze an. Keller wollte den Arm wegziehen und etwas sagen, doch Joseph drückte einfach ein wenig fester.

Erst jetzt realisierte Keller, dass er zwei Worte korrekt auseinandergehalten hatte. Er nahm das Glas mit dem Kirsch und trank es in einem Zug leer. Dann blickte er auf Josephs Hand, die immer noch auf seinem Arm ruhte.

„Siehst du", sagte Joseph leise, hob seine Hand von Kellers Arm, fasste nochmals kurz nach ihm und leerte sein Glas mit dem Kirsch.

„Frère Jacques, Frère Jacques
Dormez-vous, dormez-vous?
Sonnez les matines, Sonnez les matines,
Ding dang dong, ding dang dong, ding dang dong,
ding dang dong, ding dang dong …",

grölte es von oben am Tisch. Der Skilehrer.

Köllör wusste, es war jetzt Zeit zu gehen.

Pierre stand auf, schwankte ein bisschen, richtete sich an Joseph: „Ich glaube, es wäre Zeit", worauf sich Joseph auch erhob, einen angerauchten Stumpen aus der Jackentasche fingerte, sich diesen in den Mundwinkel schob und mit Pierre sich bedankend und verabschiedend die Gaststätte verließ.

Köllör nutzte die Gelegenheit, erhob sich, zahlte, bedankte sich, wechselte einen kurzen Blick mit Marie, worauf ihn ein nicht weiter bestimmbares Gefühl vorauseilender Treue gegenüber Sandra Kauer beschlich, und verschwand auf sein Zimmer.

Keller wechselte noch seine Damenbinde, legte sich ins Bett und schlief zufrieden ein. Zufrieden, da er sich dem Leben wieder zugehörig fühlte, zumindest an diesem Abend. Er war mit seiner Behinderung nicht im Abseits gestanden, nein, er war der Mittelpunkt zweier alter Männer gewesen, denen er einen Faden zu ihrer Geschichte gelegt hatte. Vielleicht war es ja das letzte Mal, dass sie ihre Geschichte jemandem erzählen konnten, der sie auch hören wollte. Vielleicht schenkte er damit Pierre und Joseph ein wenig Versöhnung mit ihren vergangenen Erlebnissen und der Welt, die sie am Verlassen waren. Vielleicht bestärkte er ihre Tapferkeit für ihre letzten Meilen. Was wusste er schon.

Keller schlief traumlos. Die Mischung aus Weißwein, Kirschwasser und der grünen Fee steuerte das Ihrige zu seinem tiefen Schlaf bei. Keine Schulraumbeauftragten, keine Tassen, keine Pharaonen, Engländer oder Druiden kämpften sich durch seine Schlafphasen. Es war Ruhe in seinem Kopf. Die Wörter in der rechten Hirnhälfte organisierten sich im Schatten des Schlafs besser und besser. Dic Artikel zogen ihres Weges, ohne zu wissen, wann und wo sie die Orientierung verloren hatten, und Engländer und Tasse übten Liebesstellungen, irgendwo zwischen Lust und Trieb.

Nur einmal vernahm er an den Rändern des Schlummers „Frère Jacques, Frère Jacques, Dormez-vous, dormez-vous? …“, aber das war weit weg, am Flussufer der Zeit. Erst das Gepiepse seines Handys vermochte, ihn dem Tiefschlaf zu entreißen. Als Erstes fasste er sich an den Hintern, nahm die Damenbinde aus seiner Unterhose und stellte zufrieden fest, dass sie nur noch ganz wenige Blutspuren hatte. Dann ging er duschen, der Kater war leichter, als er erwartet hatte, rasierte sich und freute sich aufs Frühstück. Die rothaarige Ginette begrüßte ihn schläfrig. Bis um halb drei seien sie noch gesessen. Ob er nichts gehört habe? Sie hätten gesungen und getanzt. Keller schüttelte den Kopf. Dann vernahm er ein gleichmäßiges Schnarchen. Als er sich nach dem Geräusch umdrehte, musste Ginette lachen. „Roger, immer er“, schmunzelte sie und Keller sah den Skilehrer unter einer Wolldecke auf der Eckbank zufrieden schlafen. Er überlegte, ob er Ginette nach dem genauen Standort von Josephs Haus fragen sollte, unterließ es aber ob der wiedererwachten Scheu vor dem Reden. Der Kaffee war heiß, das Brot ofenfrisch mit schöner schwarzer Kruste, der Käse von Joseph und der Honig von Pierre, wie ihm Ginette versicherte. Er langte ordentlich zu, meldete sich zum Abendessen ab und brach danach auf.

Keller macht Geschenke.

Als Keller bei Christian ankam, stand dieser schon auf der Straße. Er bedeutete Keller, das Wagenfenster zu öffnen, und gab ihm ein Blatt. „Ich gehe jetzt so lange um den Wagen herum, bis du das gelesen hast. Wenn du fertig bist, kannst du ja die Scheibenwischer anlassen, dann komme ich", wies er Keller an.

„Paps

Ich bin froh, dass du wieder reden kannst. Wenn auch ein bisschen komisch. Aber das Komische ist besser als das Normale. Wir reden auch komisch, --:-), :-)), :-}, :-/, %-\, (*_*), (:-$, (00), (:-&, (#):-), LUV, WAMADUHEU, 2G4U, MAD, BSE, HASE, LOL.

Aber rede nicht immer über die Schule. Ich weiß, was ich zu tun habe.

Ich hoffe, dass du nicht mehr nur noch komisch reden musst.

Christian"

Keller las die Zeilen nochmals, verharrte einen Moment gerührt, faltete das Blatt sorgfältig zusammen und steckte es in seine Vestontasche. Dann ließ er den Scheibenwischer an.

Christian setzte sich in den Wagen und schaute geradeaus. Nach einer Weile des Schweigens sagte Keller: „Dank."

Christian drehte sich zu Keller: „Bitt."

Für einen Augenblick sahen sie einander nur an. Keiner rührte sich.

Keller stieß als Erster die Zeit wieder an und versuchte Christian zu umarmen und auf die Wange zu küssen. Dieser erwiderte halbherzig, aber ohne die Wange zu entziehen.

Keller startete den Motor.

„Halt", sagte Christian, „wohin fahren wir?"

„Sehen", antwortete Keller.

„Ich komme weder zu den Römern noch in eine Höhle, in kein Museum und auch zu keiner Burg mit", verweigerte Christian Kellers gesamtes Repertoire an Standardausflügen.

„Nein", antwortete Keller mit Nachdruck.

„Also, wohin?" Christian blieb hartnäckig.

„Sehen. Gut."

„Wohin?"

Keller musste sich jetzt beherrschen. „Wo ich so alt wie du", kam es aus ihm heraus.

Christian wusste darauf nichts mehr zu sagen, weil er nicht verstand, was Keller ihm damit sagen wollte. Mitleid brach seinen Widerstand.

Als sie losfuhren, trommelte Keller Christian mit der rechten Hand auf den Oberschenkel, wie er es früher immer getan hatte. Und Christian versuchte die Hand zu erwischen und sie für einen kurzen Moment zu halten.

Keller tankte, kaufte zwei Schokoladeherzen und brachte eines Christian. Auch das gehörte zu den Ritualen ihrer Ausfahrten.

Christian steckte seinen iPod an die Anlage des Autos an, drehte den Lautstärkeknopf auf und ließ Techno, Electronic, Minimal, House, oder wie immer es hieß, durch die Boxen stampfen. Keller protestierte nicht, drehte aber den Lautstärkenregler am Lenkrad einfach ein bisschen leiser. Worauf Christian wiederum an der Anlage selbst höher stellte. Das Spielchen spielten sie, bis sie sich auf eine Lautstärke knapp unterhalb Kellers Schmerzgrenze einigen konnten. Keller gab sich der Musik hin, genoss die Fahrt der Lützel entlang durch den dichten Wald, an dem bereits die ersten Farben des Herbstes anklopften. Floss der Bach rechts von ihnen, fuhren sie in der Schweiz, floss er links, waren sie in Frankreich. Die Straße war typisch für die Region, zollfrei, ideal zum Schmuggeln. Bevor die Straße in den Wald eintauchte, lag in einer breiten Talsenke ein kleines Dorf, in dem die eine Hälfte der Bewohner Kreier, die andere Keller hieß. Die Senke war an allen vier Seiten von Hügeln eingeschlossen, die Zufahrten waren unwegsam. Eine natürliche Enklave, katholisch, über lange Zeit im Besitz eines Klosters, das am anderen Ende der Zollfreistraße an einem kleinen See liegt und heute ein Altersheim für Priester ist.

Dem Menschenschlag wird eine gewisse Engstirnigkeit nachgesagt, was wohl auf die Jahrhunderte anhaltende Isolation zurückzuführen ist. Zumal die Kleinlützler nach der Reformation auch eine religiöse Enklave bildeten, dem katholischen Frankreich zugeneigt, dem reformierten Umland den Rücken kehrend. So pflegten sie ihre Eigenheiten, Macken und Schrullen, brachten sie an Kriegen, Macht- und Kantonswechseln vorbei, heirateten untereinander und hielten so den Besitz in den eigenen Reihen. Und heute sind alle miteinander verwandt und verkracht, grüßen einander nicht mehr auf der Straße, boykottieren gegenseitig die Familienfeste, sitzen in der Kirche weit auseinander, besuchen nur die eine oder die andere Dorfkneipe und wispern sich vor dem Schlafengehen gegenseitig ins Ohr, was der Klatsch des morgigen Tages sein sollte. Und alles nur, weil das Bauernland Bauland wurde und jeder das Gefühl hatte, von seinen näheren oder weiteren Verwandten bei der Erbteilung übers Ohr gehauen worden zu sein.

Keller war froh, nicht von den Kellers dieses Dorfes abzustammen. Er hatte zwar Wegelagerer, Geköpfte, Bankrotteure, aber auch ehrliche Arbeiter, Kommunisten und Unternehmer in seinem Stammbaum. Ihre Leben hinterließen Spuren, die Abenteuer, Wildheit, Wagemut und Freiheit versprachen. Wie zum Beispiel die jenes Kellers, der am 12. Februar 1784 gegen halb drei Uhr nachmittags einen Heißluftballon über die Dächer von Solothurn hatte steigen lassen, was ihm den Ruf des ersten Schweizer Luftfahrtpioniers eingebracht hatte. Allerdings hatten ihm die Hohen Herren der Stadt weitere Versuche untersagt, da bei der nicht ganz punktgenauen Landung mehrere Hütten in Brand geraten waren, was Kellers Geschlecht auch noch den Ruf von Brandstiftern einbracht hatte.

All dies hätte Keller Christian gerne erzählt.

Beim Priesterpensionat stieg die Straße an, der Blick nach Frankreich wurde frei, grenzenlose Felder, Waldflecken – bäuerliche Randzone eines großen Landes. Die plötzliche Offenheit des Blickfeldes, der Horizont, der nicht mehr die scharfe Trennlinie der Gebirgskonturen bildete, sondern sich irgendwo in den gräulichen Blautönen des Himmels verlor, veranlassten Keller, das Fenster zu öffnen und nach dem Meer zu riechen. Den Atlantik, durchsetzt mit dem Geschmack der kleinen Äpfel der Normandie: Manchmal roch er ihn.

„Riech, Meer", sagte er zu Christian und ließ das Fenster auf der Beifahrerseite hinunter.

Da war kein Meergeruch. Weder von Tang noch von Algen. Bestenfalls stank es nach frisch ausgebrachter Gülle.

„Kann nichts riechen", sagte er zu seinem Vater. „Nur Gülle."

Keller musste lachen.

Klar: Gülle! Der Atlantik war etwa so weit weg, wie ihn Kellers aufgestaute Sehnsucht nach Weite herbeiwünschte.

„Kein Meer", wandte er sich an Christian.

„Nein, nur Gestank", antwortete dieser. „Stinkt es eigentlich stärker, wenn man nicht mehr reden kann?", fragte ihn Christian.

Gute Frage, dachte Keller. „Riech nicht, aber hören, Zeit und Zeit", antwortete er.

„Ja?", fragte Christian überrascht nach.

„Ja", bestätigte Keller und fügte verschmitzt hinzu: „Wenn Wind gut."

„Aha", lächelte Christian, „dann früher zu Hause Wind oft nicht gut, was Mann?"

„Mann, nein … ja", lachte Keller.

„Mit Mama viel Durchzug gehabt, oder Mann?“, fuhr Christian fort.

„Ja.“

„Viel Ohr zu. Darum gegangen. Weil nix mehr gehört, Mann?“

Christian traf den Nagel auf den Kopf. Keller hatte mit seiner Frau nicht nur nicht mehr geredet, als er noch reden konnte, er hatte ihr auch nicht mehr zugehört. Jeder ihrer Sätze erschien ihm als eine geringfügig veränderte Kopie des vorhergegangenen. Wie ein Suchbild „Finden Sie den Unterschied“.

Aber auf der Suche war er schon lange nicht mehr. So enthielten die Sätze seiner Frau für ihn keine differenzierten Inhalte mehr, sondern tönten bloß noch. Eingebettet in ein Grundrauschen, aus dem die einzelnen Töne nur noch unter Anstrengung als Mitteilungen herauszufiltern waren. Wobei Anstrengung den Willen zur Unterscheidung meinte. Mit der Zeit hörte er immer weniger hin und verstummte nach und nach.

Damals hatte er Frau und Sohn verlassen, weil er auf diese Art und Weise weder leben wollte noch weiterleben konnte. Er hatte keine Chance mehr für die Beziehung gesehen, die Gefühle waren weg gewesen, bestenfalls noch geschwisterlicher Natur. Um so etwas bis zum Lebensende oder dem Auszug von Christian durchzuziehen, hatte er sich einerseits zu jung gefühlt und andererseits hatte dies nicht seinen Vorstellungen von einem guten Zusammenleben entsprochen. Von seinem Leben.

Aber dass er sich kurz darauf halb verstummt durch die Zeit zu kämpfen hatte, damit hatte er auch nicht gerechnet. Eingeschlossen in Gedanken und Gefühlen, die er jetzt nur noch bruchstückhafter mitteilen konnte als damals mit Sprache. Sie schwirrten um ihn herum, blieben an ihm hängen, lagerten sich ab und formten nach und nach den Bodensatz für Misstrauen, Argwohn und einen Haufen falscher Vermutungen. Nein, so hatte er sich das weiß Gott nicht vorgestellt.

„Ja, Mann, viel Ohr zu", antwortete Keller, lachte und freute sich über die wunderbar ungezwungene Unterhaltung mit seinem Sohn. Er steuerte den Wagen bei der nächsten Abzweigung auf einen Umweg über St. Ursanne. Der heilige Ursicinus, ein Einsiedler des 6. Jahrhunderts, über dessen Grab das schmucke Städtchen am Doubs erbaut worden war, sollte seine schützende Hand mit Buch und Lilie über den unbeschwerten Dialog halten.

„Viel Wind, damals. Jetzt ich im Wind, nicht du, Mann", sagte Christian trocken.

Keller zuckte kurz zusammen, gab leicht mehr Gas, drosselte dann seine Erregung wie die Geschwindigkeit des Autos und antwortete ganz ruhig: „Ja, jetzt du Sturm. Ändern, ich kann?" Stille. Der elektronische Beat und ein breiter Keyboardteppich waren das einzig Hörbare. Die Fahrt schien sich für einen Augenblick selbst voranzutreiben.

„Nein", sagte Christian. „Jetzt schon gar nicht mehr, du hast dich abgeschnitten."

„Sagt Mama?"

„Ja, Mann."

„Und du?"

Christian schaute zum Fenster hinaus. Der Himmel war blau, aber eng. Es ging bergab. Die Trampelpfade der Kühe schnitten Höhenlinien in die steilen Hangweiden. Die Straße war eine Serpentine, Spitzkehre folgte auf Spitzkehre.

„Scheiße", murmelte Christian.

„Warum?", wollte Keller wissen.

„Andere können es auch", gab sich Christian einsilbiger.

„Was, auch können?", hakte Keller nach.

„Ein Freund von mir, dessen Eltern sind auch getrennt, da hat der Vater sogar eine Freundin und die hat Kinder und trotzdem gingen sie alle zusammen in ein Konzert. Einfach normal, Mann."

„Normal?", staunte Keller.

„Ja, normal. Miteinander reden, wenigstens so viel du kannst. Und mit mir. Auch so viel du kannst. Ihr braucht nichts vor mir zu verstecken. Es ist, wie es ist, Mann." Christian schaute Keller in die Augen.

Keller konnte nichts erwidern. Zu viel ging ihm zu unklar durch den Kopf.

Christian spürte die Unsicherheit seines Vaters. Und doppelte nach: „Mann, es war Scheiße, als du gingst. Du hast einfach nichts zu mir gesagt …"

„Gesagt, gesagt", fuhr Keller dazwischen, konnte dann aber die weiteren Gedanken nicht mehr in der erforderlichen Geschwindigkeit formulieren.

„… gar nichts habt ihr gesagt, gar nichts, weder du noch Mama. Nicht mal gagagaga, dudududu, dodododo … nichts. Ich war kein Baby mehr, Mann. Ich konnte schon denken und sprechen. Im Gegensatz zu euch", ereiferte sich Christian.

Keller tat so, als konzentriere er sich auf die Straße. Tränen kamen hoch. Christian hatte recht. In den Wirren und im Schmerz der Trennung waren sie einfach über ihn hinweggegangen. Kein Wort zur Situation, ein knappes, trauriges Schauspiel zur Übermittlung der Botschaft, dass Keller jetzt ausziehen würde. Ohne Angabe wirklicher Gründe, nur offene Fragen hinterlassend.

„Ja, Baby nicht", versuchte Keller etwas zu sagen. Einfach damit irgendetwas gesagt war, damit der seidene Faden, der sich zwischen ihnen endlich wieder zu spannen begann, nicht zerriss.

„Ja, Baby nicht", äffte ihn Christian nach. „Wo fahren wir jetzt eigentlich hin?"

„Hunger?"

„Ja, Hunger, Mann", antwortete Christian.

Sie fuhren aus dem Tannenwald hinaus und unter einem Eisenbahnviadukt hindurch. Der Doubs lag vor ihnen, floss ruhig und langsam am Ausgang der Hundertachtziggrad-Wende wieder in die Richtung zurück, aus der er kam. Daher auch sein Name: „Dubius", ungewiss, unberechenbar. Als zweifelhaft empfand ihn auch Keller, seit er im Geografieunterricht auf Geheiß des Lehrers mit dem Finger dem Flusslauf nachgefahren war und verwundert festgestellt hatte, dass der Fluss sich nach kurzer Wegstrecke gegen sein Schicksal stemmte und seine Wasser nicht wie vorbestimmt in den Atlantik, sondern ins Mittelmeer ergoss. Den Einwohnern von St. Ursanne konnte es recht sein, kamen sie auf diese Weise doch in den Genuss der besten Forellen diesseits der Alpen. Und genau so eine wollte sich Keller zum Mittagessen vorsetzen lassen. Im Weißweinsud gekocht.

Die Terrasse über dem Fluss war Kellers Lieblingsplatz in St. Ursanne. Hier hatte er vor langer Zeit mit Paula Forelle gegessen, nachdem sie sich auf einer kleinen Insel mitten im Doubs, durch Schilf und hohes Gras vor den Blicken der Sonntagsspaziergänger geschützt, geliebt hatten. Obwohl er sich bis dahin nichts aus Forellen gemacht hatte, war es die beste Forelle seines Lebens. Und dabei blieb es. So konnte es seine gute Laune auch nicht vermindern, dass Christian, wie vorauszusehen war, weder Forelle blau noch mit Mandeln, geschweige denn in Weißwein gekocht wollte. Er war knapp für Schnitzel mit Pommes frites zu haben, erkundigte sich aber gleich nach den Nachspeisen. So war er, und so wurde er von Keller geliebt.

Christian musste gegen die Sonne anblinzeln. So konnte er seinem Vater schwerlich in die Augen sehen. Was er aber gerne getan hätte. Er fühlte sich gut, ja stark. Stark gegenüber seinem Vater. Das erste Mal in seinem Leben. Nicht weil sein Vater nicht mehr richtig reden konnte und er ihm daher überlegen war. Nein, weil er ihm zum ersten Mal seine Meinung gesagt hatte. Weil er ihm zum ersten Mal als Christian Phillip Keller entgegengetreten war.

„Jetzt? Und?“, fragte Keller.

Christian schaute auf das Fließen des Doubs. Kleine und kleinste Wirbel bildeten sich auf dessen Oberfläche, wenn Wasserflöhe von hier nach dort rannten oder von einer Forelle geschnappt wurden. Tannenzweige, Äste und Blätter trieben als Anhalter auf Zeit dem Meer entgegen. Eine weiße Kaffeetasse, die für ein neuartiges

Kaffeesystem warb, schwamm auf ihn zu. Mädchengekreische war von der nahen Badeanstalt zu hören.

„Schau“, sagte er zu Keller und wies auf die Tasse in dessen Rücken.

Keller drehte sich um und sah die Tasse. Ihr Anblick stach ihm ins Herz. Das ganze Wohlgefühl war weg. Er hätte dieser lächerlichen, aufgeblasenen Tasse am liebsten mit einem gezielten Schuss die Luft rausgeballert und sie so für immer auf den Grund des Unberechenbaren versenkt. Dagegen trieb ihm die schwimmende Tasse ihre Bezeichnung wieder auf die Zunge, in die Mundhöhlen, hinter den Gaumen, kroch den Schlund hinunter, setzte sich in den Kehlkopf und spielte Maultrommel. Das Wort war zum Greifen nah und gleichzeitig weiter entfernt als Mond und Sterne zusammen. Er drehte den Kopf und schaute zu Christian.

„Was ist?“ Christian spürte die Erregung seines Vaters.

Keller zeigte zerknirscht auf die schwimmende Werbetasse: „Erstes Wort.“

„Was erstes Wort?“

„Weg. German Bavaria, Tschärrum Klavier.“

„He?“

„Da.“

„Tasse?“

Keller nickte.

„Tasse war das erste Wort, das weg war?“, fragte Christian ungläubig nach.

Keller nickte abermals und fügte hinzu: „Morgen.“

„Einfach so?“

Keller nickte.

„Mann."

Sie schwiegen. Die Tasse war jetzt auf ihrer Höhe angekommen. Aus der Tasse kam plötzlich der Kopf einer jungen Frau zum Vorschein. Vom anderen Ufer her warf ihr ein Mann ein Tau zu. Sie fing es auf, und der Mann zog sie mit der Tasse ans Ufer. Die beiden wechselten ein paar Worte, die Frau stieg aus der Tasse, worauf sie die Tasse auf einen Motorrad-Anhänger hoben, sie mit Gummizügen befestigten und davonfuhren. Still staunend hatten Vater und Sohn die Vorgänge beobachtet. Sie verfolgten den Weg des Motorrades mit der Werbetasse, bis nur noch dessen Knattern zu hören war. Sie hingen dem Ton und ihren Gedanken nach, ohne zu merken, dass die Bedienung mit zwei Tellern am Tisch stand. Beinahe gleichzeitig nahmen sie die Serviette auf, Keller bettete sie auf seinen Schoß, Christian legte sie neben sein Glas, worauf die Serviertochter die Teller vor sie hinstellte. Die Köpfe geduckt, warteten sie, bis die Bedienung im Inneren des Restaurants verschwunden war, dann blickten sie hoch, schauten einander in die Augen und lachten los. Sie schüttelten sich vor Lachen, Tränen stiegen ihnen in die Augen, und als die Serviertochter unter dem Türsturz erschien, um zu sehen, was denn hier so lustig sei, prusteten sie gleich nochmals los. Christian konnte ihr mit Händen und Füßen klarmachen, dass sie nicht ihretwegen lachten, worauf sie kopfschüttelnd verschwand und die beiden gleich wieder loslachten. Schließlich beruhigten sie sich nach einer Weile und aßen – Keller seine Forelle, Christian sein Schnitzel. Und sie schwiegen miteinander – eine gute Handvoll Zeit lang.

„Schwimmen?“, fragte Keller Christian, nachdem er seinen leeren Teller zur Seite geschoben hatte.

„Schwimmen?“

„Schwimmen!“

Christian schaute auf den Fluss hinunter: „Da drin?“

Keller nickte.

„Weiß nicht“, sagte Christian, „habe keine Badehose dabei.“

„Kenne Stelle. Gut.“

„Ohne Badehose?“

„Geht. Keine auch.“

Christians Zögern erinnerte Keller daran, dass er als Sechzehnjähriger wohl auch nicht mit seinem Vater nackt in einen Fluss gesprungen wäre. Er hätte sich in diesem Alter zu sehr für sich wie für seinen Vater geschämt. Und prompt kam auch von Christian das finale „Keine Lust“.

„Wohin?“, fragte Keller.

„Wohin? Weiß nicht. Du kennst dich hier aus.“

Keller wusste nicht mehr weiter. Er stand auf und ging hinein, um die Rechnung zu bezahlen. Und jetzt, wohin?, überlegte er. Der ursprüngliche Plan, Christian Onkel Jacques’ Ferienhaus zu zeigen, hatte sich durch die aufgekommene Stimmung überholt. Er ängstigte sich davor, ihre Zwiesprache mit Schilderungen von Kindheitserinnerungen und der Beschreibung von meist bereits toten Menschen, zu denen Christian letztlich keinerlei Bezug hatte, zuzutexten. Und auch das Band der Verwandtschaft genügte nicht, um für Christian einen spannenden Bezug zum erweiterten Personal von Kellers Zeit des Heranwachsens herzustellen.

Als er bezahlt hatte, entschloss er sich, einfach mal loszufahren, Richtung Westen, über die sanften Höhen der Freiberge. Irgendwann würden sie auf etwas stoßen, das auch für Christian interessant genug wäre, um anzuhalten. Oder sie würden wieder umkehren, wenn sie fühlten, dass die Zeit dafür gekommen sei. Schweigend oder redend.

Als sie ins Auto stiegen, fragte Christian: „Wohin?"

„Nicht weiß", antwortete Keller.

„Gut."

Keller entschloss sich, weiter dem Doubs entlangzufahren. Nach ein paar Kilometern gelangten sie nach Frankreich und im Städtchen St. Hippolyte nahm Keller die Abzweigung, die zunächst nach links und somit über kurz oder lang wieder in die Schweiz führte. Eine unangenehme, weder schmale noch genügend breite Straße wand sich in engen Kurven und durch einen dunklen Tannenwald den Hang hoch. Etwa vierhundert Höhenmeter dem Himmel näher, öffnete sich ein flaches Plateau. Staubig, wenig besiedelt, von abweisender Spröde.

„Wie Wild West", meinte Christian. „So anders."

„Weit anders", bestätigte Keller.

„So nah und so anders."

„Nah anders."

„Andere anders."

Sie mussten beide lachen.

„Weißt du noch", hob Christian an, „in Rotterdam, Havens 1–999, Havens 1001–4999, Havens 5001–9999, und als wir gemeint haben, jetzt kämen keine Havens mehr, kam das Schild mit ‚Andere Havens'. Das war übrigens eine tolle Reise, Papa."

Keller steuerte seinen Wagen über die Hochebene, vorbei an stattlichen Kühen, welche die Milch für den wunderbaren Rohmilchkäse Comté abgaben, und war einfach glücklich.

„Machen wir wieder mal so eine Reise? Madrid würde mich reizen, oder Helsinki, das wäre auch cool", wandte sich Christian an Keller.

„Helsinki?", fuhr Keller herum.

„Ja, ist sicher schräg, musst auch nicht sprechen, kannst ja eh kein Finnisch."

„Nicht du auch."

„Klar, aber Englisch, ein wenig."

„Nicht hinkommen."

„Was – nicht hinkommen?"

„Genug nicht."

„Was? Englisch?"

Keller nickte.

„Na ja, zusammen wird das schon gehen. Und dein Deutsch ist zurzeit wahrscheinlich auch nicht weit weg vom Finnischen", scherzte Christian.

Sie fuhren auf eine Kreuzung zu, keine Schilder wiesen den Weg, Keller wusste nicht mehr weiter und hielt.

„Was soll das?", fragte Christian erstaunt. „Geht mit dem Reden auch die Orientierung verloren?"

Keller war für einen Augenblick irritiert. Der Moment war ihm aber zu kostbar, als dass er eine Verstimmung hätte aufkommen lassen.

„Da? Da?" Keller zeigte auf die beiden Möglichkeiten den Weg fortzusetzen.

Christian zuckte mit den Schultern: „Du bist der Boss."

„Links!“ und nahm die Straße rechts. Christian wollte ihn auf den Irrtum hinweisen, ließ es aber bleiben. Irgendwo hatte er mal gehört oder gelesen, dass Menschen, die einen Schlaganfall hatten, Mühe bekundeten, links und rechts auseinanderzuhalten.

Nach etwa einem Kilometer endete die Straße in einem Feldweg. Keller wendete, fuhr zur Kreuzung zurück und nahm die andere Straße, welche nach etwa 800 Metern bei einem Bauernhof als Sackgasse endete.

„Andere Havens“, bemerkte Christian trocken.

Keller schmunzelte. „Und jetzt?“

„Heim.“

„Heim?“, fragte Keller verdutzt.

„Ja, heim“, bestätigte Christian.

Damit du wieder vor deinem beschissenen Computer sitzen kannst, wäre es Keller beinahe fehlerlos über die Lippen gekommen, wenn er den Satz ausgesprochen hätte. Aber er unterließ es. Er spürte seinen Sohn wieder, und das war das Wichtigste.

„Zusammen mit Mama reden“, sagte Keller.

Christian nickte.

„Sagen was denken du?“

Christian nickte abermals.

„Sag was?“

„Ja, verdammt noch mal, ja, ich will es auch“, antwortete er schroff.

Keller schwieg, wendete den Wagen, fuhr zurück zur Kreuzung, zurück ins Kaff, zurück in die Richtung, aus der er gekommen war, und schließlich zurück nach St. Ursanne, nach Kleinlützel, nach Basel, vor Christians Heim.

Meist schweigend. Keine Schilderung von Keller über historische Vorgänge, die am Wegrand lagen, keine Ausführung über familiengeschichtlich Relevantes, weder Bemerkungen noch Fragen zur Schule. Als sie bei Christian ankamen, küsste Christian Keller auf die Wange und sagte: „Ja, nächsten Sonntag, ich rede für dich, okay?“, schloss die Wagentür auf, knallte sie wieder zu und ging. Keller umklammerte für einen Augenblick das Steuerrad ganz fest, wischte sich mit dem Ärmel ein, zwei Tränen aus den Augen, startete den Motor und fuhr zu sich nach Hause.

Hier setzte er sich mit einer Flasche Rotwein, Käse und Brot auf den Balkon. Es war noch warm, doch der Herbst kündete sein Kommen auch hier über vereinzelt gelbe Blätter an. Er entkorkte die Flasche, schenkte sich ein Glas ein, brach das Brot, schnitt sich ein Stück Käse ab, aß und trank.

Nach einer Weile zog er sein Handy aus der Jackentasche und rief Christian an.

„Hallo.“

„Helfen du?“

„Wem?“

„Mich.“

„Wann?“

„Nun.“

„Warum?“

„Frage nicht. Kommen.“

„Okay.“

Keller nahm noch einen Schluck Wein, ging dann zum Wandschrank neben der Garderobe, öffnete ihn und nahm die in Geschenkpapier eingepackten Kinderbücher hervor. Er war erstaunt darüber, dass er sechs dieser „ABC-Bücher" gekauft hatte. Er hatte weniger in Erinnerung. Er legte sie auf den Küchentisch, ging zurück auf den Balkon, goss Wein nach und wartete auf Christian.

Als Christian kam, führte er ihn auf den Balkon, holte Eistee aus dem Kühlschrank und bot ihm Brot und Käse an. Christian langte zu.

„Was muss ich dir helfen?"

„Spielen Weihnachtsmann."

„Wie?"

„Rede verteilen, Rede verschenken."

Keller stand auf und holte die eingepackten Bücher.

„Was ist da drin?"

„Sprach."

„Duden, oder was, Mann?"

„Redlernhafter."

„CD's?"

„Redlernwälz … Buch für Neue."

„Diese Buchstabenbücher, die ich auch hatte?"

Keller nickte.

„Und wem willst du die schenken?"

„Die geschildert. Neu im All."

„Hä?"

„Neu im All … Ausweis an Pforte … für gebärt, bald, oder gewesen."

Christian musste lachen.

„Ja, kapiert, ja komm, das wird lustig. In dieser Gegend hat es ja genug."

Keller hatte zugenommen. Vor dem Spiegel, sich drehend und wendend, prüfte er die Wirkung der zusätzlichen Pfunde. Seit seinem Hirnschlag in der Buchhandlung hatte er weder Tennis noch Fußball gespielt. Es war nicht die Angst, den Ball nicht mehr zu treffen, nicht die Besorgnis, er könnte konditionell nicht mehr mithalten, die ihn davon abhielt. Vielmehr die Furcht vor dem ersten Wiedersehen mit den Kollegen und ihren Fragen beim Bier. Ihnen zusehen zu müssen, wie sie jede seiner Regungen, seiner Gesten und seine verstümmelten Sätze darauf abklopften, wie weit Keller sich verändert hätte. Ob er noch der Alte sei oder ob man anders als vorher mit ihm umgehen müsse. So weit war Keller noch nicht, sich dies zuzumuten.

Zwar war der erweiterte Bauchumfang eine Lappalie im Gegensatz zu seinem Krater im Gehirn knapp über dem linken Ohr. Trotzdem, der Gedanke, sich so vor Sandra Kauer präsentieren zu müssen, schmerzte ihn.

Er strich sein Hemd glatt. Es nützte nichts. Er zog sein Jackett an, drehte und wendete sich erneut, versuchte das Jackett zuzuknöpfen, auch das misslang. Was soll's, murmelte er stumm, immer noch besser als ohne. Zum Glück hat der Wagen ja eine gute Klimaanlage.

Keller ist Keller, sagte er sich. Stell dir vor, Sandra Kauer würde dir im Halbdunkel des äußerst schmucken Zimmers des Hotels Vue des Alpes in Près d'Orvin dein Hemd ausziehen – was in ein paar Stunden durchaus der

Fall sein könnte – und stieße darunter auf ein Korsett. Die Nacht würde wohl ein abruptes Ende finden und entweder in höhnischem Gelächter untergehen oder in verstummendem Schweigen ersticken.

Er zog das Jackett aus, warf es über die Schulter, nahm die Wagenschlüssel von der Kommode, schloss die Tür hinter sich, stieg beschwingt die Treppe hinunter und fuhr zu Sandra Kauers Wohnung.

Keller parkte unter einem mächtigen Kastanienbaum. Er prüfte sein Haar im Spiegel der Sonnenblende und suchte misstrauisch nach einem Pickel. Er nahm die Hand vor den Mund und prüfte seinen Atem. Seit seinem zweiten Hirnschlag trug er die Furcht mit sich, all die Wörter und Sätze, die der Verwesung nahe seinem Mund entflohen, würden dort Fäulnis hinterlassen. Doch er roch nichts. Eigentlich hatte er noch nie etwas an seinem Atem gerochen und deswegen auch davon abgesehen, irgendwelche Atemsprays zu kaufen. Tote Wörter und massakrierte Sätze sind geruchslos.

Keller prüfte die Uhr nebem dem Tacho. Es war schon zwei Minuten nach der vereinbarten Zeit. Er zog das Handy aus seinem Jackett und verglich die beiden Uhren. Zwei Minuten. Ein wenig enttäuscht war er schon, dass Sandra Kauer nicht bereits unter der großblättrigen Kastanie auf ihn wartete. Ausgestattet mit einem Rollköfferlein und einem Beautycase voll erwartungsfroher Unsicherheit.

Er trommelte auf das Lenkrad, befahl mit der Return-Taste den Song an seinen Anfang zurück, seufzte und streckte sich.

Ein kleines Kind kam in rasanter Fahrt und mit verwegener Kurventechnik um die Ecke gebogen. Für einen kurzen Moment lang hatte das Dreirad nur noch mit zwei Rädern Bodenkontakt. Der blond gelockte Dreikäsehoch schien es zu genießen, balancierte sein Rennross geschickt aus und trat vornüber gebeugt sofort wieder kräftig in die Pedale. Keller wartete gespannt auf das entsetzte Gesicht einer jungen Mutter, die kurzatmig hinterhergerannt käme, doch nichts geschah.

Nach einer kurzen Zeitspanne, die vom in das Kind gesetzte Vertrauen zeugte, bog ein junger orthodoxer Jude angemessenen Schrittes, der Würde des Kaftans gehorchend, mit einem stolzen Lächeln um die Ecke.

Keller erschrak, als die Wagentüre aufgerissen wurde und Sandra Kauer eine leichte Tasche auf den Rücksitz knallte. Sie küsste ihn auf den Mund.

Keller rutschte das Herz in die Hose. Für einen Augenblick fiel er hinter Raum und Zeit, dorthin, wo alles nochmals beginnen könnte, wo Anfänge lose herumlagen, die man einfach aufnehmen konnte, um sich ein vielversprechenderes Ende zu erhoffen.

„Los, fahren wir, wir sind eh schon zu spät", forderte sie ihn auf, den Motor zu starten.

Keller tat, wie ihm befohlen, und manövrierte den Wagen aus der Parklücke.

„Ich habe noch mit einer Freundin telefoniert … Weißt du, was sie gesagt hat? Sie hat mich gewarnt. Vor dir gewarnt."

Keller zuckte mit den Schultern.

„Mit einem Mann, der nicht mehr reden könne, das würde in einer Katastrophe enden, meinte sie."

Keller bog nach links ab, Richtung Westen.

„Wie könne ein Mann, der nicht mehr reden kann, zuhören und dann das Richtige sagen? Gute Frage, nicht?"

Keller musste abrupt bremsen. Eine Mutter mit ihrem Kinderwagen forderte ihren Vortritt auf dem Zebrastreifen ein. Keller beschleunigte wieder.

Gute Frage?, fragte er sich. Die Antwort werde ich wohl in nächster Zeit schuldig bleiben.

„Ich sagte eine Weile nichts mehr. Dann fragte sie mich mit ganz eindringlicher Stimme: Sandra, dir ist es ernst mit diesem Keller, nicht? Und dann noch mal, dir ist es ernst, nicht?" Sie lachte.

„Was ist das für eine Musik, kannst du sie lauter machen? Und wo fahren wir eigentlich hin?"

„Schüraa", antwortete Keller.

„Wo im ‚Schüraa'?"

„Prüs d'Ürvain!"

„Aha."

„Prüs d'Ürvain", wiederholte Keller. Heilandsack, woher kommen plötzlich all die „ü"s? Nur weil ich einen Abend lang versucht habe französisch zu sprechen?"

„Küllür ünd Sündrü führen frühlüch ün dün Schürüü nüch Prüs d'Ürvün", trällerte Sandra vor sich hin.

Keller trat auf das Gaspedal, musste aber gleich wieder bremsen, da ihm eine Straßenbahn den Weg abschnitt.

„Keller", rief sie plötzlich, „das ist es, was ich der hätte antworten müssen: das Unaussprechliche!"

Sie schwieg. Der Straßenbahn entstiegen die Heimkehrer. Keller trommelte nervös aufs Lenkrad. Bin ich jetzt der Unaussprechliche?, fragte er sich. Vom Wortlosen über den Sprachlosen zum Stotterer bis schließlich zum Unaussprechlichen. Der Unaussprechliche, der mit dem Unaussprechlichen kämpft …

Der Hintermann hupte. Die Straßenbahn war längst abgefahren. Keller wischte das Hupen und den Hintermann mit einer Handbewegung weg und fuhr weiter stadtauswärts. Sandra Kauer musste lachen.

„Ünüsprüchlüchü, mein Gott Keller, tönt das nicht niedlich?"

Keller beschleunigte den Hügel hinauf. Da lag sie wieder vor ihm, die Weite am Saum eines großen Landes. Knorrig verwitterte Obstbäume gaben als in die Jahre gekommene Einzelgänger natürliche Vogelscheuchen ab. Manche wurden bereits von den in die abgeernteten Äcker hineinwachsenden Schatten der Waldränder berührt. Raben sammelten die liegen gebliebenen Maiskörner ein, zwei Bussarde trieben in den Aufwinden und ein pflügender Traktor kehrte die Erde auf ihren Rücken. Keller schnitt die übersichtliche S-Kurve, steuerte ganz knapp an den Innenrändern der Biegungen vorbei und ließ den Wagen am Ende sanft hinaustreiben.

„Muss ich haben, immer, diese Kürv", sagte er ohne es zu wollen.

„Ühü, Küllür spüntün üm rüdün", scherzte Sandra Kauer und boxte ihn an die Schulter.

Keller war einen Moment lang erstaunt, schaute auf die Straße und boxte unvermittelt zurück. Sandra Kauers nächster Hieb folgte auf dem Fuß, gefolgt von Kellers nächsten Geraden.

„Fürtüg“, jauchzte sie, „sonst fliege ich noch zur Karre raus!“

Keller schmunzelte, entspannte sich. Fuhr durch das lang gezogene Dorf, an einem hinter Pappeln versteckten Bauernhof vorbei, über einen verwilderten Bach bis zur nächsten Kreuzung.

„Siehst du Haus Gott?“, fragte er Sandra Kauer an der nächsten Kreuzung. Mitten in der Wiese stand eine alte romanische Kirche, ganz einsam, mit einem kleinen, gemauerten Friedhof drum herum.

Sie nickte.

„11-tüs.“

„So alt. Und warum mitten in der Wiese?“

Keller zuckte mit den Schultern. „Vüllicht Dorf verschoben.“

„Tausend Jahre, um ein ganzes Dorf zu verschieben, ja nun denn, das dürfte schon reichen.“

„Tausend Jahr zu sprechen um.“

„Kümm jetzt, Keller, andere verschieben ganze Dörfer, ganze Städte in tausend Jahren, da wirst du wohl noch die paar Sätze herausbringen. Los weiter, ich will Prüs d’Ürvin sehen.“

Keller gab Gas, derweil Paolo Conte seiner Angebeteten die Intelligenz der Elektriker versprach.

Als sie in Près d’Orvin ankamen, hatte sich die Sonne aus diesem Tag bereits verabschiedet. Die Wipfel der Tannen krümmten sich in Böen, die Kühe hatten sich an den

Waldrand verzogen und aus manchen Häusern trieben Rauchfahnen, die der Westwind auffing und mitnahm.

Die Besetzung des Wirtshauses war beinahe dieselbe wie vorgestern.

„Ah, Köllör, bonjour", begrüßte ihn Joseph, der von seinem Glas Weißwein hochschaute. Dann warf er den prüfenden Blick eines alten Schwerenöters auf Sandra Kauer, zwinkerte Keller zu und fragte verschmitzt: „Ta femme, Köller?"

Sandra Kauer machte einen Schritt nach vorn und antwortete für Keller: „Wer weiß?"

Joseph lachte und bot ihnen Platz an seinem Tisch.

Keller schüttelte den Kopf und Sandra Kauer sagte charmant: „Non merci, wer weiß, vielleicht später."

Joseph salutierte lässig mit gestrecktem Zeigefinger.

Keller bestellte bei Ginette ein Bier und Sandra Kauer ein Glas Weißwein. Ginette sagte gar nichts.

„Und, wie war's mit Christian?", fragte Sandra Kauer.

„Gut", antwortete Keller.

„Wie gut?"

„Gut, mehr gut."

„Und, habt ihr die Hauptsache gelöst?"

„Er spricht."

„Mit seiner Mutter?"

Keller nickte.

„Und?"

„Mir."

„Ja, das denke ich. Mein Gott, Keller, sei nicht so einsilbig!"

„Beiden, zusammen, um alles."

„Wann?"

„Sonntag, kommt."

„Gut."

Ginette brachte Bier und Wein. Sandra Kauer wartete einen Moment, bis sich die Bedienung wieder abwandte, nahm Kellers Hände in die ihren und sagte leise: „Und, geht es dir jetzt besser? Bist du jetzt ganzer?"

Keller nickte.

„Und hat er den Brief gelesen?"

„Ja."

„Und?"

„Verstanden nicht."

„Hat er gesagt?"

Keller nickte.

„Aber diktatiert zurück", fügte er an.

„Was, er hat dir geschrieben?"

Keller nickte.

„Zeig!"

Keller nahm Christians Brief aus seiner Kitteltasche und gab ihn ihr.

Sie las ihn konzentriert, faltete ihn wieder zusammen und gab ihn Keller zurück.

„Wunderbar. Siehst du, er hat verstanden. Und er gibt dir sogar sich zu verstehen."

„Ja, Geste, Sätze zerbombt, auch ob immer, aber er nicht allein im All. Hat er Vater, der da."

Sandra Kauer zeigte mit ausgestrecktem Zeigefinger auf ihn und sagte: „Genau der da. Und ganz."

Keller schnappte den Finger, zog daran, so, dass sie sich vorbeugen musste. Dann küsste er sie und ließ den Finger wieder los.

Sandra Kauers Finger blieb für einen Augenblick stehen. Keller wollte nochmals danach schnappen und sie für einen zweiten Kuss an sich ziehen, doch sie zog ihn zurück und sagte leise: „Später."

„Haben rede verschenkt, zusammen."

„Was habt ihr?"

„Wälzer für Neureder gealmost."

„Walzer? Habt ihr getanzt?"

Keller musste lachen. Obwohl, er hätte durchaus und gerne mit Christian getanzt.

„Nein, Gediktatiertes. Viel Gediktatiertes ... in Büchner."

„Bücher? Verschenkt?"

„Ja, Bückner verschenkt."

„Was für Bücher?"

„Neurederhefter ... cbu ... obz ... Neureder."

„Was Neureder?"

„Die, neu im All. Mit Schild an Stall."

„Kinder."

Keller nickte.

„Ihr habt Kinderbücher verschenkt?"

„Ja, Büchnerkinder. Mit, hm, cbu ... Alpanoboot für Neureder."

„ABC-Bücher? So Alphabet-Lernbücher?"

„In Packen."

„Ja wie viele hast du denn von denen?"

Keller zeigte mit seinen Finger sechs.

„Das sind aber keine Packen."

„Gabe, in Paket, nein, beschertpackblatt."

„Eingepackt in Geschenkpapier?"

Keller nickte.

„Wie kommst du denn zu sechs ‚ABC-Büchern'? Wer hat dir die geschenkt?"

„Ich, getauft. Dort schlag auf Birn."

„In der Buchhandlung?"

Keller nickte.

„Für wen? Wusste gar nicht, dass du noch kleine Kinder hast. Oder eine Schar Patenkinder?"

Keller schüttelte den Kopf und zeigte auf sich.

Sandra Kauer schwieg einen Moment.

„Aber jetzt vergabt, mit Schtan, an Neu im All. Angeschrieben, am Weg."

Sandra Kauer lachte, nahm seinen Kopf in beide Hände und küsste ihn. „Toll, du und Schtan."

Keller lehnte sich zurück und trank einen Schluck Bier.

Joseph kam an ihren Tisch.

„Er redet nicht viel, n'est-ce pas, Madame?", wandte er sich an Sandra Kauer und setzte sich mit der Selbstverständlichkeit des Einheimischen zu ihnen an den Tisch.

„Doch, doch", erwiderte sie, „man muss ihm nur ganz genau zuhören."

„Auf Französisch hat er mehr gesagt, gestern, pas vrai, Köllör?"

„Ja, auf Französisch. Natürlich, auf Französisch sagt man immer mehr." Sie blinzelte Keller zu.

„Er hat auch viel gesagt, was er nicht gesagt hat, lui, der Köllör."

„Was denn?“

„Was er sagte, aber nicht sagen konnte. Sie wissen schon, Madame.“

„Auf Französisch?“

„En toutes – in allen Sprachen. Fast allen.“

Keller lauschte gespannt. Was hatte er diesem Joseph wohl alles gesagt, in diesem Nebel von Kirschwasser, Chasselas und Absinth?

„In welcher Sprache könnte er denn sagen, was er nicht sagt?“, wollte Sandra von Joseph wissen.

„Madame, natürlich … haben Sie noch Zeit, Madame?“, grinste Joseph, „müssen Sie früh zu Bett?“

Keller knallte mit der flachen Hand auf den Tisch. Ginette schrie hinter dem Buffet: „Schosseff!“

Sandra Kauer richtete sich auf und sagte laut und bestimmt: „Lasst ihn!“ Und zu Keller: „Und du, Köllör, hör gut zu!“ Und sanft zu Joseph: „Ja, wir haben noch Zeit.“

„Kommen Sie mit, in einer Stunde, dann gehen wir den Berg hoch. Da hat es Sprachen. Eine wird wohl für ihn sein.“

Sandra Kauer sagte zu.

Der Mond war ein Freund dieser Nacht. Wurzelstöcke, Mauslöcher, herumliegendes Geäst waren in der Dunkelheit schwer zu erkennen. Nur das Weiß des da und dort hervorbrechenden Kalksteins wies den Weg.

Keller ahnte, wohin sie Joseph führen würde. Zum Haus von Jacques. Aber er behielt es für sich, sagte nichts zu Sandra Kauer, die seine Hand gleich nach dem Verlassen des „Vue des Alpes“ ergriffen hatte.

Als sie Jacques' Haus erreichten, brannte ein Feuer beim Schuppen. Aber es war niemand da. Nur eine leere Weinflasche stand auf dem Tisch.

„Wahrscheinlich ein paar Jugendliche", meinte Joseph. „Die sind abgehauen, als sie uns kommen hörten."

„Da warst du also oft in deiner Jugend?", richtete sich Sandra Kauer an Keller.

Keller nickte.

„Und? Gute Erinnerungen?"

Keller zeigte auf das flache Dach des Hauses: „Da, geküsst, Mädchen, ganz jung."

„Wie jung?", wollte sie wissen.

„Sieb, facht."

„Was, so früh?"

Keller grinste.

„Allez, weiter", drängte Joseph.

Keller war erstaunt darüber, dass es weiterging. Gleich hinter Jacques' Haus ging die Lichtung, auf der die Ferienhäuser gebaut waren, in den Wald über. Je weiter sie in den Wald eindrangen, desto mehr übernahm Sandra Kauer die Führung. Ihr Griff um Kellers Hand war fest, ihr Tritt sicher und ihre Orientierung im Dunkeln ohne Zweifel. Der weiche Waldboden schluckte jedes Geräusch. Weder ein fliehendes Rascheln noch der Ruf eines Tieres waren zu hören. Nur der Westwind brachte ab und zu eine der knorrigen Tannen zum Ächzen.

Es begann zu regnen. Ganz vereinzelt drangen ein paar Tropfen zu ihnen durch, die anderen wurden wohl von den Tannennadeln aufgespießt. Joseph murmelte gebetsmühlenartig etwas vor sich hin. Keller konnte nichts verstehen, konnte auch die Sprache, in der Joseph diesen immer wiederkehrenden Vers brummte, nicht verstehen. Aber das Brummen wies ihm und Sandra Kauer den Weg. Denn Joseph schlug ein Tempo an, das man dem Alten nie zugetraut hätte.

Und dann blieb er plötzlich stehen. Eine winzige Schneise gab den Blick zum Himmel frei. Der Regen hatte aufgehört und der Mond schob die Wolken sanft auseinander. In seinem Schein wurden Felsen sichtbar. Ihre Oberflächen waren von den Wassern des Jurameeres vor rund 180 Millionen Jahren glatt geschliffen worden. Das milde Licht setzte nach und nach ein schwarzes Dreieck ins Zentrum. Als es mitten in den Strahlen des Mondes stand, brüllte Joseph mit aller Kraft „Köllör" in die Nacht hinaus. Und nochmals: „Köööllllööör." Und nochmals: „Köööllllööör."

Es wurde wieder still. Nur ein leises „Köllör" war als ein geschlossenes Echo aus dem Dreieck zu hören. Joseph ging auf die Knie und zwängte sich durch die Öffnung, die das Dreieck freigab. Mit einer Handbewegung wies er Keller und Sandra Kauer an, ihm zu folgen. Keller widerstrebte es, in dieses Erdloch zu kriechen, aber als Sandra Kauer Joseph folgte und sogleich verschwand, blieb ihm nichts anderes übrig, als auf die Knie zu gehen und sich durch den schmalen Spalt hindurchzuzwängen. Im Inneren der Höhle war es stockdunkel. Es roch nach Moder und verbranntem Holz.

„Attend", befahl Joseph, entzündete eine Fackel und langsam zeichnete sich vor ihren Augen eine Höhle mit den Ausmaßen einer kleinen Kapelle ab. In der Mitte des

Raumes war eine Feuerstelle. Keller hatte das Gefühl, sie strahle noch Wärme ab, und hielt prüfend die Hand über die Asche. Tatsächlich, sie war noch ein wenig warm.

„Die Jungen", sagte Joseph und winkte sie zu sich heran. Am Ende des Raumes war ein weiterer Durchgang. Joseph ging mit der Fackel voran und nach ein paar Metern tat sich vor ihnen eine große Halle auf, die nach hinten hin abfiel. Joseph griff in ein Loch und zog zwei weitere Fackeln heraus, entzündete sie und gab sie den beiden. Ein guter Pfad führte an Stalagmiten vorbei. Wenige waren mannshoch, teilweise dünn und zerbrechlich wie Glasstangen, andere erinnerten an in die Breite wachsende Busen mit aufgestellten Brustwarzen, und dann waren da noch unzählige kleine, die wie im Boden steckende Pfeifenputzer aussahen. Ihre Partner hingen an der Decke: Stalaktiten, die in Tausenden von Jahren nach der gleichen Rezeptur – Kalk, vermischt mit kohlensäurehaltigem Wasser – gewachsen waren. So wuchsen sie in Jahrhundertschritten einander näher, voll Zutrauen in diese zeitlos ruhige Kraft, die sie eines fernen Tages vereinen würde.

Joseph wies mit der Fackel auf eine Treppe hin. Links von ihnen war die Kuppe eines sanften Hanges, der immer steiler wurde, weiß wie Schnee, durchzogen von rötlichbraunen Adern, die an Spuren rostiger Schlittenkufen erinnerten. Und auf der Kuppe erhob sich ein großer Stalagmit, wie eine Madonna mit bodenlangem Faltenrock.

„La Madame", sagte Joseph und schwenkte die Fackel in Richtung der Statue aus Kalk und Wasser. Am Ende des Abstiegs führte sie Joseph in eine Nebenhöhle. Er steckte seine Fackel in eine Halterung an der Wand und zeigte Keller und Sandra Kauer zwei weitere Fackelringe. Das Licht spiegelte sich in einem mit kristallklarem Wasser gefüllten Sinterbecken. In einer von Menschenhand herausgeschlagenen Nische stapelte sich ein Ster Holz.

Joseph griff hinter den Holzstapel, zog ein Beil heraus, griff nach einem Scheit und spaltete es zu dünnem Anfeuerholz. Aus seinem Rucksack nahm er einen Bogen Zeitungspapier, zerknüllte es und legte es auf die Feuerstelle gleich neben dem kleinen See. Er drapierte das Anfeuerholz um den Papierknäuel, legte noch ein paar größere Scheite dazu und entzündete das Feuer. Aus einem Kasten, der in einer weiteren Nische versteckt war, entnahm er Wolldecken und Sitzkissen und reichte sie Keller und Sandra Kauer. Sie waren froh drum, war doch die Höhle eher kalt, setzten sich auf die Kissen ans Feuer und wärmten sich daran.

„Jetzt geht es um Magie, um Heilung, Keller“, sagte Joseph zu Keller, schaute ihm eindringlich in die Augen und nahm eine durchsichtige, etikettenlose Flasche Absinth, ein Glas, Würfelzucker und den Sieblöffel aus dem Rucksack. Es war nicht derselbe Löffel wie am Abend zuvor. Der Griff war aus Messing oder Gold und der Stil war mit Zeichen verziert, die Keller aber nicht genau erkennen konnte.

„Madame, nehmen Sie ein wenig Erde vom Grund des Wassers“, wandte er sich an Sandra Kauer. Sie beugte sich vornüber, tauchte ihre Hand ins kalte Wasser und entnahm dem Boden des Beckens eine Handvoll Erde. Das Wasser trübte sich sofort durch den aufgewirbelten

Sand. Ein kleiner Höhlensalamander stob davon und grub sich am anderen Ende des Beckens wieder in den Sand ein.

Joseph machte eine Geste, als würde er sich die Erde um den Mund streichen, und nickte Richtung Keller.

Sandra Kauer nahm mit der freien Hand Kellers Hände und versuchte ihm den feinen, mit Lehm durchsetzten Sand um dem Mund zu streichen. Keller wich zurück, doch Sandra Kauer drückte ganz kurz seine Hände und brach so seinen Widerstand. Trotzdem: Keller kam der ganze Hokuspokus ziemlich läppisch vor. Das ganze Brimborium würde ihm weder die Fähigkeit der korrekten Rede zurückgeben noch seinen Krater im Gehirn ungeschehen machen. So war das. Aber Sandra Kauer zuliebe rang er sich durch mitzumachen, also hielt er still und sie strich ihm den Lehmsand um den Mund.

Joseph träufelte unterdessen den Absinth über den Zucker ins Glas, entzündete den Würfel, ließ die Flamme den Zucker karamellisieren und blies sie dann sanft aus. Er nahm den Löffel, schwenkte ihn im Wasser des Sinterbeckens und rührte Absinth und Zucker um. Schließlich tauchte er den Rand des Glases vorsichtig ins trübe Wasser, ließ dieses sachte ins Glas träufeln, und als sich der Schnaps grün färbte, gab er ihn Keller zu trinken.

„Voilà, die grüne Fee macht den Anfang, den Rest musst du dem Mund überlassen“, sagte er eindringlich.

Keller trank.

Joseph begann zu summen. Sandra Kauer fiel in Josephs Summen ein. Als Keller den Absinth leer getrunken hatte, hob Joseph sein Gesumme um eine Oktave an. Sandra Kauer blieb gleich.

Keller wurde es mulmig. Der Absinth machte sich langsam breit, kämpfte sich vom Magen aus in jeden Winkel seines Körpers vor, setzte sich im Krater des Gehirns fest und füllte ihn. Ein leichter Schwindel erfasste Keller, Wörter und Sätze wirbelten vor seinem inneren Auge durcheinander, die Höhle schien sich gleichmäßig zusammenzuziehen und wieder zu öffnen. Die Stalagmiten begannen zu reden, tauschten ihre Plätze untereinander und aus den Stalaktiten tropfte Blut. Am Boden des Sinterbeckens befreiten sich zahlreiche Höhlenmolche aus dem Sand, schwammen zu den Ufern, erklommen sie und hielten Konversation.

Keller nahm seine Hände vor sein Gesicht und stöhnte auf. Er sagte leise „Ja". Josephs und Sandra Kauers Summen verstummte.

„Was willst du, Keller?", fragte Joseph.

Keller antwortete nicht. Sandra Kauer stieß Keller zart in die Seite.

„Was willst du Keller?", fragte Joseph erneut.

„Schreien. Sätze richtig schreien. Die Welt."

„Allez!"

„Aber was?"

„Du. Keller. Du."

Die Höhle dehnte sich. Keller stand auf und schrie so laut er konnte: „Keeeeeeellllllleeeeeeer!"

„Keller." „Keller." „Keller." „Keller." „Keller." „Keller." „Keller." „Keller." „Keller." „Keller", antwortete die Höhle mit tausendfachem Echo.

„Keeeeeeellllllleeeeeeer“!

„Keller.“ „Keller.“ „Keller.“ „Keller.“ „Keller.“ „Keller.“ „Keller.“ „Keller.“ „Keller.“ „Keller.“

„Keeeeeeellllllleeeeeeer!“

„Keller.“ „Keller.“ „Keller.“ „Keller.“ „Keller.“ „Keller.“ „Keller.“ „Keller.“ „Keller.“ „Keller.“

„Keller.“ „Keller.“ „Keeeeeeellllllleeeeeeer!“ „Keller.“ „Keller.“ „Keller.“ „Keller.“ „Keller.“ „Keller.“ „Keller.“ „Keller.“ „Keller.“ „Keller.“ „Keeeeeeellllllleeeeeeer!“

„Keller.“ „Keeeeeeellllllleeeeeeer!“ „Keller.“ „Keller.“ „Keller.“ „Keller.“ „Keeeeeeellllllleeeeeeer!“ „Keller.“ „Keller.“ „Keller.“ „Keller.“ „Keller.“ „Keller.“ „Keller.“ „Keller.“ „Keller.“ „Keller.“ „Keller.“ „Keller.“ „Keller.“

Als das Echo und Kellers Schreie endgültig vereint waren, sank Keller erschöpft zu Boden. Der Widerhall setzte sich noch eine Weile fort.

Sandra Kauer zog zwei feine Seidenfoulards aus der Tasche ihrer Jacke und verband damit Keller und sich den Mund. Dann küsste sie ihn, drang mit ihrer Zunge in Kellers Mund und suchte die seinige. Keller antwortete mit dem Versuch, die ihrige zu umkreisen. Die Seide der Foulards schien sich allmählich aufzulösen und Keller nahm Sandra Kauers Kuss in seiner ganzen Intensität auf und gab ihn zurück.

Die Salamander sprangen ins Wasser und vergruben sich im Sand, die Stalagmiten nahmen wieder ihre Plätze ein, die Stalaktiten wurden blutleer, Joseph legte hinter ihrem Rücken noch zwei Scheite nach und verschwand.

Als sie im Morgengrauen die Höhle verließen, durchschritten sie den dreieckigen Ausgang aus Dolden aufrechten Ganges. Bei Jacques' Haus flackerte immer noch ein Feuer.

Keller drückte Sandra Kauers Hand sanft und bedeutete ihr stehen zu bleiben. Er zeigte zum Schuppen und flüsterte: „Psst, zwei Hasen, dört."

Die beiden Hasen stellten ihre Ohren auf, blickten kurz in Kellers und Sandra Kauers Richtung und hoppelten sodann unbekümmert davon.

Mein tief empfundener Dank gilt:

Alex Capus, der mit ausdauernder, freundschaftlicher und aufmunternder Strenge Keller zu Keller machte.

Hansjörg Schertenleib, dessen herzlichste irische Gast- und Schreibfreundschaft Keller die nötigen Flügel verlieh.

Dieter Opferkuch, der Keller Wort für Wort beim Wort nahm.

Claudia Born, die Keller mit weiblichem Charme und wissenschaftlicher Präzision zum Sprechen brachte.

Fanny Dittmann und ihre Patienten Walter Porstner, Elly Krähenmann, Elsbeth Schaub, die Keller leuchtendes Beispiel für den Umgang mit Aphasie waren.

Doris Tschan, die Keller an allen Ecken und Enden bedingungslos unterstützte.

Roberto Greuter, Kellers Pate von der ersten Minute an.

Allen Mannschaftskollegen der „Fußballspielenden Autoren der Schweiz", die Keller auch nach dem zigsten Fehlpass noch den Ball zuspielten.

Martin R. Dean, der Keller begleitete, kritisierte und schließlich lobte.

Den Literaturförderinnen und -förderern der Kantone Basel-Stadt, Basel-Landschaft und Solothurn, die Keller so richtig anschoben.

Helga Prokopp und Brigitte Sinhuber-Harenberg, ohne deren Freundschaft und Zutrauen Keller nie nach Wien gekommen wäre.

Eva Feitzinger, Bernhard Borovansky und Harald Knill, die Keller sofort glaubten und ihn schließlich zwischen zwei Buchdeckel klemmten.

www.patricktschan.ch

Gefördert von:

FA BS/BL Literatur
KULTUR
kulturelles.bl

kultur
Lotteriefonds Kanton Solothurn
SWISSLOS